AF295354

Evelyn James ist das Pseudonym von Sophie Jackson. Seit 2003 ist Sophie Schriftstellerin und hat als Journalistin angefangen, und Geschichtsbücher und Artikel verfasst. Mit dem ersten Clara-Fitzgerald-Roman betrat sie 2012 den digitalen Buchmarkt. Seitdem hat sie innerhalb der Reihe mehr als 30 Bücher sowie eine Spin-Off-Serie The Gentleman Detective Mysteries geschrieben. Sie ist eine produktive Autorin, die in vielen verschiedenen Genres schreibt und sich stark von ihrer Leidenschaft für seltsame Geschichte inspirieren lässt. Sie lebt in Suffolk, England, und wenn sie nicht gerade schreibt, unternimmt sie meist lange Strandspaziergänge mit ihren Hunden.

Evelyn James

Das Geheimnis des Toten

Ein Fall für Miss Fitzgerald

Deutsche Erstausgabe September 2024

Copyright © 2024 dp Verlag, ein Imprint der
dp DIGITAL PUBLISHERS GmbH
Made in Stuttgart with ♥
Alle Rechte vorbehalten

Das Geheimnis des Toten

ISBN 978-3-98998-466-0
E-Book-ISBN 978-3-98998-237-6
Hörbuch-ISBN: 978-3-98998-242-0

Copyright © 2013, Red Raven Publications
Titel des englischen Originals: Flight of Fancy (A Clara Fitzgerald
Mystery 2)

Übersetzt von: Lennart Janson
Covergestaltung: Emily Bähr
Umschlaggestaltung: ART.Core Design
Unter Verwendung von Abbildungen von
shutterstock.com: © fotografiecor.nl, © Billy333, © Alexey Fedo-
renko, © KathySG, © merrymuuu
Lektorat: Katrin Ulbrich
Satz: dp DIGITAL PUBLISHERS GmbH
Druck und Bindung: Books on Demand GmbH, Norderstedt

Kapitel 1

Ein Zweidecker schoss so grazil wie ein Vogel über den Pier von Brighton hinweg und erschreckte mehrere Schaulustige, die voller Bewunderung keuchten.

„Poesie in Bewegung", murmelte Tommy Fitzgerald, der in seinem Rollstuhl saß und die Flugschau genoss. „Könnte ich die hier noch benutzen", er tippte auf seine gelähmten Beine, „würde ich mich sofort in eine dieser Maschinen setzen."

„Und damit Ihrer armen Schwester Alpträume bescheren." Annie, das etwas unkonventionelle Dienstmädchen der Fitzgeralds, erschauderte bei dem Gedanken daran, in einem Flugzeug zu sitzen.

Clara Fitzgerald stand währenddessen einige Schritte entfernt und blickte mit einem alten Fernglas gen Himmel. Sie hatte zum ersten Mal ein Flugzeug in der Luft erlebt. Zwar hatte sie in der Zeitung schon eine Menge über die Maschinen gelesen und im Krieg hatte es viele aeronautische Heldengeschichten gegeben, doch das war etwas ganz anderes, als das Erlebnis direkt vor Augen zu haben.

Sie hörte einen lauten Knall neben sich und drehte sich ruckartig um.

„Oliver Bankes!"

Oliver Bankes, seines Zeichens Polizeifotograf und Besitzer von Bankes' Fotostudio, kam mit einem entschuldigenden Blick unter dem schwarzen Stoff hervor, der die Rückseite seiner Kamera abdeckte.

„Ich habe noch nie ein Flugzeug fotografiert. Das ist unglaublich herausfordernd", murmelte er unter Claras Blick. „Ich glaube, ich habe es schon wieder verpasst. Es ist wirklich nicht einfach, vorherzusagen, wann das Flugzeug am Himmel zu sehen ist, und außerdem glaube ich, dass die Kamera nicht schnell genug auslöst."

„Warum genießen Sie dann nicht einfach den Anblick, statt so viel Radau und Licht zu produzieren?"

„Aber darum geht es doch nicht", sagte Oliver traurig. „Es ist der Künstler in mir; wie ein Maler, der eine Landschaft sieht und sie auf Leinwand festhalten will, sehe ich dieses Flugzeug und will es unbedingt auf eine Fotoplatte bannen."

„Aber das lässt sich niemals einfangen." Clara deutete auf das Flugzeug, das gerade eine rasante Kurve vollführte und dann erneut über das Meer hinwegflog; so tief, dass es beinahe die Wellen zu berühren schien. „Das könnte man nicht einmal im Lichtspiel wiedergeben. Man muss hier gewesen sein, es mit eigenen Augen gesehen haben, die begeisterte Atmosphäre gespürt und den widerlichen Treibstoff sowie den Gestank der See gerochen haben."

„Ich wusste nicht, dass die Luftfahrt Sie derart begeistert, Miss Fitzgerald."

„Sie würden mich niemals in ein Flugzeug bekommen, aber neugierig macht mich diese neue Technologie."

„Es heißt, bald würde man in diesen Teilen überall hinfliegen können." Oliver ließ von seiner Kamera ab, um das Flugzeug bei einem eindrucksvollen Rotationsmanöver zu beobachten. „Im vergangenen Jahr gelang Alcock und Brown dieser transatlantische Flug ohne Zwischenstopp."

„Ja, doch dem *Luftschiff Seiner Majestät R34* gelang die erste Atlantiküberquerung: von Schottland nach New York und zurück nach England. Wenn eine Luftreise unabdingbar wäre, würde ich ein Luftschiff definitiv diesen kleinen Zweideckern vorziehen. Das kommt mir deutlich sicherer vor."

„Er wird landen!" Oliver schnappte sich seine Kamera samt des hölzernen Stativs und eilte mit dem Rest der Menge zum Rand des Piers, um einen besseren Blick zu erhaschen.

Der kleine Zweidecker beschrieb eine letzte Kurve und tauchte dann steil zu einer ebenen Sandfläche hinab, die am Morgen, unter dem prüfenden Blick des Piloten, geharkt worden war. Clara kam es so vor, als müsste das Flugzeug eine Bruchlandung hinlegen, doch als es den Boden erreichte, berührten die kleinen Räder den Sand so sanft wie ein Streicheln, und kurz darauf kam es in einer gelblichen Staubwolke zum Stehen.

Jubelrufe stiegen vom Pier auf und Applaus breitete sich durch die Menge aus, als der Pilot ausstieg und winkte.

„Das ist Captain O'Harris", erklärte Oliver. „Ich hörte, er strebt seine eigene Atlantiküberquerung an, in der Hälfte der Zeit, die Alcock und Brown gebraucht haben!"

„Ist das überhaupt möglich?"

„Ich weiß es nicht, aber wenn ich eine Fotografie von ihm vor seinem Flugzeug mache und ihm dann dieser Flug gelingt, kann ich das Bild an sämtliche Zeitungen verkaufen." Oliver schnappte sich wieder seine Kamera und eilte zur Treppe am Pier.

Mehrere Personen taten es ihm gleich und Rufe nach Captain O'Harris hallten über den Sand.

„Die Leute machen eine Menge Wirbel um einen Mann, der nicht einmal einer vernünftigen Arbeit nachgeht", tadelte Annie laut, während sie Tommy zu Clara schob.

„Er ist ein Vorreiter der Luftfahrt, Annie, stellen Sie sich bloß einmal die Möglichkeiten vor!", warf Tommy ein.

„Ich sehe nur einen jungen Angeber", sagte Annie mit Nachdruck. „Ehrlich gesagt, wäre ich lieber zu Hause geblieben und hätte den Obstkuchen gebacken, für den ich die Johannisbeeren aufgehoben habe."

Clara lächelte.

„Möchtest du den berühmten O'Harris kennenlernen?", fragte sie ihren Bruder.

Tommy warf einen Blick über den Rand des Piers und wirkte unsicher.

„Du bist doch nicht nervös, oder?", fragte Clara, als sie sein Zögern spürte.

„Ich fühle mich nur ein wenig wie eine lahme Ente neben einem anmutigen Schwan", entgegnete ihr Bruder.

„Unsinn!" Clara schüttelte den Kopf. „Schäme dich nicht, Tommy. Du hast für dieses Land gekämpft, damit Männer wie Mr. O'Harris in ihren Flugzeugen über ein freies England fliegen können. Du hast dein Bein für ihn geopfert, das ist keine Schande."

Tommy wirkte grimmig.

„So fühlt es sich aber nicht an."

„Nun, ich möchte ihn gerne kennenlernen", verkündete Clara. „Man hat nicht jeden Tag die Gelegenheit, sich mit einem Piloten zu unterhalten."

Sie schlenderte den Pier entlang und hielt auf die Menge zu. Das Publikum fraß Captain O'Harris förmlich aus der Hand, während er Geschichten von seinen Abenteuern im Flugzeug zum Besten gab.

„... da waren wir, mitten in der Wüste, wo wir die Geschwindigkeit meines Mädchens austesten sollten. Doch der verflixte Motor hatte sich mit Sand zugesetzt und wir saßen fest, ohne Wasser, etliche Kilometer vom Basislager entfernt! Zum Glück haben unsere Führer uns gefunden."

„Captain O'Harris, eine Fotografie?", rief Oliver.

O'Harris blickte mit bescheidener Verlegenheit in die Menge, lief dann zu seinem Flugzeug hinüber und nahm eine etwas zu gut einstudierte Pose ein, als dass Clara hätte glauben können, er wäre solche Aufmerksamkeit tatsächlich nicht gewohnt. Sie schob sich durch die Menge und beobachtete O'Harris in seinem cremefarbenen Fliegeroverall und der ledernen Fliegermütze. Er hatte sich ein strahlendes Lächeln ins

Gesicht geheftet und tätschelte stolz die White Buzzard, seinen persönlichen Zweidecker. Olivers Kamera produzierte einen Blitz und der Augenblick wurde eingefangen, so wie er es sich erhofft hatte.

„Captain O'Harris, ist es wahr, dass Sie nach New York fliegen wollen?", rief jemand.

„Oh, ja." O'Harris strahlte. „Ich beabsichtige, den Rekord von Alcock und Brown zu brechen, nur mit der Unterstützung eines Copiloten."

„Ist das nicht extrem gefährlich?", meldete sich Clara zu Wort.

O'Harris wandte ihr seinen strahlenden Gesichtsausdruck zu und für einen Augenblick verwirrte sein Lächeln sie.

„Warum sagen Sie das?", fragte er.

„Selbst unter der Annahme, dass Sie genug Treibstoff aufnehmen können, und Ihr Flugzeug wirkt deutlich kleiner als jenes, das Alcock und Brown verwendeten, müssen Sie auch mit technischen Problemen, schwierigem Wetter und menschlicher Erschöpfung rechnen. Ganz zu schweigen davon, dass Sie von Brighton aus starten wollen, wenn ich mich nicht irre. Alcock und Brown wählten den Flug von Neufundland nach Irland; eine kürzere Strecke."

Ein Funkeln lag in O'Harris' Augen.

„Sie sind gut informiert", grinste er. „Sind Sie womöglich eine Verehrerin der Luftfahrt?"

„Das ist Clara Fitzgerald!", verkündete eine Frau in der Nähe. „Sie ist Brightons erste weibliche Privatdetektivin, vielleicht sogar die erste in Großbritannien!"

Clara kam sich viel zu unbedeutend vor, um erkannt zu werden.

„Haben Sie etwa Nachforschungen über mich ange-stellt, Miss Fitzgerald?“, fragte O'Harris.

„Nicht direkt“, murmelte Clara und befürchtete, sie könnte erröten, „aber seit dem Krieg interessiere ich mich für die Luftfahrt.“

„Es gibt nicht viel, was Clara Fitzgerald nicht weiß“, sagte Claras inoffizielle Pressesprecherin theatralisch. „Sie hat den Verstand eines Mannes, aber die Instinkte einer Frau. Sie hat im Januar den Mord an Mrs. Green-gage aufgeklärt, nachdem die Polizei in eine Sackgasse geraten war.“

Clara fiel auf, dass Captain O'Harris sich plötzlich noch mehr für sie zu interessieren schien. Sie hingegen wäre am liebsten in der Menge untergetaucht.

„Um Ihre Frage zu beantworten, Miss Fitzgerald: Ja, es wird gefährlich, doch wenn wir einen neuen Rekord aufstellen und die Grenzen der Luftfahrt ausdehnen können, wird sich das Risiko gelohnt haben. Ich glaube, dass das Flugzeug binnen weniger Jahre ein so übliches Transportmittel sein wird wie das Automobil.“

Nach dieser Aussage stiegen eine ganze Reihe weite-rer Fragen aus der Menge auf und Clara war erleichtert, als sie verschwinden und wieder an den Pier und zu Tommy zurückkehren konnte.

„Und, wie war er?“, fragte ihr Bruder, als sie ankam.

„Etwas zu selbstsicher.“ Clara zuckte mit den Schul-tern. „Alcock und Brown hatten eine Menge Glück. Noch einen Monat vor ihrem Rekord hat die amerika-nische Navy einen ähnlichen Flug mit Zwischenstopps geplant. Von den drei Wasserflugzeugen, die losge-schickt wurden, hat es nur eines geschafft, und die Pi-loten wurden noch von einer ganzen Reihe von

Schiffen unterstützt, die als Navigationsmarken stationiert worden waren."

„Du glaubst also, dass er es nicht schafft?"

„Das will ich nicht behaupten, aber ich halte seinen Flug für ein großes Risiko mit geringem Nutzen. Wir wissen doch, dass es möglich ist, warum sollte man es also noch einmal darauf ankommen lassen?"

„Ich würde es auch versuchen, wenn ich könnte", räumte Tommy ein.

„Nun, dann kann ich wohl sehr froh sein, dass Sie nicht dazu in der Lage sind, Tommy Fitzgerald", sagte Annie, während sie seine Schulter packte. „Diese Flugzeuge bereiten mir große Angst. Mir dreht sich jedes Mal der Magen um, wenn er eine seiner Kurven fliegt."

„Es ist sicherer, als Sie denken, Annie", versicherte Clara ihr.

„Würden Sie in einer dieser Maschinen aufsteigen, Miss Fitzgerald?"

Clara spürte, wie ihr ein Schauer über den Rücken rann.

„Gewiss nicht."

„Diese Aussage wirst du vielleicht zurücknehmen müssen, Schwesterchen, denn der gute Captain ist auf dem Weg hierher", merkte Tommy an. „Würdest du immer noch ablehnen, wenn er dich zu einem Flug einlädt?"

„Absolut", sagte Clara unerschütterlich, während sie sich umdrehte und Captain O'Harris beobachtete, der den Pier entlang auf sie zulief.

„Ich konnte Sie nicht einfach so entfliehen lassen, Miss Fitzgerald." O'Harris grinste im Näherkommen. „Ich richte morgen für ausgewählte Bewohner und

Bewohnerinnen Brightons ein Mittagessen aus und frage mich, ob Sie sich mir anschließen wollen. Natürlich gilt diese Einladung auch für Ihren Ehemann."

Sein Blick glitt zu Tommy.

„Das ist mein älterer Bruder Thomas", erklärte Clara eilig. „Und ich glaube, wir würden morgen nur zu gern mit Ihnen essen."

„Ausgezeichnet!" O'Harris' Grinsen wurde sogar noch breiter. „Dann sehen wir uns zur Mittagsstunde."

Er schlenderte davon, hielt aber immer wieder inne, um sich mit verschiedenen Bewunderern zu unterhalten.

„Was für ein Typ", sagte Tommy, als O'Harris außer Sicht war.

„Ja", pflichtete Annie bei. „Und er wirkte sehr zufrieden, als er herausfand, dass Sie Miss Fitzgeralds Bruder sind und nicht ihr Ehemann!"

Clara warf den beiden einen missbilligenden Blick zu.

Kapitel 2

„Und dies ist das Esszimmer." O'Harris führte seine Gäste in einen weitläufigen Saal mit hohen Glasfenstern an der gesamten gegenüberliegenden Wand, die einen schönen Blick auf den makellos gepflegten Garten und das Grundstück boten. Ohne ein substanzielles Einkommen brachte man es in der Luftfahrt nicht weit.

„Das ist definitiv beeindruckend." Tommy nickte, während er den Blick über die anderen Gäste dieses spontanen Mittagessens schweifen ließ. Einige erkannte er, inklusive des Bürgermeisters von Brighton, doch die meisten waren ihm völlig fremd.

„Lassen Sie sich nicht vom Schein trügen, alter Junge", gluckste O'Harris. „Das Dach wird in alle Ewigkeiten undicht bleiben, ganz egal, wie oft man es reparieren lässt, und im Winter zieht es hier so stark, dass selbst ein Eisbär erfrieren würde! Das Haus ist für kein Geld der Welt warm zu bekommen, weshalb ich die Winter damit verbringe, in Spanien an den Motoren der *Buzzard* zu schrauben."

„Es ist dennoch ein stattlicher Familiensitz", meldete sich der Bürgermeister. Er war wieder einmal dabei, Geld für den Pavillon einzuwerben und erkannte eine Gelegenheit, wenn sie vor ihm stand. „Ich nehme an, Sie haben ein ... nun ... beachtliches Vermögen von der verstorbenen Mrs. O'Harris geerbt?"

„Arme Tante Flo", seufzte O'Harris. „Ich vermisse die alte Schreckschraube. Ich war ihr einziger Neffe, müssen Sie wissen."

„Ja", sagte der Bürgermeister, der der Meinung war, sein Opfer am Haken zu haben. „Und sie war immer eine Freundin wohltätiger Bestrebungen ..."

„Sieh an, ist das Doulton?" O'Harris wurde von einem anderen Gast abgelenkt, der sein Geschirr begutachtete, und entfernte sich zur Enttäuschung des Bürgermeisters.

Clara schob ihren Bruder zum Fenster und starrte in den Garten hinaus. Sonnenschein drang durch den Dunst und machte den verregneten Morgen wett. In dem gelblichen Licht sah das Anwesen sehr einladend aus.

„Captain O'Harris kann sich glücklich schätzen", sagte Tommy grüblerisch.

„Meiner Erfahrung nach kann das Glück unbeständig sein", entgegnete Clara.

Um kurz nach eins wurde das Essen serviert. Trotz O'Harris' Behauptung, es würde sich um einen leichten Lunch handeln, wurden den Gästen eine Reihe von Gängen vorgesetzt, die auch einem abendlichen Festessen gerecht geworden wären. Suppe, gefolgt von Fisch, danach ein Pie mit Wildfleisch, anschließend Käse und zum Abschluss eine Auswahl exquisiter Desserts. Jedem Gang wurde eine kleine Schale mit gekühltem Sorbet vorausgeschickt, um den vorherigen Geschmack zu neutralisieren.

Clara hatte solche Gerichte zuletzt vor dem Krieg erlebt, und sie bemerkte, dass es auch anderen so erging. Sie achtete bei jedem Gang darauf, nicht zu viel zu essen, doch nicht jeder war so vernünftig. Als die Desserts kamen, wirkten einige Menschen am Tisch bereits prall gefüllt. Die Versuchungen des Fischgerichtes und des Wildfleisch-Pies waren einfach zu groß gewesen.

O'Harris beherrschte die Situation am Esstisch wie jede andere.

„Stellen Sie sich ein Flugzeug vor, das groß genug ist, um zwanzig Passagiere aufzunehmen, wie ein Luftschiff, oder vielleicht sogar mehr; vielleicht einhundert!", sagte er zu der Dame, die neben ihm saß.

„Oh, werter Captain, ich glaube, Sie treiben diese Vorstellungen zu weit", entgegnete der männliche Begleiter der Dame.

„Unsinn, das ist durchaus plausibel."

„Aber was ist mit der Größe? Sie wollen doch gewiss nicht einhundert Menschen in kleine Cockpits setzen, so wie das bei Ihnen und Ihrem Copiloten funktioniert."

„Es wäre eher wie ein Waggon mit Flügeln. Das ist gar nicht so außergewöhnlich; alles eine Frage der Aerodynamik. Genug Schub, die richtigen Proportionen und zack, schon hat man es! Ist es nicht so, Miss Fitzgerald?"

Clara hob den Blick, als ihr Name gerufen wurde. Sie hatte zwar nah genug gesessen, um den Großteil der Unterhaltung mitzuhören, doch es wäre unhöflich gewesen, zu zeigen, dass sie gelauscht hatte.

„Was denn, Mr. O'Harris?"

„Dass es in der Zukunft Flugzeuge geben wird, die einhundert Passagiere transportieren können, vielleicht sogar mehr."

„Das ist völlig absurd!", gluckste der nicht überzeugte Gast, doch Clara ließ die Frage für einen Moment sacken.

„Ich schätze, das könnte möglich sein, mit ausreichend Ressourcen und Zeit. Aber ein so großes Flugzeug bräuchte auch eine Art Landebahn. Felder oder Strände würden dann nicht mehr ausreichen", antwortete sie.

„In der Tat. Es würde einen Luftbahnhof brauchen, wie sie das Militär im Krieg schon angelegt hat. Ein Hafen für Flugzeuge, wenn Sie so wollen."

„Das ist doch reine Fantasie." Der männliche Gast schüttelte amüsiert den Kopf. „Ihre Vorstellungskraft ist beeindruckend, doch es steckt nichts Rationales in Ihren Worten."

O'Harris wirkte leicht verstört, stimmte aber dennoch in das Lachen seines Gastes ein.

***

Später wurde Tee serviert, während die Gäste im Speisezimmer umherliefen, den Ausblick genossen und das Mittagessen verdauten. Clara stand an einem der hohen Fenster und blickte auf die ersten Frühlingsblumen, die sich im Garten zeigten. Sie bemerkte erst, dass O'Harris sich zu ihr gesellt hatte, als er das Wort ergriff.

„Ein fantasieloser Haufen, nicht wahr?"

Sie schaute ihn an.

„Verstehen Sie mich nicht falsch", fuhr O'Harris fort. „Das sind alles gute Menschen, aber sie schaffen es nicht, über ihren Tellerrand hinauszublicken. Sie erkennen das Potenzial nicht. Ehrlich gesagt, Miss

Fitzgerald, glaube ich, ich wäre hier durchgedreht, hätte ich nicht das Glück gehabt, Sie und Mr. Fitzgerald einladen zu können."

Clara lächelte.

„Wollen Sie andeuten, dass ich es schaffe, den Kopf über den Tellerrand zu heben?"

„Heben? Sie, meine Liebe, Sie fliegen förmlich darüber hinweg!"

Clara spürte, dass sie erneut errötete; sehr untypisch für sie.

„Ich glaube, Sie überschätzen mich."

„Unsinn! Eine Detektivin aus Brighton! Sie sind einzigartig, wage ich zu behaupten ... innovativ, etwas ganz Besonderes."

„Sie schmeicheln mir."

„Aber ist es denn nicht die Wahrheit?"

Clara blickte aus dem Fenster und wusste nicht, was sie antworten sollte.

„Ich vermute, dass wir binnen weniger Jahre auch weibliche Piloten auf transatlantischen Flügen sehen werden", fuhr O'Harris fort, um das Thema zu wechseln.

„Das wäre ein erstaunliches Ereignis", sagte Clara grüblerisch.

„Im Moment ist es natürlich ein ziemlicher Männerclub. Es geht vor allem darum, wen man kennt und wie viel Geld man hat. Zu viele Menschen glauben nicht, dass das Flugzeug eine Zukunft hat. Und diejenigen, die daran glauben, nun ja ... sagen wir, sie denken in allen Belangen außer der Luftfahrt recht altmodisch."

„Sie würden es den Frauen schwer machen?"

„Davon gehe ich aus! Einige der besten Ausbilder würden sich weigern, eine Frau zu unterrichten, aber es wird geschehen, lassen Sie sich das gesagt sein. Ich hoffe nur, dass nicht erst ein weiterer Krieg kommen muss, damit diese Leute begreifen, wie wertvoll Pilotinnen wären. Es musste erst der Weltkrieg kommen, damit der Wert von Flugzeugen erkannt wird!"

Clara nickte nachdenklich.

„Ich könnte Sie mit in die Luft nehmen, wenn Sie wollen."

Clara hätte bei diesem Vorschlag beinahe ihren Tee verschüttet.

„In einem Flugzeug?"

„In der alten *Buzzard*."

„Ich fürchte, die Antwort lautet nein, Mr. O'Harris", sagte Clara, während sie versuchte, so zu tun, als wäre sie gerade nicht völlig blass geworden. „Ich bin geneigt, auf festem Boden zu bleiben."

„Sie ist wirklich sicher."

„Dennoch."

O'Harris lachte.

„Ich schätze, sie wirkt im Vergleich zu einem Automobil oder einem Zug wie ein Schulprojekt. Doch sie muss leicht sein, verstehen Sie?"

„Durchaus, aber Sie müssen mir vergeben, wenn ich meine Sicherheit lieber dem Pflaster anvertraue, als einem Fluggerät aus Papier und Holz."

„Bezeichnen Sie sie nicht als Gerät", schnurrte O'Harris und gab sich verletzt. „Sie ist ein Geschöpf von Grazie und Schönheit; ein Flugzeug – sie hat so wenig mit diesen schwerfälligen Automobilen gemein wie ein

Vogel mit einem Pferd! Sie ist die Verkörperung von Freiheit, sie ist ...“

O’Harris versagten kurz die Worte.

„Sie ist alles, was ich mir als Junge erträumt habe. Als ich in diesem trostlosen Internat festsaß und mir den Tag herbeisehnte, an dem ich meine Ketten abschütteln könnte, konnte ich mir nicht ansatzweise ausmalen, welche Abenteuer ich noch erleben würde. Im Krieg zu fliegen, im Luftkampf mit dem Hunnen, oder um für die Jungs unten in den Gräben das Schlachtfeld auszukundschaften ... Wir haben jeden Augenblick gelebt und stets damit gerechnet, von einer Kugel getroffen zu werden und im Niemandsland abzustürzen. Doch kaum dass ich landete, wollte ich wieder aufsteigen. Seither bin ich süchtig nach dem Fliegen.“

„Das klingt, als wären Sie kein Mann für ein ruhiges Leben“, schloss Clara.

„Nein, vermutlich nicht.“ O’Harris grinste.

Die Uhr im Flur schlug zur vollen Stunde.

„Ich habe eine Handvoll der Gäste eingeladen, noch auf einen Drink im Salon zu bleiben, vielleicht mit einer Runde Bridge am Feuer, ich würde mich über eine zusätzliche Dame auf der Feier freuen.“ O’Harris Charme war ansteckend.

„Das klingt herrlich.“

„Wollen Sie dann meine Bridge-Partnerin sein?“

„Ich spiele nicht.“

„Aber werte Dame, ich vermute, mit Ihrem Verstand werden Sie das Spiel im Handumdrehen lernen.“

Clara war amüsiert.

„Kein Wunder, dass die *Buzzard* in Ihren Händen so gut funktioniert, wenn Sie ihr nur halb so viel Charme zeigen wie mir."

„Die *Buzzard* ist ihrem Herren gewogen." O'Harris zwinkerte ihr zu. „Doch wie die meisten anständigen Frauen, kann sie in ihrer Liebe wankelmütig sein."

Er bot Clara seinen Arm an und sie hakte sich ein, ohne zu wissen, wie sie antworten sollte.

Kapitel 3

„War dies nicht das Studierzimmer des alten Herren?",
fragte Colonel Brandt, während er sich in dem kleineren Salon umsah, in den O'Harris seine Gäste geführt
hatte. „Ich habe es nicht gleich erkannt, doch jetzt bin
ich mir sicher. Dies war sein Studierzimmer. Ich habe
ihn vor gut zwanzig Jahren hier aufgesucht."

„Sie sprechen von meinem Onkel Goddard", sagte
O'Harris, während er ein Glas Brandy am Sessel des Colonels abstellte.

„In der Tat. Ein feiner Kerl der sich immer gut um seinen Besuch gekümmert hat. Ich kam üblicherweise
her, wenn ich mit meinem Vater in dessen Praxis arbeitete. Ich habe Goddards Rheumatabletten immer persönlich überbracht. Er unterhielt mich stets mit Geschichten aus dem Burenkrieg und ich war so gefesselt,
dass ich schließlich selbst in die Armee eintrat, sehr
zum Missfallen meines Vaters."

„Oh, ja, daran erinnere ich mich auch noch", meldete
sich Mrs. Rhone zu Wort, die als Begleitung ihres Ehemannes hier war, einem Reverend aus Margate. „Ich
war ein Brighton-Mädchen und erinnere mich noch daran, dass Mr. Goddard O'Harris stets bei den Sommerfesten und Paraden aushalf. Er war ein recht guter Reiter, glaube ich, und ritt gerne an der Spitze jeglicher Art
von Umzug."

„Der arme Onkel Goddard“, seufzte Captain O'Harris, während er es sich mit einem Glas Portwein auf einem Sessel bequem machte. „Tante Flo hat ihn an den meisten Tagen in der Luft zerrissen. Ich weiß gar nicht, warum er sie geheiratet hat.“

„Aus Liebe, Captain“, erklärte Mrs. Rhone. „Ich war damals ein junges Mädchen, doch ich erinnere mich noch an den Tag der Hochzeit, und die war recht spektakulär. Florence war so aufgeregt und glücklich, dass sie auf der Vortreppe der Kirche geweint hat. Eine Schande, wie die Sache endete. Das muss Ihrer armen Tante das Herz gebrochen haben.“

„Ich glaube, dafür war meine Tante zu unbeugsam.“ O'Harris zwinkerte ihr zu.

„Fand man denn jemals heraus, was geschehen ist?“, fragte Colonel Brandt.

„Nein, es bleibt ein Mysterium.“ O'Harris zuckte mit den Schultern. „Ich weiß nur, dass meine Tante sein Zimmer umdekoriert hat, noch ehe er unter der Erde war; metaphorisch gesprochen.“

„Das war der Schock“, sagte Mrs. Rhone mitfühlend.

„Wenn Sie das sagen.“ O'Harris trank von seinem Portwein. „Aber wir haben eine erstklassige Privatdetektivin aus Brighton unter uns und sie noch gar nicht nach ihrer Meinung gefragt!“

Clara blickte in die Gesichter der Gäste, die ihr neugierig entgegenblickten.

„Ich fürchte, da haben Sie mich in Verlegenheit gebracht“, sagte sie. „Ich weiß nicht, über welches Mysterium Sie da sprechen.“

„Aber jeder weiß doch von dem Rätsel um Goddard O'Harris!“ Mrs. Rhone war ganz fassungslos.

„Ich leider nicht.“

„Durchaus nachvollziehbar.“ Der Colonel nickte. „Das
war noch vor Ihrer Zeit. Die Sache geriet in Vergessenheit und nur noch die alten Leute, die damals alles mitbekommen haben, reden noch darüber. Florence
O’Harris hat sich über das Thema ausgeschwiegen.“

Allgemeine Enttäuschung breitete sich im Raum aus.

„Aber wenn Sie mir die Fakten berichten, wäre ich
durchaus interessiert“, bot Clara an.

„Die Fakten sind recht simpel, Miss Fitzgerald.“
O’Harris leerte sein Glas und lehnte sich in seinen Ses-
sel zurück. „Mein Onkel Goddard starb eines Tages im
Garten und dann ist er … einfach verschwunden.“

Es entstand eine Pause.

„Verschwunden?“, hakte Clara nach.

„Hat sich einfach in Luft aufgelöst, in der Zeit, die
meine Tante Florence brauchte, um ins Haus zu eilen,
einen Bediensteten damit zu beauftragen, einen Arzt zu
holen, und dann in den Garten zurückzukehren.“

„Vielleicht war er gar nicht tot?“, mutmaßte Clara.

„Oh, doch“, warf der Colonel ein. „Ich habe ihn selbst
gesehen. Mausetot. Sein Gesicht war verzerrt und er
war aschgrau. Während die arme Florence O’Harris
loseilte, um einen Bediensteten zu finden, rannte ich
zur Polizei. Wenn ich je in meinem Leben einen ermor-
deten Mann sah, dann an diesem Tag.“

Clara stellte ihr Sherryglas ab. Ihre Neugier war geweckt.

„Ich denke, da sind noch einige Klarstellungen nötig.
Ein Mann ist gestorben, wurde möglicherweise ermordet, und dann hat sich die Leiche in Luft aufgelöst? Hat
die Polizei nach ihm gesucht?“

„Natürlich; sobald sie davon überzeugt waren, dass ich nicht lüge. Ich wage zu behaupten, sie unterstellten mir, ich hätte etwas zu viel Brandy genossen. Apropos." Colonel Brandt schwenkte sein Glas in O'Harris Richtung, der ihm gehorsam nachschenkte.

„Wie ich sehe, haben wir Ihre Aufmerksamkeit, Miss Fitzgerald. Soll ich etwas genauer ausführen?"

„Ich bin definitiv interessiert", stimmte Clara zu. „Ein wirklich ungewöhnlicher Fall. Und das Rätsel wurde nie aufgeklärt?"

„Soweit ich weiß, hat sich neben der Polizei und vermutlich Tante Flo nie jemand daran versucht." O'Harris zuckte mit den Schultern. „Doch es ist immer noch eine gute Geschichte, um sie abends am Kamin zu erzählen."

„Oh, bitte erzählen Sie." Mrs. Rhone klatschte begeistert in die Hände. „Ich würde liebend gern Miss Fitzgeralds Meinung zu diesem kleinen Mysterium hören, das mich all die Jahre nicht losgelassen hat."

„Ich kann Ihnen keine Aufklärung versprechen", protestierte Clara.

„Sagen Sie uns nur Ihre Meinung dazu", warf Colonel Brandt ein. „Das kann nicht schaden. O'Harris, erzählen Sie."

Captain O'Harris überschlug die Beine und schenkte sich noch etwas Portwein ein.

„Ich schätze, ich sollte es mit der alten Marotte der Geschichtenerzähler halten und sagen: Es begab sich so." Er grinste. „Goddard O'Harris heiratete 1868 Florence Highgrove. Eine typisch viktorianische Hochzeit, wie Mrs. Rhone Ihnen gewiss gerne erzählen wird."

„Meine Liebe, die Feier war wundervoll!“, kommentierte Mrs. Rhone gehorsam. „Ich war noch ein junges Mädchen, doch Goddard war so schneidig und Florence die perfekte Braut mit geröteten Wangen. Ich erinnere mich noch daran, dass die Kutsche über und über mit Blumen verziert war und von mehreren Paaren rotbrauner Wallache gezogen wurde.“

„Wie Sie sehen, fing alles recht gut an.“ O'Harris übernahm das Gespräch wieder. „Und ich schätze, die Ehe lief so, wie es die meisten Ehen tun. Die beiden kamen gut miteinander aus, soweit ich das beurteilen kann, nicht dass ich sie vor den 1890er-Jahren überhaupt richtig kennengelernt hätte, und da kamen sie mir dann schon recht alt vor. Mein Vater, Goddards Bruder, war zehn Jahre jünger, müssen Sie wissen. Bis ich also auf die Welt gekommen und alt genug geworden war, um bewusst etwas mitzubekommen, waren die beiden über fünfzig. Ich wage zu behaupten, dass mein Vater ihnen einigen Ärger bereitet hat. Er war mir recht ähnlich und zu sehr dem Abenteuer verfallen, um vernünftig zu sein. Meine Mutter heiratete er aus einer Laune heraus, und der O'Harris-Clan betrachtete sie als völlig unangemessen.“

„Du liebe Güte. Sie zeichnen die Familie in einem bedauernswerten Licht.“ Mrs. Rhone schüttelte den Kopf.

„Das ist nichts als die Wahrheit, fürchte ich. Doch irgendwann haben sie sich für meine Mutter erwärmt, und so konnte ich, der ungezogene Spross von Oscar O'Harris, dem verlorenen Bruder, diesem Anwesen einen ersten Besuch abstatten. Ich glaube, das war 1898. Ich war sechs Jahre alt und fand alles ganz furchtbar; so altmodisch und bieder. Tante Flo konnte Kinder wirklich nicht ausstehen. Ich schätze, deshalb bekam sie selbst nie welche. Sie hat mir höllische Angst eingejagt. Was vermutlich nicht überraschend war, da sie mir persönlich Prügel verpasst hat, nachdem ich im großen Saal das Treppengeländer hinuntergerutscht war."

Der Colonel lachte.

„Zu verführerisch, das polierte Holz!"

„In der Tat", pflichtete O'Harris ihm bei. „Doch Tante Flo war ein Drachen, und ich habe mich nur das eine Mal getraut. Eigentlich befremdlich, dass ich sie am Ende so liebgewonnen habe, doch so war es."

„Die Wirkung des Geldes, mein Junge!" Der Colonel war etwas ausgelassener, als gut für ihn war, und schlug alle Vorsicht in den Wind.

O'Harris lachte mit ihm, doch Clara entgingen die Falten auf seiner Stirn nicht. Der Kommentar hatte ihn getroffen, doch lag das daran, dass er der Wahrheit entsprach, oder gerade nicht zutraf?

„Wie auch immer, Onkel Goddard war ein etwas fröhlicherer Mensch. Er half mir sogar, das Modell-Fort aufzubauen, mit dem er als Kind gespielt hatte. Er mochte alles, was mit dem Militär zu tun hatte, und konnte stundenlang von britischen Schlachten erzählen. Wenn wir Soldaten spielten, musste er immer England sein und *immer* gewinnen. Ich habe mir die Augen ausgeheult, bis mein Vater einwilligte, mitzuspielen. Dann konnten wir beide England sein und gegen ihn antreten." O'Harris lächelte vor sich hin. „Solche Dinge vergisst man leicht, nicht wahr? Doch der alte Goddard war ein guter Mensch. Natürlich musste er ständig Tante Flos Tiraden über sich ergehen lassen. An manchen Tagen dachte ich, der alte Kerl würde sich einfach wie eine Schildkröte in seinen Panzer zurückziehen und so tun, als wäre er gar nicht da. Er wirkte immer wie jemand, der einen solchen Panzer gut hätte gebrauchen können."

„Florence war eine energische Frau, doch sie hatte ein gutes Herz", entgegnete Mrs. Rhone milde. „Sie hat stets schöne Dinge für die Tombola der Kirche gespendet."

„Ich erzähle nur, was ich erlebt habe, Mrs. Rhone", wies O'Harris sie höflich in die Schranken. „Ich war erst sechs Jahre alt und vielleicht hatte sie eine schlechte Woche, als ich zu Besuch war. Danach kam ich fast jeden Sommer her, manchmal mit der Familie, manchmal allein. Es war eigenartig, wie sie bei jedem Besuch gealtert zu sein schienen, als hätte ihnen jeder Winter etwas mehr Lebenskraft ausgesaugt; insbesondere Goddard."

„Mir erzählte mal jemand, dass er sehr krank gewesen sei", merkte der Colonel an. „Vielleicht war das sogar mein alter Herr, bei einem meiner Heimaturlaube. Es war auf jeden Fall eine dieser schlimmen, zehrenden Krankheiten."

„Unsinn!", unterbrach Mrs. Rhone ihn. „Er war kerngesund!"

„Ihr Onkel und Ihre Tante scheinen Meister des Widerspruchs gewesen sein." Clara lächelte O'Harris an.

Er grinste zurück.

„Aber ich schweife ab, verzeihen Sie. Ich sollte zu dem Mysterium kommen. Sie müssen verstehen, dass ich Ihnen einen Eindruck von den beiden verschaffen wollte. Ich weiß, dass Charakter und Verhalten einer Person für eine Detektivin sehr wichtig sind."

„Manchmal", antwortete Clara unverbindlich. Sie hoffte, dass ihr gespanntes Publikum keine sofortige, klare Aufklärung von ihr erwartete.

„Gehen wir also ein oder zwei Jahrzehnte weiter. 1913 sah ich meinen Onkel Goddard das letzte Mal lebend. Ich war einundzwanzig Jahre alt und gerade von der Universität abgegangen, nachdem ich krachend an meinen Mathematikprüfungen gescheitert war. Ich zog mich in dieser Zeit gewissermaßen aus dem Leben zurück, da ich nicht wusste, was ich tun sollte, und recht deprimiert war. Erstaunlicherweise zeigten sich Goddard und Flo sehr mitfühlend. Ich weiß noch, dass Goddard all seine Zeit damit verbrachte, mit mir zu reden und meine Zukunft zurechtzurücken. Ich fühlte mich furchtbar, weil ich die Erwartungen an mich enttäuscht hatte. Ich fürchte, dass ich ihm gegenüber einige Male in die Luft gegangen bin, weil ich fest entschlossen war, mich zu hassen, und mir nicht sagen lassen wollte, dass ich mich zusammenreißen müsse. Heute bereue ich das natürlich. Eigentlich habe ich es schon damals bereut und wollte mich immer entschuldigen, doch ich bin nie dazu gekommen. Dann kam der Oktober und ich kehrte nach London zurück, um mich meiner scheinbar dem Untergang geweihten Zukunft zu stellen – auch wenn sie am Ende nicht so schlimm war wie befürchtet. Und eine gute Woche später erhielten wir die Nachricht von Goddards Tod.

Natürlich verschwieg man uns die Sache mit der verschwundenen Leiche. Es wurde sogar ein leerer Sarg beerdigt; wirklich unglaublich. Ich habe Tante Flo nach den Einzelheiten gefragt. Dabei war ich ziemlich unausstehlich, vermutlich, weil ich immer noch

Schuldgefühle mit mir herumtrug, nachdem ich mich vor seinem Tod nicht mehr bei ihm entschuldigt hatte. Wie dem auch sei ... sie erzählte mir, dass sie gerade wie üblich das Abendessen im Esszimmer beendet hatten. Colonel Brandt hier war ihr Gast gewesen."

„In der Tat!" Der Colonel hob zustimmend sein Glas in die Höhe.

„Und Goddard sagte, er würde nach draußen gehen, um eine Zigarre zu rauchen. Tante Flo ließ ihn nicht im Haus rauchen, weil sie meinte, das würde die Tapeten verfärben", fuhr O'Harris fort. „Er ging hinaus, stieg die Terrassentreppe hinab, lief an den Rosen vorbei und es war kaum eine Minute vergangen, als ... *bumm*! Sie hörten seinen Sturz und, nun, eigentlich sollte der Colonel diesen Teil erzählen."

Der Colonel wirkte nervös, jetzt da man ihm so plötzlich die Zügel in die Hand gelegt hatte, doch er stellte sich tapfer der Herausforderung.

„Wie Captain O'Harris bereits erzählte, saß ich am Esstisch, hatte gerade einen köstlichen Pie mit Lamm und Zwiebeln verspeist und war angenehm voll. Die Köchin damals war außergewöhnlich, wenn ich das hinzufügen darf. Sie machte herrlich luftiges Gebäck, oh ja! Tatsächlich erinnere ich mich an diesen Pie beinahe genauso gut wie an die anschließenden Ereignisse. Ich tupfte mir gerade etwas Soße vom Jackett und hörte mir Florence' Anmerkungen zum Zustand des Militärs an. Es sei nicht mehr auf dem Niveau der Zeit, in der Goddard Offizier war, und so weiter. Dann hörten wir den Sturz. Erst eine Art Klappern, dann ein dumpfer Aufprall. Als wäre jemand über etwas gestolpert und dann gefallen. Ich sah Florence an und sie mich, dann sprangen wir beide auf, rannten zum Fenster und da lag der alte Goddard, mit dem Gesicht nach unten auf dem Weg zwischen den Rosen.

Wir hasteten die Stufen hinunter und drehten ihn um. Seine Augen traten aus seinem Schädel hervor und sein Mund stand offen. Er war ohne Zweifel tot, und doch versuchte ich, nach einem Herzschlag zu horchen. Florence war erschüttert, aber stoisch wie immer. Die meisten Frauen hätten beim Anblick ihres toten Ehemannes geschrien, doch sie erhob sich und sagte, wie werde einen Arzt holen. Sie eilte zum Haus zurück, noch bevor ich ihr sagen konnte, dass das keinen Zweck mehr hat.

Je länger ich mir den armen Goddard anschaute, desto falscher fühlte sich das alles an. Ich weiß, man erzählte sich, dass er krank gewesen sei; man könnte behaupten, dass sein Herz versagt haben muss, doch dieser Gesichtsausdruck. Ich weiß nicht. Irgendetwas daran ließ mich frösteln. Es erinnerte mich an die alte Legende, man könnte kurz nach dem Tod noch die Spiegelung des Gesichts des Mörders in den Augen eines Mordopfers sehen. Ich wusste, dass etwas Schreckliches geschehen war. Ich habe in meinem Leben genug tote Männer gesehen, doch das war anders. Ich nahm die Beine in die Hand, um den nächstbesten Polizisten zu finden. Ich hätte Florence Bescheid geben sollen, doch ich war völlig durcheinander."

Der Colonel schüttelte traurig den Kopf.

„Als ich mit dem Polizisten zurückkehrte, war die Leiche einfach … verschwunden. Es war wie bei einem Zaubertrick. Florence weinte und konnte gar nicht fassen, was geschehen war. Zu diesem Zeitpunkt traf auch der Arzt ein. Der Polizist war vom Anblick des Tatortes recht unbeeindruckt, und es brauchte reichlich Überzeugungsarbeit, bis er tatsächlich glaubte, dass es die Leiche gegeben hatte. Natürlich half es, dass er nicht in der Lage war, einen lebendigen Goddard ausfindig zu machen. Doch die Leiche war verschwunden. Einfach verschwunden. Sie suchten alles ab, sobald der Morgen anbrach. So etwas ist mir noch nie untergekommen. Wirklich erstaunlich."

Kapitel 4

„Miss Fitzgerald, was halten Sie von alledem?" O'Harris lehnte sich herüber und schenkte Clara Sherry nach, während er die Frage stellte.

Clara dachte darüber nach, während sie einen kleinen Schluck trank. Sie war keine große Trinkerin.

„Der Fall ist definitiv eigenartig", sagte sie, um sich nach allen Seiten abzusichern, als sich ihr Publikum neugierig vorlehnte. „Ich bin geneigt, dem Colonel darin beizupflichten, dass Fremdeinwirkung im Spiel war."

„Ich wusste es!" Colonel Brandt lachte herzlich.

„Aber warum, Miss Fitzgerald?", hakte O'Harris nach.

„Weil die Leiche bewegt wurde", sagte Clara schlicht. „Angenommen, der Colonel lag richtig und Goddard war tot – und ich habe den Eindruck, der Colonel ist mit diesem Thema vertraut genug, um sich nicht so einfach zu irren –, dann kann die Leiche nur verschwunden sein, indem sie von einer anderen Person bewegt wurde. Und man würde nur dann eine Leiche bewegen wollen, wenn man etwas zu verbergen hat."

„Wie ein Mörder!", sagte der Colonel enthusiastisch.

„Oder zumindest eine Person, die sich für Goddard O'Harris' Tod verantwortlich fühlte. Dabei muss es sich nicht unbedingt um Mord handeln. Vielleicht hatte jemand einfach ein derart schlechtes Gewissen, dass es die Person dazu veranlasste, ein großes Risiko einzugehen und die Leiche zu bewegen."

„Aber wohin?", wollte der Colonel wissen. „Ich meine, die Polizei war binnen Minuten vor Ort, das ist wohl kaum genug Zeit, um eine Leiche zu vergraben."

„Oh, Colonel!", sagte Mrs. Rhone entsetzt.

Clara ignorierte sie.

„Es gibt keinen Grund dafür, anzunehmen, dass die Leiche nur *einmal* bewegt wurde. Zuerst hat die Person die Leiche an irgendeinem nahegelegenen Ort versteckt, dann kam sie einige Zeit später zurück, als die Luft rein war, um den Toten an einen endgültigeren Platz zu bringen. Sie sagten selbst, dass die Suche erst im Morgengrauen begann. Es blieben also etliche Stunden, um die Leiche verschwinden zu lassen."

„Bei Gott, sie ist ein kluges Mädchen!" Der Colonel grinste O'Harris an. „Nun denn, junge Frau, sagen Sie mir eines: Wer hat es getan?"

Clara zögerte.

„Was ist los? Hat es Ihnen die Sprache verschlagen?", fragte Brandt.

Clara schaute mit Unbehagen zu O'Harris, während ihre Gedanken rasten. Dann seufzte sie. Der Colonel würde sie ohne eine Antwort nicht vom Haken lassen.

„Ich muss vorausschicken, dass ich ob der begrenzten Fakten in diesem Fall nur Vermutungen anstellen kann, die sich, würde ich die Einzelheiten genauer untersuchen, als falsch herausstellen könnten."

„Nicht so schüchtern, Mädchen!"

„Colonel." O'Harris schnitt ihm das Wort ab. „Fahren Sie fort, Clara, wir wissen um die Schwierigkeiten."

Clara fragte sich, ob er das wirklich tat, doch sie fuhr trotzdem fort.

„Wir müssen uns fragen, wer Motiv und Gelegenheit hatte, um Goddard zu töten, und natürlich wissen wir nicht genau, was ihn überhaupt umgebracht hat. Was immer es war, es muss schnell gewirkt haben, und der oberflächlichen Beobachtung des Colonels nach muss es ein Stoff gewesen sein, der eingenommen wurde; im Gegensatz zu einer Kugel etwa, die eine Wunde hinterlassen hätte, die Ihnen gewiss aufgefallen wäre, nicht wahr, Colonel?“

„Definitiv! Ich erkenne eine Einschusswunde, wenn ich sie sehe.“

„Das lässt nur noch wenige Optionen zu, aber ich möchte eigentlich nichts ausschließen, ohne die Meinung eines Gerichtsmediziners gehört zu haben, was in dieser Sache schlicht unmöglich ist.“ Clara versuchte, das Zittern ihrer Hand zu beruhigen. Das Letzte, was sie bei der Präsentation ihrer Meinung zu diesem Fall tun wollte, war, den charmanten und attraktiven Captain O'Harris zu verletzen. „Was wir sagen können, ist, dass die Mordmethode rasch wirkte, geräuschlos oder wenigstens sehr leise war und augenblicklich tödlich war. Das schließt übrigens die meisten Gifte aus. Selbst bei Strychnin dauert es mindestens eine halbe Stunde, bis die tödliche Wirkung einsetzt.“

„Bei Claras letztem Fall war Strychnin im Spiel“, erklärte Tommy hilfsbereit.

„Ja, aber tatsächlich nicht als Mordwaffe“, fügte Clara hinzu. „Wie auch immer. Abgesehen von alledem, bin ich zu dem Schluss gekommen, dass Goddard O'Harris'

Mörder unmittelbar vor Goddards Tod in seiner Nähe war, was nur zwei Verdächtige zulässt.“

„Bei Gott, Sie meint mich und Mrs. O'Harris.“ Der Colonel lachte überrascht.

„In der Tat, Colonel, doch ich bin geneigt, Sie auszuschließen, da Sie direkt zur Polizei rannten. Das könnte natürlich eine List gewesen sein, führte aber auch dazu, dass Sie nicht zugegen waren, um die Leiche zu bewegen. Außerdem kann ich keinerlei Motiv ausmachen, auch wenn Sie natürlich eines haben könnten, von dem ich nichts weiß. Und dann wäre da noch Ihr Eifer beim Nacherzählen der Geschehnisse. Die meisten Möder würden lieber nicht über ihr Verbrechen sprechen, es sei denn, sie sind instabil oder geisteskrank, um keine Aufmerksamkeit auf sich zu lenken.“

Der Colonel stieß ein weiteres dröhnendes Lachen aus.

„Du liebe Güte, das ist wirklich ein großer Spaß. Ich fühle mich geehrt, als Verdächtiger in Betracht gezogen zu werden, doch es ist auch ein wenig deprimierend, wie schnell Sie mich wieder ausgeschlossen haben.“

„Bitte, Colonel“, flehte Mrs. Rhone. „Das ist doch erschreckend.“

„Miss Fitzgerald“, meldete sich O'Harris zu Wort. „Wenn ich das richtig verstehe, bedeutet das, Sie glauben, meine Tante hat Onkel Goddard umgebracht?“

Clara zögerte erneut. Der schneidige Captain wirkte verletzt und mehr als nur ein wenig verblüfft. Sie begriff, dass er seine Tante wirklich gerngehabt hatte.

„Ich weiß nichts mit Gewissheit“, betonte Clara. „Ich will nur sagen, dass sie im Rahmen dieses Gedankenexperimentes wohl die Hauptverdächtige wäre.

Florence O'Harris hatte die Mittel und die Gelegenheit, um Goddard umzubringen, und war die einzige Person, die zugegen war, um die Leiche zu bewegen, nachdem der Colonel Hilfe holen gegangen war."

„Oh, nein!", keuchte Mrs. Rhone. „Oh, aber es wäre möglich … oh …"

„Und wie lautete das Motiv?", fragte O'Harris mit schneidendem Unterton.

„Das weiß ich nicht, abgesehen von der Tatsache, dass Frauen recht häufig ihre Ehemänner umbringen wollen, und umgekehrt. Die meisten Eheleute gehen diesem Wunsch bloß nicht nach."

„Oh, Miss Fitzgerald, was für eine schreckliche Aussage. Ich wollte meinen Ehemann nie umbringen!", rief Mrs. Rhone.

Clara wandte sich ihr mit ernstem Blick zu.

„Wirklich, Mrs. Rhone? Nicht einmal, ohne es wirklich ernst zu meinen? Vielleicht nur als einen Gedanken aus Wut?"

„Nun …" Mrs. Rhone blickte zu ihrem Ehemann hinüber. Der Vikar schlief tief und fest in seinem Sessel. „Ich schätze schon, einmal, als er Unkrautvernichter statt Insektengift auf meine geliebten Begonien sprühte und sie alle ruinierte. Das war nur eine Woche vor der Gartenschau des Dorfes. Ich hätte ihn umbringen können, oh ja, meine Liebe. Ich verstehe, was Sie meinen. Wir alle sagen so etwas, nicht wahr? Aber meistens meinen wir es nicht so."

„Exakt", sagte Clara.

„Und dann war da noch der Tag, an dem er diese unausstehliche Mrs. Vine zum Tee eingeladen hat, weil sie mit mir über den Wohltätigkeitsbasar sprechen wollte.

Dabei hatte ich ihm schon gesagt, dass ich nichts mehr damit zu tun haben wollte, nach dem, wie ich im Jahr zuvor behandelt worden war. Bei Scones mit Mrs. Vine habe ich dann doch zugestimmt." Mrs. Rhone kam so langsam in Fahrt. „Und einmal habe ich ihm neue Handschuhe gestrickt, die er prompt anzog, um auf einem benachbarten Hof irgendein Schaf aus dem Schnee zu graben. Sie waren ruiniert, als er nach Hause kam, dabei weiß er doch, wie sehr ich Stricken hasse."

„Ich glaube, wir haben verstanden, werte Dame." Colonel Brandt warf der Frau einen besorgten Blick zu. „Erstaunlich, dass der gute Reverend noch lebt."

„Das ist doch alles Unsinn", blaffte Captain O'Harris plötzlich und stapfte zum Fenster, um wütend in den Nachthimmel hinaufzublicken.

Clara ächzte innerlich. Genau das hatte sie befürchtet. Anscheinend war es nicht immer besser, Verbrechen auch aufzuklären, insbesondere bei einem Fall, der so weit in der Vergangenheit lag und eine persönliche Bedeutung für ihren Gastgeber hatte.

„Glauben Sie, Florence hat die Leiche selbst weggebracht?" Colonel Brandt bekam gar nicht mit, welche Wut sein Spiel in O'Harris geweckt hatte.

„Das wäre möglich, doch ich würde auch nicht ausschließen, dass sie Hilfe gehabt haben könnte. Ich fürchte, damit wären auch Sie wieder im Kreis der Verdächtigen, Colonel. Sie hätten später zurückkehren können, um Florence zu helfen."

„Fabelhaft!", dröhnte der Colonel heiter. „Natürlich betone ich meine Unschuld, aber mir gefällt der Gedanke, dass mich eine junge Dame in meinem Alter noch für verrufen halten kann!"

Clara hörte ihm kaum zu; sie starrte auf Captain O'Harris' Rücken und bekam ein schrecklich schlechtes Gewissen.

Die abendliche Versammlung löste sich langsam auf. Mrs. Rhone weckte ihren Ehemann und erklärte ihm, dass sie nach Hause zurückkehren würden. Colonel Brandt nahm sich seinen Gehstock, begab sich mit unsicherem Schritt zu ihrem Gastgeber und gab ihm die Hand, um sich für das Essen und den Brandy zu bedanken.

Clara schob Tommy in seinem Rollstuhl vor sich her und war die Letzte, die das Haus verließ.

„Sei nicht traurig", sagte Tommy mitfühlend, doch Clara wusste, dass sie mindestens O'Harris den Abend verdorben hatte.

Er kam zu ihnen an die Tür, um sich zu verabschieden.

„Hören Sie, ich war recht plötzlich …", hob er an.

„Ich hätte nicht so viel reden dürfen", unterbrach Clara ihn rasch. „Ich hätte vernünftiger sein sollen. Ich war nie für mein gutes Taktgefühl bekannt."

„Das ist wahr", steuerte Tommy bei.

„Es ist nur …" O'Harris starrte zur hohen Decke der Eingangshalle hinauf und versuchte, seine widerstreitenden Gefühle unter Kontrolle zu bringen. „Ich dachte immer, dass Onkel Goddard ermordet wurde, und fand es nicht richtig, dass nie jemand für dieses Verbrechen zur Rechenschaft gezogen wurde. Doch jetzt sagen Sie, dass Tante Flo die Täterin gewesen sein könnte, und, nun … Ich stand am Fenster, starrte hinaus und war wütend über Ihre Aussage, doch langsam ging mir auf, dass es die Wahrheit sein könnte. Ist das nicht furchtbar?"

„Manchmal ist es besser, nicht in der Vergangenheit herumzustochern", sagte Clara unglücklich. „Ich wollte Ihnen kein Leid bereiten."

„Nein, entschuldigen Sie sich nicht. Diese Sache hängt seit langem über der Familie. Ob Tante Flo es getan hat ... oder nicht ... Clara, ich muss es einfach wissen. Jetzt, da Sie angefangen haben, muss ich die Antwort erfahren. Ich habe nicht gelogen, als ich sagte, dass Tante Flo mir wichtig war, sehr wichtig sogar, doch wir haben uns erst nach Goddards Tod wirklich gut kennengelernt, und da wirkte sie ... anders. Ich nahm an, dass es der Schock und die Trauer waren, doch jetzt muss ich wissen, ob es nicht einen anderen Grund gab." O'Harris atmete tief durch. „Ich fliehe nicht nur der Kälte wegen jeden Winter aus diesem Haus, wissen Sie? Es leben Geister in diesen Mauern. Oh, nicht von der kreischenden, theatralischen Sorte; ich meine die Erinnerungen derjenigen, die vor mir hier gelebt haben, und ich fühle mich nicht immer wohl damit, hier allein zu sein. Vielleicht liegt das an dem, was Goddard widerfuhr, oder vielleicht hege ich unterbewusst immer noch einen Verdacht bezüglich meiner Tante. Auf jeden Fall möchte ich die Wahrheit erfahren, ob sie schmerzhaft wird oder nicht."

Clara wusste, worum er sie gleich bitten würde, und wünschte sich, er würde es nicht tun.

„Ich möchte, dass Sie morgen zurückkommen und die Ermittlungen im Fall meines toten Onkels aufnehmen."

„Captain O'Harris, wenn man in solchen alten Geschichten herumstochert, fördert man zwangsläufig Geheimnisse zutage, und die können verletzen. Niemand ist perfekt, aber in unseren Erinnerungen können geliebte Menschen besser wirken, als sie es waren, und wenn wir hinter diesen Anschein blicken, kann das sehr unangenehm werden."

„Das verstehe ich", sagte O'Harris beharrlich. „Aber ich möchte, dass Sie für mich in diesem Fall ermitteln. Ich muss die Wahrheit erfahren, denn mit diesen Halbwahrheiten zu leben, kann ebenso schmerzlich sein."

„Und wenn ich das Schlimmste herausfinde?"

„Ich bin ein erwachsener Mann, Miss Fitzgerald. Welche Information Sie auch ans Licht bringen, ich kann damit umgehen." O'Harris wirkte so verzweifelt, dass Clara spürte, wie ihr Widerstand bröckelte. Wäre es denn so schlimm, noch etwas mehr Zeit in der Gesellschaft des Captains zu verbringen?

„Ich kann Ihnen keine Aufklärung versprechen, aber ich werde tun, was ich kann."

„Ich bin sehr froh, dass Sie einwilligen", sagte O'Harris und bekam sogar ein Lächeln zustande. „Und ich werde Sie natürlich für Ihre Zeit bezahlen. Was ist Ihr übliches Honorar?"

„Ein Shilling die Stunde", warf Tommy rasch ein.

Clara wollte ihm einen Tritt verpassen.

„Ich werde Ihnen ein Pfund die Stunde bezahlen. Das kommt mir den Diensten angemessener vor, die Sie für mich verrichten werden."

„Das ist zu großzügig ...", bekam Clara heraus, bevor Tommy ihr in den Arm kniff.

„Ich bestehe darauf. Und Mr. Fitzgerald, Sie müssen morgen auch mitkommen, damit Sie sich die *Buzzard* gründlich anschauen können."

Ein Grinsen breitete sich auf Tommys Gesicht aus.

„Vielen Dank!"

„Ich erkenne einen anderen Liebhaber der Luftfahrt, wenn ich ihn sehe", antwortete O'Harris. „Nun, Miss Fitzgerald?"

„Ich schätze, dann sehen wir uns morgen", sagte Clara.

„Gegen elf Uhr?"

„Ja, das ist vertretbar."

„Gut. Ich werde Ihnen ein Automobil schicken."

Clara konnte ihre Überraschung nicht verbergen.

„Ein Automobil?"

Kapitel 5

Das Automobil war weinrot lackiert und funkelte im frühen Sonnenlicht. Ein Chauffeur in grauer Livree öffnete Clara die Tür und wollte partout nicht ihre Hilfe annehmen, um Tommy ins Fahrzeug zu bekommen. In diesem oben offenen Automobil zu sitzen und über die ländlichen Straßen zu sausen, wobei Clara sich den Hut auf den Kopf pressen musste, bereitete ihr einen besonderen Nervenkitzel. Abgesehen von Zugfahrten, hatte sie sich noch nie so schnell fortbewegt.

„Glaubst du, der Mann weiß, was er tut?", fragte sie ihren Bruder.

„Ist das nicht herrlich, Schwesterchen?", fragte Tommy. Das Brüllen des Motors und der Fahrtwind hatten ihre Frage übertönt. „Wenn ich doch nur meine Beine benutzen könnte, Clara! Stell dir vor, was ich tun könnte!"

„Ist das da vorne eine Kuh?"

Sie schrien beide laut auf, als der Chauffeur sie rasant in eine Kurve lenkte und plötzlich ein schwarzweißes Holstein-Rind mitten auf der Straße stand. Der Chauffeur hupte laut, bremste kaum und das Tier stapfte in gemütlichem Tempo zum grasbedeckten Straßenrand; gerade rechtzeitig, um nicht überfahren zu werden.

„Das war gefährlich!", keuchte Clara.

„Sobald jeder die Gesetze der Straße lernt, wird das kein Problem mehr sein, Schwesterchen.“

„Wirklich?“, fragte Clara zynisch. „Hast du in der Zeitung nicht von diesem Unfall gelesen? Der Mann auf dem Fahrrad und der Bentley?“

„Ja, ja, aber das geht alles auf Unwissen zurück. Glaube mir, sobald wir uns an Automobile gewöhnt haben, wird es keine Unfälle mehr geben. Man braucht nur ein wenig Verstand, sonst nichts.“

„Verzeih mir, wenn ich dir das nicht ganz glauben kann“, schnaubte Clara, während sie sich fragte, wer den Kühen und Schafen auf den Feldern, an denen sie hier vorüberrasten, diesen Straßenverstand beibringen würde.

Eine Sache konnte sie allerdings nicht kritisieren. Sie erreichten Captain O’Harris’ Haus sehr viel schneller als sie es zu Fuß je geschafft hätten. Als sie vorfuhren, winkte O’Harris ihnen zu und kam mit federndem Schritt die Treppe herunter, um Clara die Tür zu öffnen.

„Meine Liebe, Sie sehen ein wenig zerzaust aus“, sagte er lachend, während er ihr seine Hand entgegenstreckte.

„Wir hätten beinahe eine Kuh getötet“, sagte Clara entrüstet. „Und niemand hat mich darüber informiert, dass ich in so hohem Tempo an der frischen Luft reisen würde.“

„Dieses Biest kann ein gutes Tempo hinlegen.“ O’Harris grinste und tätschelte sein Automobil liebevoll. „Ich nenne sie Speedy Suzy, nach einer alten Flamme.“

„Darf ich fragen, ob die junge Frau sich davon beleidigt fühlen würde?“

„Vermutlich, ja. Suzy war alles andere als schnell, doch dunkle Rottöne standen ihr gut.“

„Captain O’Harris!“ Der Chauffeur hatte Tommy in seinem Rollstuhl um das Automobil herumgeschoben. „Sie wissen ja gar nicht, wie sehr ich Sie beneide. Dieses Automobil ist überwältigend! Wäre ich nur nicht an diesen Rollstuhl gefesselt.“

Tommy sank ein wenig in sich zusammen, als ihn die Realität einholte.

„Lassen Sie sich nicht entmutigen. Ich hätte das Automobil nicht geschickt, wenn ich geahnt hätte, dass es Sie deprimieren würde“, fügte O’Harris rasch hinzu.

„Das ist es nicht.“ Tommy schaute sehnsüchtig zu dem Fahrzeug. „Die Leute verstehen es nicht, wie es ist, vom Unmöglichen zu träumen.“

„Ich schon“, versicherte O’Harris ihm. „Ich habe vom Fliegen geträumt, und die Leute haben mich ausgelacht. Man sagte mir, das werde niemals geschehen, ich solle aufgeben. Doch dann kam der Krieg und ich segelte durch die Lüfte. Womöglich werden auch Sie eines Tages ein Automobil fahren oder gar ein Flugzeug fliegen.“

„Die Ärzte sagen etwas anderes“, entgegnete Tommy verdrießlich.

„Was wissen die schon?“ O’Harris schüttelte den Kopf. „Wenn man meinen Ärzten alles glaubt, sollte ich gar nicht vor Ihnen stehen. Man sagte mir, mein Herz sei nicht in optimalem Zustand und könnte durch einen Schock jederzeit stehenbleiben. Wenn sie das im Fliegerkorps gewusst hätten, hätte man mich niemals aufsteigen lassen, doch ich habe nicht auf diesen Unsinn gehört und hier stehe ich nun, kerngesund!“

„Ich weiß diese Geschichte zu schätzen, doch meine Beine werden nie wieder ihren Dienst tun.“

„Mit dieser Einstellung geben Sie ihnen auch gar keine Chance. An Ihrer Stelle würde ich jeden Tag versuchen zu laufen, und wer weiß, wenn ich es hartnäckig genug versuche, würde ich es irgendwann schaffen. Das Wichtigste ist es, niemals aufzugeben.“

„Sehr richtig“, unterbrach Clara ihn, da es an der Zeit war, das Thema zu wechseln und Tommy von den Gedanken über seine Beine abzulenken. „Nun denn, ich glaube, Sie haben einen rätselhaften Fall, den ich aufklären soll, Captain O'Harris.“

„Oh, ja, wo sind nur meine Manieren? Immer herein! Möchten Sie Tee oder Kaffee?“

Sie folgten ihm ins Haus, bis in das Speisezimmer, in dem sie tags zuvor gegessen hatten.

„Ich dachte, wir sollten hier starten“, erklärte O'Harris. „Am Tatort, na ja, beinahe. Wobei ich gestehen muss, dass ich mich frage, ob ich Sie in eine aussichtslose Ermittlung schicke, seit ich darüber geschlafen habe, Miss Fitzgerald.“

„Zu Beginn wirken die meisten ungeklärten Fälle so, doch üblicherweise kann man Antworten finden, wenn man aufmerksam genug nach ihnen sucht.“

„Ich bewundere Ihre Zuversicht. Wo fangen wir an?“

Clara hatte sich seit dem vergangenen Abend über diesen Augenblick den Kopf zerbrochen.

„Ich frage mich, ob wir die Szene vielleicht nachstellen sollten“, sagte sie. „Tommy könnte Colonel Brandt sein, ich werde den Part von Ihrer Tante Florence übernehmen und Sie ...“

Clara verstummte, als ihr bewusst wurde, was sie gerade vorschlug.

„Ich werde Onkel Goddard geben. Seien Sie unbesorgt, Miss Fitzgerald. Ich bin nicht gekränkt und es ist recht logisch, dass ich diese Rolle übernehmen sollte. Wollen wir uns an den Tisch setzen?“

„Ja, aber … nun, steht der Tisch am selben Platz wie damals?“

O'Harris starrte den Tisch eine Weile an.

„Jetzt, da Sie es erwähnen … Ich glaube, er stand weiter rechts. Ja, genau. Wir haben ihn umgestellt, als die neue Anrichte dazukam, um das Servieren zu erleichtern, doch er stand in der Tat einen knappen Meter näher an der Rückwand.“

„Was bedeutet, dass der Colonel freie Sicht auf Goddard gehabt hätte, als der die Terrassentreppe hinunterstieg.“ Clara lief durch den Raum, um einzuschätzen, wie sehr der Fensterrahmen und die schwere Steinbalustrade der Terrasse die Sicht einschränkten.

„Ist das wichtig?“, fragte O'Harris.

„Nun, das ist die Sache. Man kann nicht wissen, ob etwas wichtig wird oder nicht, bis ich es mit Gewissheit ausgeschlossen habe.“

„Wollen Sie den Tisch verschieben?“ O'Harris blickte zu dem schweren Esstisch aus Mahagoni, der mit aufwändigem Blumenschmuck und Kerzenständern verziert war. „Ich würde einen Bediensteten rufen müssen.“

„Nein, lassen Sie uns nur die Stühle verschieben.“

Clara nahm sich einen Stuhl und O'Harris tat es ihr gleich, während Tommy vorsichtig an die richtige Stelle rollte.

„Jetzt haben wir ein Problem", sagte Tommy. „Wir wissen nicht, wo sie saßen."

„Onkel Goddard hätte am Kopf des Tisches gesessen." O'Harris deutete auf die Stelle, an der der Stuhl seines Onkels gestanden hätte. „Wir können davon ausgehen, dass sich Colonel Brandt und meine Tante gegenübersaßen, rechts und links meines Onkels. Das war die übliche Sitzordnung."

„Also hier etwa?" Tommy schob sich an eine Stelle, die sich etwa mittig an dem imaginären Tisch befand.

„Nicht so weit unten. Mein Onkel hasste es, wenn seine Gäste so weit entfernt saßen. Nein, die beiden hätten direkt neben ihm gesessen."

Tommy positionierte sich neu, seitlich am Kopf des Tisches. Clara setzte sich ihm gegenüber. O'Harris nahm als Letzter seine Position ein.

„Nun gut, wir haben gerade zu Abend gegessen und denken gerade über ein Glas Brandy nach, oder wenigstens der Colonel", sagte Clara. „Goddard denkt an seine Zigarre."

Der Captain fiel plötzlich in seine Rolle und gab vor, ein Zigarrenetui herauszuholen und eine Zigarre zu entnehmen.

„Nun denn, Florence, ich denke, ich werde mir meine abendliche Zigarre genehmigen", sagte er. Dabei hatte er die Stimme erhoben und seinen Akzent abgeschwächt.

„Nicht hier drinnen, Goddard. Du weißt, dass der Rauch die Tapeten verfärbt", sagte Clara in ihrem besten missbilligenden Ton.

O'Harris stand auf und lief zur Terrassentür. Clara schaute nicht hin, hörte aber, dass er die Tür öffnete und sich dann seine Schritte entfernten.

„Wir sollten uns höflich unterhalten", sagte sie zu ihrem Bruder. „Wie viel kannst du eigentlich sehen?"

„Von hier aus blicke ich direkt die Terrassentreppe hinunter. Ah, ja. O'Harris hat zwischen den Rosensträuchern angehalten und gibt vor, seine Zigarre zu rauchen. Ich würde behaupten, er hat sich bestens in die Rolle eingefunden."

Clara hob eine Augenbraue. Ihrer Erfahrung nach liebten Männer das Amateurtheater und ergriffen jede Gelegenheit, um ihr Können zu präsentieren.

„Oh, er ist gerade zu Boden gestürzt."

„Hast du irgendetwas gehört?", fragte Clara.

Tommy hielt inne.

„Ich bin mir nicht sicher, weil ich ... nun ja, hingeschaut habe. Ich weiß es nicht."

„Ich habe nichts gehört." Clara erhob sich und öffnete die Terrassentür, um O'Harris zuzurufen: „Könnten Sie das bitte noch einmal machen? Wir wollen das Geräusch Ihres Sturzes hören."

„Alles klar." O'Harris winkte.

Clara kehrte an ihren Platz zurück.

„Beobachte ihn dieses Mal nicht, Tommy, sondern konzentriere dich auf mich."

„Woher soll ich dann wissen, wann er gestürzt ist?"

„Gute Frage." Clara nickte. „Das Problem ist, dass die Beteiligten an diesem Mysterium entweder tot sind oder seitdem so lange gelebt haben, dass es schwierig wird, sich an Einzelheiten zu erinnern."

„Glaubst du, der Colonel könnte nicht die ganze Wahrheit gesagt haben?"

„Ich glaube, er hat das erzählt, was seine Erinnerung an den Vorfall hergibt. Leider ist der menschliche Verstand sehr gut darin, Leerstellen auszufüllen, etwa mit dem Geräusch eines Sturzes."

„Ja, aber wenn das der Fall ist, woher wussten sie dann, dass er gestürzt war?"

„Exakt."

„Meine Lieben, sind Sie fertig? Ich habe einige Minuten lang im Gras gelegen, aber niemand kam."

Sie drehten sich beide zu O'Harris um.

„Wir haben Sie nicht gehört", sagte Clara als Entschuldigung. „Würden Sie es bitte noch einmal versuchen?"

O'Harris wirkte ein wenig verzweifelt, als er in den Garten zurückkehrte.

„Angenommen, die beiden haben ihn nicht gehört, sondern dass die Fantasie des Colonels dieses Geräusch eingefügt hat, dann würde das bedeuten, dass der arme Goddard schon eine ganze Weile tot im Gras gelegen haben könnte", fuhr Tommy fort, nachdem O'Harris gegangen war.

„Es würde noch weitere Möglichkeiten eröffnen. Zum Beispiel könnte der Colonel wie du unbewusst Goddard beobachtet haben. So sah er den Sturz, doch als seine Erinnerung mit der Zeit verblasste, fantasierte er, den Sturz gehört statt ihn gesehen zu haben. Das wäre eine recht unschuldige Erklärung."

„Du denkst, es gäbe auch weniger unschuldige Erklärungen?"

„Oh, die gibt es immer, doch das bedeutet nicht, dass sie korrekt sind. Denkst du, er ist schon gestürzt?"

„Ich habe nichts gehört.“

„Lass uns schweigend lauschen. Ich komme mir gemein vor, wenn ich ihn immer wieder auf die harte Erde stürzen lasse.“

Sie verstummten und lauschten. Nach einigen Augenblicken waren Schritte auf der steinernen Terrassentreppe zu hören.

„Der Gärtner ist gerade über mich gestolpert“, sagte O’Harris kleinlaut, als er in der Tür auftauchte. „Er war sehr besorgt und ich musste einige Überzeugungsarbeit leisten, bis er mir glaubte, dass es mir gut geht und ich nur eine Theorie überprüfe. Haben Sie mich dieses Mal gehört?“

„Keinen Laut, tut mir leid.“ Clara trat zu ihm und musterte ihn von oben bis unten. „Was sagte der Colonel noch gleich? Es war irgendetwas über das Geräusch.“

„Er sagte, er habe ein Klappern gehört, als wäre jemand über irgendetwas gestolpert“, antwortete Tommy.

„Es gibt dort nichts als Rosensträucher“, merkte O’Harris an. „Und die klappern gewiss nicht.“

„Könnte Goddard irgendetwas am Körper getragen haben, das bei seinem Sturz ein lautes Geräusch gemacht hätte?“, fragte Clara.

O’Harris dachte einen Augenblick lang nach.

„Da fällt mir wirklich nichts ein. Es ist nicht so, als wäre er der Bürgermeister mit seiner zeremoniellen Kette gewesen.“

„Dann haben wir Problem Nummer eins.“ Clara lief zur offenstehenden Terrassentür und starrte in den Garten hinaus. „Colonel Brandt und Florence O’Harris hätten Goddards Sturz nicht hören können. Woher hätten sie also wissen können, dass er zusammengebrochen war?“

„Das klingt sehr verdächtig.“ O'Harris schien sich unbehaglich zu fühlen.

„Keine Sorge. Gut möglich, dass Clara noch eine logische Erklärung dafür findet“, versicherte Tommy ihm.

„Oh, ja“, pflichtete Clara ihm bei. „Die Frage muss nur geklärt werden, aber man muss keine Niedertracht dahinter vermuten.“

„Ist dies dann das Ende unserer Dinnerparty?“, fragte Tommy.

„Fürs Erste, ja. Ich werde mir jetzt die Rosenbeete anschauen und mich dann im Garten nach möglichen Verstecken für eine Leiche umsehen. Können die beiden Herren sich allein unterhalten, während ich fort bin?“

O'Harris warf Tommy einen Blick zu.

„Klingt, als wären wir überflüssig“, sagte er.

„So läuft es häufiger“, antwortete Tommy.

„Ich glaube, ich habe Ihnen einen Blick auf die *Buzzard* versprochen.“

„Das haben Sie.“ Tommy grinste.

„Sie steht in einer ehemaligen, umgebauten Scheune, ich bringe Sie hin. Ist das in Ordnung, Clara?“

Als die beiden sich umsahen, war Clara bereits draußen auf der Terrasse.

Kapitel 6

Die Rosensträucher entpuppten sich als Sackgasse. Das bemerkte Clara sofort. Seit dem Mord war über eine Dekade vergangen und was immer dort in den Beeten zu finden gewesen sein mochte, war längst fort. Sie suchte die Stelle trotzdem kurz ab, um gründlich zu sein, und betrachtete einige der Rosenknospen, die kurz vor dem Erblühen standen.

„Das ist *Parson's Pink China*", merkte jemand hinter ihr an.

Clara drehte sich um und sah den Gärtner in seinem dreckverschmierten Overall, der sie beobachtete.

„Ich fürchte, ich kenne mich mit Rosen nicht aus."

„Es ist eine alte, chinesische Rosenart, wie ich hörte. Vielleicht nennt man sie in den fernöstlichen Gärten anders, was meinen Sie?"

„Ich vermute es." Clara lächelte. „Diese Sträucher sehen sehr gepflegt und gesund aus. Stehen sie schon lange hier?"

„Manche von ihnen stammen noch aus der Zeit meines Vaters. Wenn man sich gut um Rosen kümmert, können sie so alt werden wie ein Mensch; insbesondere die alten Sorten. Moderne Sorten sind anders, die sterben nach einem Strohfeuer von Blüten. Das gilt für so viele moderne Dinge. Ich sage, sie reichen nicht an die Zähigkeit der alten Rosen heran."

„Ich hätte auch gerne einen Rosenstrauch im Garten, doch sie brauchen reichlich Pflege, nicht wahr?", fragte Clara und lockte den Mann damit näher heran.

Er schnaubte.

„Wer sich mit Rosen auskennt, würde so etwas nicht sagen. Bloß hat dieser Tage niemand mehr Zeit, und man hält es für zu viel Aufwand, eine Pflanze zu schneiden oder einzusprühen. Die Leute kaufen sich lieber bunte Stiefmütterchen, die ein Jahr lang tun, was man sich von ihnen wünscht, und dann verrotten. Rosen brauchen bloß ein wenig Pflege und Aufmerksamkeit, dann belohnen sie einen dafür. Schauen Sie mal." Der Gärtner hob sanft den Zweig eines Rosenbusches an und deutete auf frisch abgeschnittene Triebe. „Ich komme jeden Morgen her und schneide sie ein wenig. Das ist besser, als alles auf einmal abzusäbeln. Es ist wie bei einer morgendlichen Rasur. Ich nehme kranke Blätter ab und verbrenne sie. Und ich schneide die Zweige zurück, die sich zu sehr vom Strauch entfernen. Als Belohnung erhalte ich diese schönen, kleinen Knospen, die kurz davor stehen, für mich zu erblühen. Man kann nicht behaupten, dass sich eine Rose nicht für eine liebevolle Behandlung bedanken würde."

„In der Tat", stimmte Clara zu. „Sie wissen sehr viel darüber. Ich nehme an, Sie kümmern sich schon seit vielen Jahren um die Rosen hier."

„Oh, ja. Seit mein Vater herkam ... wann war das noch gleich? Im Sommer 1875. Damals war ich vierzehn oder fünfzehn und habe ihm schon im Garten ausgeholfen. Der alte Gärtner war im Winter zuvor an einem Hirnschlag gestorben und die Familie ließ die Pflanzen vor sich hin wuchern, bis sie sich entschieden, einen neuen

Mann einzustellen. Sie hatten großes Glück, meinen Vater zu bekommen, wenn ich das sagen darf. Queen Victoria persönlich hat ihn in Erwägung gezogen, doch er hatte eine Abneigung Hunden gegenüber, was einige Probleme machte. Deshalb wurde ihm die Stelle nicht angeboten."

„Sie waren schon hier, als Mr. Goddard O'Harris noch lebte?"

„In der Tat. Eine eigenartige Sache …", er zögerte.

„Was ist denn? Ich hoffe, ich habe Sie nicht verärgert."

„Nicht doch, Miss. Ich bin bloß der Gärtner, Sie müssen sich keine Sorgen machen. Gerade eben erst fand ich den jungen Hausherren an eben dieser Stelle liegend. Da wurde mir ganz anders, als ich mich erinnerte."

„Sie erinnerten sich?"

„Ja, an den armen Mr. Goddard, der genau hier leblos aufgefunden wurde." Der Gärtner war ganz blass geworden und lehnte sich ohne nachzudenken in seine geschätzten Rosen.

„Bitte entschuldigen Sie mein Unwissen. Mir war nicht bekannt, dass eine solche Tragödie die Familie ereilt hatte", log Clara lieblich. „Doch Sie wirken ein wenig blass. Sollen wir vielleicht eine Runde durch den Garten gehen? Würde Sie das erfrischen?"

„Vielen Dank, Miss, das ist sehr gütig. Ich habe meine Schubkarre drüben bei den französischen Ringelblumen gelassen, die ich gerade einpflanze. Vielleicht könnten wir dorthin gehen?"

„Natürlich!"

Sie spazierten schweigend nebeneinanderher. Clara wartete mit unendlicher Geduld darauf, dass ihr neuer Informant weiterredete, und wurde nicht enttäuscht.

„Normalerweise erschreckt mich nichts so leicht." Der Gärtner wirkte verlegen. „Ich bin ein rationaler Mann und weiß, dass ich keine Geister toter Menschen zu fürchten habe, doch nur für einen Augenblick glaubte ich, beinahe zehn Jahre in die Vergangenheit zurückzukehren, als ich Captain O'Harris dort liegen sah; zu diesem schrecklichen Abend."

„Das tut mir sehr leid. Es muss ein furchtbarer Schock gewesen sein, Ihren Arbeitgeber da tot zwischen den Rosen liegen zu sehen."

„Oh, es war ein schlimmer Abend. Mr. Goddard hat seine Zigarre immer inmitten der Rosen geraucht. Ich hätte mich gern bei ihm über den Schaden beschwert, den er damit anrichtet, aber was soll man als Gärtner da schon tun?"

Clara nickte mitfühlend.

„An diesem Abend war ich noch spät auf den Beinen, da die alten Holzbretter des Komposthaufens durchgerottet waren und sich der ganze Kompost über den Wintersalat der Köchin verteilt hatte. Ich versuchte, alles zu reparieren, und das hatte mich viel Zeit gekostet. Ich lief im Schein meiner Lampe zu meinem kleinen Cottage zurück. Eigentlich soll ich abends nicht durch den Garten laufen, falls Gäste da sind, die mich sehen könnten, doch ich war zu erschöpft, um mir darum Sorgen zu machen. Meistens war ohnehin nur Mr. Goddard im Garten, und er war ein gutherziger Mann." Der Gärtner nestelte am Griff seiner Schubkarre herum. „Ich glaube, deshalb hat es mich so schwer getroffen, ihn dort am Boden liegen zu sehen. Als ich völlig fassungslos den Blick hob, sah ich Mrs. O'Harris auf der Terrassentreppe stehen. Sie hatte sich ein Schultertuch umgelegt und sagte: ‚Es ist alles in Ordnung, Mr. Riggs, ich habe schon nach einem Arzt geschickt.' Sie wirkte ganz ruhig. Was für eine außergewöhnliche Frau."

Bei dieser Information wurde Clara hellhörig. Tante Florence war zur Leiche zurückgekehrt, nachdem sie nach dem Arzt geschickt hatte, und da war sie noch nicht verschwunden! Das war eine andere Geschichte als die, die der Colonel erzählt hatte, und sie lenkte den Verdacht abermals auf Mrs. O'Harris. Das war zu schade für den Captain.

„Mrs. O'Harris muss ganz außer sich gewesen sein."

„Sie war eine starke Frau. Manche hätten sie als streng bezeichnet, doch ich sah einmal, wie sie angesichts ihrer toten Magnolien geweint hat. Eine Person, die den Tod einer Pflanze betrauert, kann für mich kein schlechter Mensch sein."

„Blieben Sie bei ihr, bis die Polizei eintraf?"

„Oh, nein!" Der Gärtner wirkte schockiert. „Das wäre doch eine Zumutung gewesen! Nein, ich kehrte nach Hause zurück und ging zu Bett. Ich hatte am folgenden Morgen eine Hecke zu schneiden."

„Vielen Dank, Mr. Riggs. Entschuldigen Sie bitte, dass ich Sie von Ihrer Arbeit abgelenkt habe."

„Das macht nichts, Miss. Ich rede gern über die Rosen."

Clara lächelte ihn an und wandte sich zum Gehen.

„Parsons's China Rose hieß die Sorte?"

„Parson's Pink China", rief Mr. Riggs. „Sie mögen Sonne, aber nicht zu viel."

Clara winkte ihm zu, während sie über die Wiese lief.

***

Das Flugzeug dröhnte, während es durch die Wolken segelte.

„Das ist das wahre Leben!", rief Captain O'Harris nach hinten zu seinem Passagier.

„Ich habe mich noch nie so frei gefühlt!", antwortete Tommy, während er über den Rand des Cockpits auf die winzigen Häuser und Gärten hinunterblickte.

Er fühlte sich wie ein Riese in einer Spielzeugstadt. Die Welt breitete sich wie eine Landkarte unter ihm aus.

„Wie war es, im Krieg zu fliegen?"

„Verdammt furchterregend!" O'Harris lachte. „Aber sagen Sie das niemandem, Tommy. Das ist ein Geheimnis unter uns Kriegsveteranen."

„Natürlich", versprach Tommy.

„Es war die Hölle, als Aufklärungspilot über das Niemandsland zu fliegen und ausweichen zu müssen, sobald die Deutschen das Feuer eröffneten. Verstehen Sie mich nicht falsch, die meisten ihrer Waffen konnten uns nicht erreichen, doch sie arbeiteten an Flugabwehr und man wusste nie, ob das nächste Maschinengewehr, das man hörte, vielleicht genug Reichweite hätte, um ein Flugzeug zu treffen. Und dann waren da natürlich auch noch die deutschen Flugzeuge. Sie stürzten sich im Schwarm auf mich und der Kerl hinter mir hatte nur eine Thompson, um auf sie zu schießen!"

„Das klingt besser organisiert als bei uns am Boden!"

„Ach, Tommy, Sie wissen ja gar nicht, wie sehr ich bei jedem Überflug mit den armen Kerlen am Boden mitfühlte. Manchmal flogen wir so tief, dass wir die Toten und die Verletzten sehen konnten, die um Hilfe riefen. Wie oft ich mir gewünscht hätte, etwas tun zu können …"

„Ging uns das nicht allen so?", unterbrach Tommy ihn. „Für mich war die einzige Lösung, nicht mehr an die armen Kerle zu denken, die dort draußen geblieben sind."

„Was ist Ihnen widerfahren? Wenn Sie die Frage erlauben."

„Früher hätte ich nicht darauf geantwortet, doch ich muss diese Sache hinter mir lassen. Ich wurde von einer Maschinengewehrsalve getroffen und zum Sterben im Schlamm des Niemandslands zurückgelassen."

O'Harris verzog das Gesicht.

„Das ist bitter. Sie könnten einer der Kerle gewesen sein, denen ich so gerne von oben geholfen hätte. Ich habe jeden Mann gemeldet, den ich gesehen habe, wissen Sie? Jeden Einzelnen."

„Machen Sie sich keine Vorwürfe. Wir hatten alle unsere Arbeit zu tun."

O'Harris drehte das Flugzeug ein und flog eine Runde um sein Anwesen.

„Solange ich mich erinnern kann, wollte ich fliegen", sagte er, als sie über sein Haus hinwegschwebten. „Noch bevor ich überhaupt wusste, dass Flugzeuge existieren. Klingt es nicht schrecklich makaber, wenn ich sage, dass ich lieber in einem Flugzeug sterben würde, statt alt zu werden und dahinzusiechen?"

„Ein wenig", gab Tommy zu. „Doch ich bin mir sicher,
dass viele Leute ähnliche Gedanken haben."

„Und Sie?"

Tommy zögerte, dann zeichnete sich ein trauriges Lächeln auf seinem Gesicht ab.

„Vielleicht vor dem Krieg, doch danach konnte ich
nur noch daran denken, so lange wie möglich zu leben."

O'Harris flog so verführerisch niedrig über einen
Schornstein hinweg, dass Tommy beinahe die Hand
ausgestreckt hätte, um ihn zu berühren.

„Ist das da bei der Scheune nicht Ihre Schwester?"

„Oh, sagen Sie das nicht. Das bedeutet, der Spaß ist
vorbei!"

O'Harris lachte.

„Die arme *Buzzard* hat ohnehin nur noch wenig Treibstoff. Sollen wir Ihre Schwester mit einer erstklassigen
Landung beglücken?"

„Erwarten Sie nicht, dass sie sich beeindruckt zeigt.
Clara glaubt schlicht nicht daran, sich von anderen
Menschen beeindrucken zu lassen."

O'Harris lachte erneut und lenkte die *Buzzard* in eine
Kurve, um auf dem Grasstreifen vor der umgebauten
Scheune zu landen.

„Festhalten!"

Die Gummiräder der *Buzzard* trafen mit Wucht am
Boden auf, und das Flugzeug segelte noch einige Meter
weiter, bevor das Heck absank und auch das hintere
Rad hüpfend im Gras aufkam. Die *Buzzard* rollte noch
einige Meter, während ihr lauter Motor und der Propeller inmitten der umstehenden Bäume eine Kakophonie
heraufbeschworen. Die *Buzzard* rollte langsam aus und
O'Harris stellte den Motor ab. Der polierte

Holzpropeller beendete eine letzte Umdrehung und blieb stehen. Auch die *Buzzard* kam zum Stillstand, doch Tommy kam es so vor, als würde sie immer noch vor Leben und Energie vibrieren.

„Tommy Fitzgerald!“ Clara kam zu ihnen gerannt und sah wütend aus. „Was tust du da?“

„Beruhige dich, Schwester. Ich habe die *Buzzard* ausprobiert.“ Tommy grinste sie an.

„Ich fürchte, das ist meine Schuld, Miss Fitzgerald. Ich habe ihn dazu verführt. Die *Buzzard* möchte jeden Tag fliegen, wissen Sie? Und mit Begleitung machen die Flüge sehr viel mehr Spaß.“

„Diese Geräte sind gefährlich!“, blaffte Clara.

Erst jetzt bemerkte Tommy, wie blass sie geworden war.

„Es geht mir gut, Clara. Ehrlich.“

Clara biss sich auf die Lippe, um ihre Angst zu unterdrücken. Sie hatte von sich verlangt, nicht zu meckern, als sie an der Scheune gestanden und das herabsinkende Flugzeug beobachtet hatte, doch sie kam nicht gegen das mulmige Gefühl an, das sie während des Fluges der *Buzzard* ununterbrochen gequält hatte. Tommy war das letzte noch lebende Mitglied ihrer Familie. Sie würde es nicht ertragen, ihn zu verlieren.

„Warst du fleißig?“ Tommy versuchte, das Thema zu wechseln.

„Ich bin nur auf dem Gelände herumspaziert“, Clara stieß die Luft aus, die sie unbewusst angehalten hatte, „und dem Gärtner begegnet.“

„Irgendwelche neuen Informationen?“, fragte O’Harris hoffnungsvoll.

Clara schüttelte nur den Kopf, da sie ihm nicht erzählen wollte, dass alles, was sie erfahren hatte, auf die Schuld seiner Tante hindeutete.

„Zu schade, aber ich schätze, das war zu erwarten." O'Harris sprang aus dem Cockpit und lief um das Flugzeug herum, um Tommy aus dem Passagiersitz zu heben. Das entpuppte sich als umständliche Prozedur. Das hintere Cockpit war hoch über dem Boden. Tommy konnte nicht helfen und musste sich ganz auf die Kraft seines Gastgebers verlassen. Heiße Wut stieg in ihm auf, als er sich hilflos an O'Harris klammerte.

„Der Rollstuhl steht in der Scheune", sagte der Captain zu Clara.

Sie nickte nur und ging ihn holen. Nach einigem Gezerre war Tommy aus dem Cockpit befreit und O'Harris setzte ihn auf der Tragfläche ab.

„Ich hasse es", grummelte Tommy.

„Sich helfen zu lassen?"

„Hilflos zu sein."

O'Harris zuckte mit den Schultern.

„Was können Sie schon daran ändern?"

Clara tauchte mit dem Rollstuhl auf.

„Wann wurde Ihr Hangar erbaut, Captain?"

O'Harris hob bei dieser Frage überrascht den Blick.

„Die Scheune?"

„Es ist ein seltsamer Platz für eine Scheune, direkt neben dem Haus."

„Onkel Goddard hat sie als Garage geplant. Er hatte ein Faible für Automobile. Seine Wagen stehen immer noch hinten in der Scheune, mit Wachstuch abgedeckt. Wir nannten das Gebäude immer ‚die Scheune', weil es so groß ist und, nun ja, wie eine Scheune aussieht."

„Wann wurde es erbaut?", fragte Clara erneut.

O'Harris lehnte sich ans Heck der *Buzzard* und betrachtete seinen Hangar.

„Bei meinem letzten Besuch vor Goddards Tod wurde gerade das Fundament gelegt."

„Dann hat Ihre Tante das Projekt vollendet?"

„Ja." O'Harris zögerte erneut. „Halten Sie das für eigenartig?"

„Nicht, wenn Ihr Onkel ihr viel bedeutet hat. Vielleicht hielt sie es für anständig, sein letztes Projekt zu beenden."

Ein Lächeln zeichnete sich auf O'Harris' Gesicht ab.

„Sie schaffen es, dass ich mich besser fühle. Ich habe mir große Sorgen darum gemacht, dass Tante Flo die Mörderin sein könnte. Kommen Sie, ich nehme an, es ist Zeit fürs Mittagessen."

O'Harris marschierte voraus, um das Essen zu organisieren, und rief seinen Gästen zu, ihn im Gartenzimmer zu treffen. Clara schob Tommy vom Flugzeug fort.

„Es könnte auch eine andere Erklärung dafür geben, warum sie die Scheune fertiggestellt hat", sagte Tommy leise, als ihr Gastgeber außer Sichtweite war.

„Ich weiß." Clara seufzte. „Sie könnte die Leiche im Fundament entsorgt haben."

Kapitel 7

Das Gartenzimmer war recht euphemistisch benannt, da es nach Norden auf die Zufahrt blickte. Das Einzige, was man vom Garten sehen konnte, waren eine Baumreihe und ein Stück Gras in der Ferne. Die großen Fenster ließen ein wenig Sonnenschein herein, doch der Großteil des Raumes war dunkel und kühl. An den Wänden reihten sich Drucke und Bücher aneinander, ein schwerer Sekretär war zwischen zwei Bücherregale gequetscht worden und in der Mitte des Raumes stand ein großes Ledersofa.

Claras angeborene Neugier führte sie zu dem Schreibtisch. Sie berührte ihn und zog leicht an der Klappe, um zu bestätigen, dass er abgeschlossen war.

„Ich kann mir gut vorstellen, dass du in einem anderen Leben Spionin oder Diebin geworden wärst, Schwesterchen." Tommy grinste sie an.

„Eine Spionin vielleicht." Clara zuckte mit den Schultern. „Doch ich bin mir nicht sicher, ob mir die Gefahr recht wäre."

Captain O'Harris tauchte mit einer Flasche Whisky in der einen Hand und indischem Tonic Water in der anderen in der Tür auf. Ihm folgte ein Dienstmädchen mit Gläsern auf einem Tablett.

„Dieser Raum ist ein wenig düster, nicht wahr?" O'Harris rümpfte die Nase angesichts seines

Gartenzimmers. „Ich habe Sie nur hierhergebracht, weil dies alles ist, was vom Studierzimmer meines Onkels übriggeblieben ist. Der Salon war früher sein Studierzimmer, doch nach seinem Tod hat Tante Flo alles, was sie konnte, hier untergebracht und den Rest verkauft. Sie werden nirgends näher daran herankommen, meinen Onkel kennenzulernen. Goddard lebte für seine Bücher und die Arbeit, und manchmal glaube ich, ihn hier zwischen all den alten Buchseiten noch spüren zu können. Whisky?“

Clara lehnte ab, doch Tommy nahm gerne ein Glas.

„Was hat Ihr Onkel denn studiert?“ Clara betrachtete die Drucke an den Wänden, die Szenen aus dem antiken Rom darzustellen schienen, mit Damen in knappen Gewändern und Männern in Togen.

„Hauptsächlich Militärgeschichte. Er hat Bücher darüber geschrieben, es war nichts Spektakuläres.“ O'Harris trat an ein Regal und nahm mehrere Bücher mit grünem Einband heraus. „Alles selbst veröffentlicht. Er konnte leider niemanden finden, der ihn ernstnahm. Wollen Sie die Bücher lesen?“

„Ja. Ich habe das Gefühl, mehr über Goddard O'Harris erfahren zu müssen.“ Clara nahm die Bücher entgegen und las die Titel. „Er interessierte sich für antike Geschichte?“

„Nur wenn es um Militärtaktik ging. Ich fand seine Abhandlung über die Streitwagen der alten Ägypter ziemlich gut. Er hätte mehr Aufmerksamkeit verdient gehabt.“

Clara legte die Bücher auf einem Beistelltisch ab und widmete sich noch einmal den Regalen. Wie O'Harris bereits gesagt hatte, waren sie mit Büchern über militärische Themen gefüllt: alles von der Schlacht bei Hastings bis zum Krimkrieg. Sie fragte sich, was ein Mann mit einer so engen Verbindung zu antiker Kriegsführung über den Weltkrieg gesagt hätte.

„Können Sie den Sekretär öffnen?"

O'Harris holte eine Handvoll Schlüssel aus der Tasche. Es war ein ganzes Dutzend, das an einem großen Ring hing. Einige waren groß, andere klein und manche so angelaufen, als wären sie seit Jahren kaum benutzt worden.

„Es ist einer davon", sagte er verlegen. „Es ist erstaunlich, wie viele Schlüssel sich in einem Haus wie diesem ansammeln können. Ich habe diesen Schreibtisch seit Jahren nicht geöffnet. Es waren hauptsächlich alte Geschäftsunterlagen und Urkunden darin."

O'Harris fand einen Schlüssel, der ihm zu gefallen schien, lief zum Sekretär und schloss die Klappe auf. Clara trat zu ihm und machte sich daran, die Schubladen zu öffnen und den Inhalt zu untersuchen.

„Suchen Sie nach etwas Bestimmtem?", fragte O'Harris mit einem Hauch von Sorge.

„Nach einem Motiv." Clara lächelte ihn an. „Bislang sehe ich keinen einzigen Grund dafür, dass jemand Ihren Onkel hätte töten wollen."

„Nicht einmal Tante Flo?", fragte O'Harris mit Begeisterung.

„Nicht einmal Ihre Tante Florence. Doch das heißt nicht, dass ich von ihrer Unschuld überzeugt wäre." Clara nahm einige Unterlagen aus dem Schreibtisch und betrachtete sie. „Hatte er ein Testament?"

„Oh, schon seit Jahren." O'Harris nickte. „Ich bewahre es in einem Safe auf. Er hat alles Tante Flo hinterlassen.

Nun, ich glaube, ein wenig wurde für wohltätige Zwecke bereitgestellt. Lassen Sie mich nachdenken. Für Kriegsveteranen vielleicht? Ich habe keinen Penny erhalten, was mich zutiefst schockiert hat, wie ich gestehen muss. Ich habe natürlich nicht erwartet, Geld zu erhalten oder über Goddard an das Familienvermögen zu kommen, aber es war doch ein wenig verletzend, ganz außen vor zu bleiben.“

Clara blätterte einen Stapel von Notizen über römische Schlachttaktiken durch.

„Hat er Schulden hinterlassen?“

„Nicht dass ich wüsste. Er war recht sparsam, abgesehen von den Automobilen. In diesem Punkt war er mir ähnlich. Er teilte mein Gespür für Motoren und mechanische Kraft, nur dass sein Interesse am Boden verankert war.“

„Was hätte er von Ihrem geplanten Rekordversuch gehalten?“, warf Tommy ein.

Captain O’Harris machte es sich auf einem Sessel bequem und trank einen Schluck Whisky.

„Ich fürchte, er wäre entsetzt gewesen. Er hasste es, zu reisen, und war kein Mann für gefährliche Unterfangen. Er fuhr kaum in seinen Automobilen, müssen Sie wissen. Er mochte es, sie zu starten und das Schnurren des Motors zu hören, doch auf einer längeren Fahrt wurde er zu einem nervösen Wrack. Er glaubte stets, irgendetwas Schreckliches würde geschehen.“

„Das kommt mit dem Alter.“

„Auf mich wirkte er schon immer alt.“ O’Harris lächelte ob dieser Erinnerung. „Mit seinen Büchern, der Brille und den pünktlichen Mahlzeiten kam er mir stets ein wenig antik vor.“

O'Harris lachte.

„Er wollte nach neun Uhr abends nichts mehr essen, da er fest davon überzeugt war, das würde seiner Leber schaden."

Clara entfernte sich vom Schreibtisch und nahm in der Nähe des schneidigen Captains Platz.

„Das klingt, als hätten Sie ihn sehr gern gehabt."

„Ja." O'Harris lehnte sich zu ihr. „Gewissermaßen. Er war in meiner Jugend der einzige Erwachsene, der mich wie ein gleichwertiges Gegenüber behandelte. Er bevormundete mich nicht und empfand auch nicht das Bedürfnis, mir gleich alles zu erklären. Wenn ich etwas nicht verstand, musste ich nachfragen, und das wusste ich sehr zu schätzen. Ich fühlte mich damals immer ausgeschlossen, vielleicht erging es Ihnen ähnlich. Die Erwachsenenwelt schien Geheimnisse vor mir zu haben und ich versuchte ständig, meinen Weg in diese Welt zu finden, als wäre es ein fremdes Land. Die Schule führte nur dazu, dass ich mich noch mehr aus dieser Welt ausgeschlossen fühlte. Dort hieß es immer: Wir Jungs gegen die Erwachsenen. Das war eine seltsame Art zu leben."

O'Harris blickte Clara lange in die Augen. Er sah eine schwache Spiegelung seiner Selbst in ihren dunklen Pupillen.

„Ich bin kein sentimentaler Mensch."

„Ich auch nicht", stimmte Clara ihm zu.

„Aber in den letzten Tagen wandern meine Gedanken immer wieder zu diesen vergangenen Zeiten. Ich denke über jede erlebte Minute und Stunde nach. Vielleicht suche ich nach Hinweisen, vielleicht tue ich es nur, weil ich es kann. Ich habe mich schon immer recht einsam gefühlt." O'Harris hielt inne. „In den vergangenen zwei Tagen haben Sie frischen Wind in mein Leben gebracht, Clara. Das ist wirklich erstaunlich."

„Soll ich euch beide allein lassen?", fragte Tommy von hinter ihnen.

„Ich bin ein rechter Langweiler, nicht wahr?" O'Harris lachte. „Ich bin mir sicher, dass das Mittagessen angerichtet ist. Lassen wir der Vergangenheit ihren Frieden und denken wir eine Weile an die Gegenwart."

Er schaute Clara an, doch sie fand keine Worte.

***

Clara und Tommy kehrten am späten Nachmittag nach Hause zurück. Annie erwartete sie mit einem Braten, der im Ofen schmorte. Sie machte eine Bemerkung über das schöne Wetter, während sie die beiden Geschwister hineinführte, und erzählte den aktuellen Tratsch aus der Gegend, doch Clara bekam nur die Hälfte mit. Sie dachte über ihren Tag bei O'Harris und den Fall nach.

Nach dem Abendessen entschuldigte sie sich und blätterte das Einwohnerverzeichnis von Brighton durch, bis sie die Adresse von Colonel Brandt fand. Unter seinem Namen war auch eine Telefonnummer aufgelistet, die sie anrief, um zu erfahren, dass der Colonel den Abend in seinem Club verbrachte. Clara ließ sich eine Wegbeschreibung geben und machte sich auf den Weg, um einen Teil des Rätsels aufzuklären.

Brightons Gentleman's Club konnte nicht mit ähnlichen Etablissements in London mithalten, doch auf seine eigene, bescheidene Weise, bot er einen

Rückzugsort für diejenigen, die es sich leisten konnten; natürlich nur, solange sie männlich waren.

Clara betrat das Foyer mit leichtem Unbehagen. Sie begab sich auf unbekanntes Terrain, auch wenn sie gehört hatte, dass die örtlichen Suffragetten einmal in das Gebäude marschiert waren, um gegen das chauvinistische und isolationistische Wesen dieser Einrichtung zu protestieren. Der Butler des Clubs hob den Blick, als sie eintrat, und es lag keinerlei Billigung in seinen Augen.

Andererseits war Clara eine Frau des zwanzigsten Jahrhunderts, und sie hatte das Recht, jedes Gebäude zu betreten. Das sagte sie sich zumindest. Es gab kein Gesetz, das es ihr verbot, einen Herrenclub zu betreten, es waren nur Traditionen und konservative Haltungen, die ihr gerade ein schlechtes Gewissen bereiteten. Sie versuchte, hocherhobenen Hauptes an den Empfangstresen zu treten.

„Ich muss dringend mit Colonel Brandt sprechen und man sagte mir, dass er sich hier aufhalte“, erklärte sie dem Butler in ihrem besten, förmlichen Ton.

Der Butler starrte sie herablassend an.

„Sind Sie sich bewusst, wo Sie hier sind?“

„Ja“, sagte Clara ruhig. „Würden Sie jetzt bitte den Colonel darüber informieren, dass Miss Clara Fitzgerald hier ist, um mit ihm zu sprechen?“

„So verfahren wir hier nicht“, sagte der Butler ungerührt. „Der Club soll es ermöglichen, der Welt und ihren Sorgen zu entfliehen.“

Er riskierte es nicht, auszusprechen, dass der Club auch dafür da war, Frauen zu entfliehen, doch Clara wusste, was er dachte.

„Wenn ich Ihnen sagen würde, dass der Cousin des Colonels verstorben ist und ich ihn deswegen dringend sprechen muss, würden Sie ihn dann suchen gehen?"

„Das wäre eine andere Situation. In diesem Fall wäre es verwerflich, ihn nicht umgehend zu kontaktieren."

„Nun denn." Clara nickte. „Bitte suchen Sie den Colonel."

Der Butler erstarrte. Clara wartete einen Augenblick, dann fügte sie hinzu:

„Nun? Gehen Sie schon."

Der Butler war immer noch ein wenig verdutzt, machte sich aber auf die Suche nach Colonel Brandt. Wenige Minuten später kehrten die beiden Männer zurück. Der Colonel grinste.

„Miss Fitzgerald! Welch Freude, Sie wiederzusehen."

„Colonel." Clara hielt ihm eine Hand entgegen, damit er sie schütteln konnte.

„Sehr modern." Der Colonel lachte. „Sollen wir uns in den Gästesalon zurückziehen? Das ist der einzige Raum, in dem Frauen erlaubt sind."

„Das wäre annehmbar. Es gibt einige Dinge, die ich mit Ihnen besprechen muss."

„Ja, mein armer, verstorbener Cousin." Colonel Brandt zwinkerte ihr verschmitzt zu.

Er führte sie in einen kleinen Nebenraum, der mit großen, roten Ledersofas und einem gut ausgestatteten Barschrank als gemütlicher Salon eingerichtet war.

„Ich war ein wenig verdutzt, als der Butler mir Ihre Nachricht überbrachte. Ich habe keinen Cousin", sagte der Colonel.

„Das habe ich auch nie behauptet, genauso wenig wie, dass er gestorben sei. Ich fürchte, der arme Mann hat voreilige Schlüsse gezogen.“

Brandt gluckste.

„Sie sind wirklich eine moderne Frau, Miss Fitzgerald. Darf ich Ihnen einen Drink anbieten?“

„Nur etwas Tonic Water, bitte.“

„Ich nehme an, es geht um die O'Harris-Sache?“ Brandt schenkte ihren Drink ein und machte für sich einen großen Schluck Brandy fertig.

„In der Tat. Haben Sie Einwände dagegen, darüber zu sprechen?“

„Ich wüsste nicht, warum.“ Der Colonel zuckte mit den Schultern. „Immerhin habe ich die Geschichte überhaupt ins Rollen gebracht. Das kann ich jetzt wohl schlecht zurücknehmen.“ Er reichte Clara ihr Glas. „Glauben Sie immer noch, dass Flo die Täterin ist? Ich muss wirklich gegen diese schreckliche Annahme protestieren. Sie war eine gute Frau, Miss Fitzgerald. Sie hätte nie einen Menschen getötet.“

„Nicht einmal ihren Ehemann?“

Colonel Brandt grinste.

„Das ist die uralte Frage, nicht wahr? Frauen sagen immer, sie würden ihre Ehemänner umbringen. Tatsächlich war ich immer der Meinung, die beiden wären sehr verliebt, trotz all der Streitereien und der Kälte. Doch ich habe selbst nie geheiratet. Vielleicht erkenne ich so etwas nicht.“ Der Colonel ließ sich in einen Sessel sinken und wirkte plötzlich matt. „Jetzt da ich alt bin, finde ich das sehr schade. Allein zu leben, kommt einem als junger Mann wundervoll vor, doch wenn man selbst und die eigenen Freunde ein gewisses Alter erreichen, wirkt die Vorstellung von einer lebenslangen Gefährtin plötzlich sehr ansprechend."

„Aber Florence hat diese Leere für eine Weile ausgefüllt?"

Der Colonel lächelte sanft.

„Sie war nicht sehr viel älter als ich, und ja, ich genoss ihre Gesellschaft. Sie verstand, wie es sich für mich anfühlte, zu Hause ohne Familie zu sein. Mein Vater war zu diesem Zeitpunkt bereits gestorben. Flo hatte ein Herz für Heimatlose und Streuner."

„Und wie standen Sie zu Goddard?"

„Ein guter Mann. Ich erzählte Ihnen bereits, dass mich seine Geschichten aus dem Burenkrieg dazu brachten, in die Armee zu gehen."

„Waren Sie Freunde?"

Brandt dachte darüber nach.

„Ich glaube, das ist schwer zu beantworten. Wir haben uns häufig unterhalten, aber nie zusammen getrunken. Goddard konnte ein wenig unnahbar sein. Er ist nie einem Club beigetreten, hat sich nie mit der Gesellschaft abgegeben, sondern blieb lieber für sich. Er lud mich regelmäßig zum Abendessen ein, doch soweit ich das beurteilen kann, war ich einer von wenigen Privilegierten, die im Hause O'Harris empfangen wurden. Die beiden waren wohl mit der Gesellschaft des jeweils anderen zufrieden."

„Hat er sich mit irgendjemandem gestritten?"

Der Colonel schwenkte sein Getränk.

„Goddard war niemand, der sich Feinde machte. Sie wissen schon, was ich meine: wie der Butler hier, der sich die Welt zum Feind macht. Wenn Sie mich fragen würden, ob der Butler Feinde hat, könnte ich ein paar

Menschen aufzählen; manche sind hier Mitglieder. Doch solche Leute werden nicht ermordet, nicht wahr? Es sind immer die Menschen, die beliebt und harmlos sind. Goddard war so ein Mensch."

„Selbst eine harmlose Person kann andere gegen sich aufbringen. Vielleicht einen Bediensteten?"

„Nein, nein. Goddard hat sich nie mit seinen Bediensteten gestritten. Das war Flos Aufgabe." Brandt lachte, dann wurde er still. „Ich helfe Ihnen dabei, einen Fall gegen sie aufzuziehen, oder?"

„Nicht wirklich", versicherte Clara ihm, obwohl es die Wahrheit war. Doch sie wollte ihn nicht darauf aufmerksam machen. „Erinnern Sie sich an einen Gärtner, Mr. Riggs?"

Brandt versank für einen Moment in Gedanken.

„Nein."

„Macht nichts. Es war nur ein Gedanke. Jetzt erzählen Sie mir bitte ein wenig mehr über Florence O'Harris."

„Was soll ich sagen? Sie war ein recht strenger Mensch, doch im tiefen Inneren war sie gütig und fürsorglich. Hören Sie, sie war gewiss keine Mörderin."

„Wir wissen beide, dass ich nur eine sehr begrenzte Auswahl an Verdächtigen habe."

„Ja, und wenn ich Sie davon überzeugen könnte, dass ich Goddard umgebracht habe, dann würde ich es tun, egal ob ich Flo für schuldig halte oder nicht. Ich möchte nicht erleben, dass ihr Ruf beschmutzt wird."

„Diese Ermittlung geschieht nur Captain O'Harris zuliebe. Niemand sonst wird davon erfahren."

Der Colonel rieb sich über seine beginnende Glatze und wirkte angespannt und besorgt.

„Ich hatte immer Fragen zu Goddards Tod. Das hat mich in den vergangenen Jahren sehr beschäftigt. Selbst während des Krieges, als sich die anderen Jungs in den Gräben um Ratten, die Ruhr oder deutsche Granaten sorgten, lag ich auf meinem Lager und dachte über Goddard nach. Die Nacht seines Todes hat sich kristallklar in meine Erinnerung eingebrannt. Ich kann jede einzelne Sekunde vor meinem inneren Auge ablaufen lassen."

„Dann können Sie mir noch eine weitere meiner Fragen beantworten", fuhr Clara fort. „Wo saßen Sie an diesem Abend?"

„Auf der gegenüberliegenden Seite des Tisches, mit Blick auf Flo und die Türen zum Garten. Warum?"

„Ich habe ein Experiment durchgeführt", sagte Clara vorsichtig. „Sie sagten, Sie hätten Goddards Sturz gehört, richtig?"

„Ja."

„Vielleicht war es ein besonders stiller Abend, denn so angestrengt ich auch gelauscht habe, selbst bei offenen Türen konnte ich nichts hören, als sich Captain O'Harris an derselben Stelle zu Boden fallen ließ."

Der Colonel zögerte und wurde sichtlich blass. Kurz zitterte seine Hand und der Eiswürfel klapperte gegen das Glas.

„Ich hätte schwören können ..."

„Wenn die Jahre vergehen, können unsere Erinnerungen ein wenig unklar werden", versicherte Clara ihm, doch der Colonel wirkte sehr beunruhigt.

„Ich dachte, ich hätte ihn gehört. All die Jahre habe ich das geglaubt ... Wie hätte es sonst gewesen sein können?"

„Vielleicht haben Sie durchs Fenster etwas gesehen? Oder hat Florence irgendetwas gesagt?"

Der Colonel blickte sich im Raum um, während er in seiner Erinnerung kramte.

„Habe ich irgendetwas gesehen?", murmelte er vor sich hin. Er schloss die Augen und versuchte, sich zu konzentrieren. „Ich habe diesen Abend glasklar vor Augen. Ich saß mit Flo am Tisch. Sie sprach, ich hörte zu. Es stand ein guter Rotwein auf dem Tisch und ich schenkte mir gerade nach, als ..." Der Colonel riss die Augen auf. „Wir hörten die große Uhr im Flur zur neunten Stunde schlagen. Flo schaute mich an und drehte sich dann zu den Fenstern um, doch es war schon zu dunkel, um noch etwas zu sehen, und sie sagte: ‚Wo bleibt denn mein törichter Ehemann?' Daraufhin stand ich auf, trat ans Fenster und sah ihn." Der Colonel schüttelte den Kopf. „All diese Jahre ... doch es war nicht Goddards Sturz, der uns nachschauen ließ, sondern das Schlagen der Uhr."

Kapitel 8

Clara streckte den Arm aus und tätschelte seine Hand.

„Erinnerungen sind eine tückische Sache."

„Ändert das irgendetwas an Ihrem Fall?"

„Ich bin mir nicht sicher, doch ich weiß jetzt, dass Goddard O'Harris schon länger tot war, als ich zunächst angenommen hatte. Vermutlich waren seit seinem Sturz schon mehrere Minuten vergangen, als Sie ihn fanden. Doch ob das irgendeine Bedeutung hat, weiß ich nicht."

„Es ist schrecklich, wenn man glaubt, etwas zu wissen, und dann darauf hingewiesen wird, dass man sich irrt."

„Das tut mir leid."

„Muss es nicht. In einem solchen Fall müssen Sie nicht auf die Gefühle eines alten Mannes achten." Der Colonel ließ sich wieder auf seinen Sessel sinken. „Ich schätze, ich habe einfach zu viel Zeit mit diesen Gedanken verbracht; habe zu viele Stunden immer wieder darüber nachgegrübelt. Ich bin Ihnen nicht von Nutzen, oder? Nur ein törichter, alter Mann."

„Bitte sagen Sie so etwas nicht", sagte Clara mit Nachdruck. „Sie haben nichts Törichtes an sich. Es war ein Irrtum, und ich bemitleide den Mann, der glaubt, er hätte sich noch nie geirrt und würde es auch niemals tun."

Das Lächeln kehrte in das Gesicht des Colonels zurück.

„Selbst wenn es darauf hinauslaufen sollte, dass Sie Flos Schuld beweisen, wird es gut sein, die Sache abgeschlossen zu haben. Goddard hat Gerechtigkeit verdient.“

„Ich wüsste einige zusätzliche Verdächtige zu schätzen, wenn Sie mir jemanden anbieten wollen.“

Der Colonel dachte darüber nach, dann folgte ein vertrautes Kopfschütteln.

„Da bin ich nutzlos, tut mir leid.“

„Eine Entschuldigung ist nicht nötig, Colonel. Ich lasse Sie zu Ihren Freunden zurückkehren.“

Der Colonel zuckte mit den Schultern.

„,Freunde‘ ist etwas zu viel gesagt, Miss Fitzgerald. Seit Flos Tod habe ich keine wirklichen Freunde mehr.“

„Das ist schade.“ Clara hielt an der Zimmertür inne. „Ich hoffe, dass Sie sich irren.“

Sie winkte zum Abschied und verließ den Club, wobei sie gekonnt den finster dreinblickenden Butler ignorierte.

Zu Hause wurde sie von einer besorgten Annie begrüßt.

„Wohin sind Sie denn verschwunden?“, blaffte das Dienstmädchen und Clara musste beinahe lachen. Ihre Beziehung zu der kleinen, lebhaften jungen Frau war alles andere als orthodox.

„Ich musste mich um eine geschäftliche Angelegenheit kümmern. Aber Annie, wie stehen die Aussichten für eine heiße Schokolade?“

Annie verschränkte die Arme vor der Brust und blieb tapfer vor ihrer Herrin stehen.

„Wechseln Sie nicht das Thema. Ich war ganz außer mir, weil ich mich gefragt habe, wo Sie sind.“

„Hat Tommy sich Sorgen gemacht?“

„Er ist gleich nach dem Abendessen im Sessel eingeschlafen. Er wusste nicht einmal, dass Sie fort waren. Also, wo haben Sie gesteckt?“

„In einem Herrenclub.“

„Nehmen Sie mich nicht auf den Arm.“

„Aber so war es, Annie. Bitte zeigen Sie nicht auf mich. Ich war dort, um mit Colonel Brandt zu sprechen, einem der Zeugen in meinem aktuellen Fall.“

„Und das konnte nicht bis zum Morgen warten?“

Clara blickte Annie eindringlich an.

„Nein“, seufzte das Dienstmädchen. „Natürlich nicht.“

„Falls es Sie zufriedenstellt, Annie: Ich habe nach meinem abendlichen Ausflug nicht das Gefühl, vorangekommen zu sein.“

„Nur für die Zukunft: Würde es Ihnen etwas ausmachen, Bescheid zu sagen, wohin Sie gehen?“ Annie entspannte sich. „Nun denn, kommen Sie. Ich werde sehen, ob ich noch etwas Kakao in der Speisekammer finden kann.“

Clara folgte Annie in die Küche ihres Hauses. Die Fitzgeralds waren recht wohlhabend gewesen, und einst hatte es im Haus vor Bediensteten gewimmelt. Die Küche war noch immer ein Zeugnis der Vergangenheit dieses Hauses. Damals hatte Mr. Fitzgerald noch gelebt und unermüdlich als Medizindozent gearbeitet. Der Raum verfügte noch über all seine Möbel aus Kiefern- und Eichenholz: große Schränke, voll beladen mit Kupfertöpfen und fein bemalten Tellern, dazu ein riesiges Spülbecken mit einer altmodischen Pumpe, die direkt

darüber angebracht war, und einem großen Herd, der
auch dabei half, das Haus zu beheizen. Und dann war
da noch der große Eichentisch in der Mitte des Raumes;
so gut geschrubbt, dass er beinahe weiß aussah, und
übersät mit Kratzern von Töpfen, Tellern und Messern.

Clara liebte diesen Tisch. Sie wusste noch, wie die alte
Köchin an dem Tisch gestanden hatte, die Arme vom
Kneten der Brot- und Pastetenteige bis zu den Ellenbogen mit Mehl bedeckt. Oft hatte sie selbst dabei helfen
dürfen. Außerdem hatte Clara schöne Erinnerungen an
die Zubereitung des Weihnachtskuchens. Alle Famili-
enmitglieder hatten beim Rühren der Mischung geholfen, da das Glück bringen sollte. Dazu hatten sie eine
ganze Reihe von Marmeladentörtchen und Lebkuchen-
männchen für das Fest hergestellt. Die Köchin hatte sie
kurz vor Ausbruch des Krieges verlassen. Ihr Sohn
hatte sich zum Kriegsdienst gemeldet und ihre Schwiegertochter war aus Verzweiflung beinahe mitten auf
der Hauptstraße zusammengebrochen. Deshalb ging
die Köchin, um für ihre Schwiegertochter da zu sein.
Ihr Sohn fiel ein Jahr darauf. Die männlichen Bediensteten des Haushalts mussten auch in den Kriegsdienst
eintreten oder anderweitig helfen, wenn sie zu alt fürs
Militär waren. Als Claras Eltern starben, wurde der
Haushalt nur noch von drei Dienstmädchen geführt,
von denen eine als passable Köchin eingesprungen
war. Bald darauf hatte Clara sie aus finanziellen Gründen entlassen müssen. Beinahe drei Jahre lang hatte
Clara das Haus allein unterhalten. Dann war Tommy
als körperliches und mentales Wrack zurückgekehrt
und Annie als dringend benötigte Helferin in ihr Leben
getreten. Clara hatte niemals zurückgeblickt, doch als

sie jetzt an dem Tisch saß, brachen kurz die Erinnerungen an die Jahre vor dem Krieg über sie herein. Es waren bittersüße Erinnerungen.

„Ich habe noch einen kleinen Rest Kakao übrig", grummelte Annie, als sie eine Blechdose öffnete, die vermutlich seit vier oder fünf Jahren nicht mehr nachgefüllt worden war. „Es wird hauptsächlich Milch sein, oder soll ich etwas Bovril hineinmischen?"

„Nein, ich denke, ich bleibe bei heißer Milch mit einem Hauch Kakao."

Annie setzte Milch in einem Topf auf und erhitzte sie vorsichtig.

„Man sollte meinen, mittlerweile müsste man die Läden wieder richtig ausstatten können", ächzte sie. „Der Krieg ist seit zwei Jahren vorbei, doch Mr. Higgins hat nie Kakao vorrätig, oder Orangen. Ich habe es geliebt, gelegentlich eine Orange zu essen; ich würde sogar dafür sparen."

„Immerhin haben wir die wesentlichen Lebensmittel. Bei Butter, Milch, Käse, Eiern und Fleisch heißt es endlich nicht mehr, wer zuerst kommt, mahlt zuerst. Die Butter hat mir seit dem Krieg sehr gefehlt."

„Meine Mutter hielt sich eine Ziege. An guten Tagen konnte sie genug Milch aufheben, um zu buttern. Das hat zwar nicht immer geklappt; manchmal kam ich nach Hause und fand sie in Tränen vor einer Sauerei, die weder Butter noch Käse und ganz gewiss nicht essbar war. Doch wenn sie es richtig machte, bekam sie recht gute Butter hin. Dann war sie immer sehr stolz auf sich."

„Und zu Recht, Annie. Wer hat dieser Tage noch das Talent, um Butter zu machen, oder weiß überhaupt, wie es geht?"

„Meine Mutter stammte von einem Hof mit Tierhaltung. Diese Ziege war unsere einzige Überlebende in den fünf Jahren des Krieges." Annie verfiel in Schweigen. Ihre Familie war bei einem Bombenangriff ums Leben gekommen. „Ich habe nie herausgefunden, was aus der alten Penny geworden ist. Sie ist vermutlich weggerannt und jemand hat sie gegessen. Das ist bitter, nicht wahr?"

„Denken Sie nicht mehr darüber nach", sagte Clara.

Die Milch kochte und Annie goss sie in zwei Teetassen, die sie auf dem Herd vorgewärmt hatte. Sie gab ein wenig Zucker hinzu und brachte sie dann zum Tisch.

„Was ist das denn für ein neuer Fall, der Sie beschäftigt? Tommy hat mir eine grobe Beschreibung gegeben und mir kommt es recht simpel vor. Die Frau hat ihren Ehemann umgebracht."

„So einfach ist es nicht, Annie. Meine erste Frage lautet: Warum? Außerdem: Wie? Und es fühlt sich nicht richtig an, ohne bessere Beweise einen Menschen zu verurteilen, der sich nicht verteidigen kann."

„Welche Beweise?"

Clara zuckte mit den Schultern.

„Ein schriftliches Geständnis wäre schön. Annie, haben Sie jemals etwas von der Familie O'Harris gehört?"

Annie dachte darüber nach.

„Wäre das Florence O'Harris?"

„Ja."

„Sie ist vor ein oder zwei Jahren gestorben. Hat es gerade bis zum Ende des Krieges geschafft, glaube ich."

Annie trank einen Schluck von ihrer Milch. „Wenn ich mich recht entsinne, hat sie auf recht fanatische Weise Gelder für wohltätige Zwecke eingetrieben und war während des Krieges eine der Frauen, die handgestrickte Decken für die Soldaten sammelte und Alteisen für die Kriegsanstrengungen. Ich glaube, sie hat sogar mehrere Veranstaltungen abgehalten, um Geld für ein Flugzeug zu sammeln. Es wurde dem Royal Flying Corps gespendet, und ich weiß noch, dass sogar in der Zeitung darüber berichtet wurde.“

„Daran erinnere ich mich auch.“ Clara nickte. „Der Zweidecker von Brighton. Ist er nicht bei seinem ersten Flug abgestürzt?“

„Mrs. O'Harris wäre nicht beeindruckt gewesen.“ Annie lächelte. „Oh, wie war eine erbitterte Frau. Sie saß in so vielen Vorständen von Frauenvereinen, dass meine Mutter sie nur ,Die Vorsitzende‘ nannte. Sie hat nie gesagt, welche Organisation sie meinte, weil das nicht nötig war. Florence O'Harris war bei jeder einzelnen!“

„Dann war sie nicht sehr beliebt?“

„Ja und nein. Sie war eine Frau, die Dinge voranbrachte, doch sie ließ niemanden wirklich mithelfen und war ein wenig herrisch. Meine Mutter sagte immer, das sei ihrer Einsamkeit geschuldet. Wann starb ihr Ehemann?“

„1913.“

„Da war ich noch ein Kind.“ Annie nickte. „Ich hörte, dass sie jeden Sommer eine Gartenparty gab, die auch der Öffentlichkeit zugänglich war, doch ich war nie dort. Wie ist es mit Ihnen?“

„Mein Vater ist im Sommer immer mit uns in den Urlaub gefahren, weil er dann nicht für Vorlesungen gebraucht wurde.“

„Meine Mutter sagte immer, ich hätte kein Kleid, das schön genug wäre, um hinzugehen, doch mein Vater hat mir angesichts meiner Enttäuschung zugeflüstert, dass meine Mutter Mrs. O’Harris nicht begegnen wollte. Ich glaube, die beiden sind häufig aneinandergeraten.“

„Sie war bestimmt nicht die Einzige, die mit Florence aneinandergeriet. Was ist mit den Bediensteten? Könnte sie auch zu Hause ein Drachen gewesen sein?“

„Das würde mich nicht wundern. Sie kam mir wie eine Frau vor, die einen Haushalt selbst leiten will und eine Haushälterin als Zumutung ansieht.“

„Könnte hinter der ganzen Sache ein Wunsch nach Rache an Florence stehen?“

„Denken Sie an einen Bediensteten?“

Clara seufzte, doch das verwandelte sich rasch in ein Gähnen.

„Bloß einer meiner willkürlichen Gedanken. Das Problem ist, dass Goddard O’Harris kein Mann mit Feinden gewesen zu sein scheint; eher im Gegenteil. Das lässt nur eine einzige Verdächtige übrig, doch sie scheint keinen Grund für einen Mord an ihrem Ehemann gehabt zu haben. Oder zumindest kann ich keinen ausmachen. Und ich habe auch noch nicht herausgefunden, wie Goddard getötet wurde.“

„War er es nicht, dessen Leiche gestohlen wurde?“

„Ja, aber ich glaube, ‚versteckt‘ trifft es besser.“

Annie nickte.

„Soll ich herumfragen und schauen, ob jemand etwas weiß?"

„Würden Sie das tun? Man weiß ja nie."

„Ich werde die Ohren spitzen." Annie grinste. „Aber Sie sollten jetzt vielleicht lieber ins Bett gehen, bevor Sie hier am Tisch einschlafen."

Clara bemerkte plötzlich, wie schwer ihre Augen waren und dass ihr ganzer Körper schlaff zu werden schien. Sie rüttelte sich wach.

„Ja, Sie haben recht. Oh, aber wir sollten zuerst Tommy ins Bett bringen."

Die beiden Frauen begaben sich ins Wohnzimmer, wo Tommy Fitzgerald immer noch tief und fest im Sessel schlief.

„Es ist beinahe schade, dass wir ihn wecken müssen." Annie seufzte.

„Denken Sie an die Nackenschmerzen, über die er sich morgen den ganzen Tag beschweren würde", merkte Clara an.

Annie unterdrückte ein Lachen, während Clara ihren Bruder schüttelte.

„Wer stört einen ...", murmelte Tommy.

„Komm schon." Clara packte ihn am Arm und hob ihn hoch, während Annie rasch herantrat, um den anderen Arm zu packen.

„Darf ein Mann nicht mal in Ruhe schlafen?"

Sie geleiteten ihn unbeholfen durch den Raum. Tommy hatte im Krieg die Kontrolle über seine Beine verloren, zumindest die bewusste Kontrolle. Wenn er schläfrig war, oder schon halb eingeschlafen, dann bewegten sich seine Beine ohne sein Nachdenken, und so war es möglich, ihn in sein Schlafzimmer zu bringen, solange er auf beiden Seiten gestützt wurde. Doch wenn er wach war, gelang Tommy so etwas nicht, egal wie sehr er sich bemühte.

Die Ärzte hatten es als geistiges Hindernis bezeichnet. Irgendetwas störte die Verbindung zwischen seinen bewussten Gedanken und seinen Beinen. Einer der Ärzte hatte sogar angedeutet, er würde es zu verbissen versuchen. Jetzt, da Clara ihn in sein Schlafzimmer brachte, wünschte sie sich, er könnte sehen, wozu er in der Lage war. Doch im Moment schlief Tommy beinahe.

Sie legten ihn auf seinem Bett in dem Zimmer ab, das einst das Gartenzimmer gewesen war.

„Er schläft wie ein Baby." Annie lächelte, während sie ihm Schuhe und Socken auszog.

„Wie ein lästiges Baby", schnaubte Clara, während sie ihm recht ruppig den Pullover auszog. Sie war nie die beste Pflegerin gewesen.

„Lassen Sie mich das machen. Ich kenne die Routine", sagte Annie. Sie nahm sich den Pullover und legte ihn ordentlich zusammen. „Sie brauchen Schlaf. Sie sehen erschöpft aus."

„Macht Ihnen das nichts aus?" Clara spürte, wie sie nur bei der Erwähnung von Müdigkeit in sich zusammensank. Ihre Hände und Füße waren bleischwer.

„Ich wurde als Kindermädchen angestellt, wissen Sie noch?" Annie grinste. „Eine Haushaltshilfe sollte ich sein. Die übrigen Aufgaben habe ich nur übernommen, weil wir mit dem, was Sie gekocht haben, nicht überlebt hätten."

Clara schaute ein wenig beleidigt drein, doch sie war zu erschöpft, um sich wirklich etwas daraus zu machen.

„Solang es Ihnen nichts ausmacht.“

„Tut es wirklich nicht.“

Clara nickte und wünschte ihrem Dienstmädchen eine gute Nacht. Sie zog die Tür zu, bis sie nur noch einen Spaltbreit offenstand, für den Fall, dass Tommy nachts schrie. Als sie die Treppe hinaufstieg, hörte sie Annie reden.

„Oh, Tommy Fitzgerald, wenn du nur sehen könntest, wie du läufst. Wenn ich es dir nur zeigen könnte … ich würde alles dafür geben, um dir zu beweisen, dass diese verdammten Beine tatsächlich funktionieren!“

Kapitel 9

„Ist Mrs. Rhone zu sprechen?", fragte Clara den verwirrt wirkenden Reverend, der geistesabwesend und mit einer Tasse Tee in der Hand die Tür geöffnet hatte.

„Der Mütterverein, nicht wahr?", fragte er.

„Nein. Ich glaube, wir sind uns neulich Abend bei Captain O'Harris begegnet."

„Oh, ist es wieder an der Zeit, Geld für die alleinstehenden Mütter zu sammeln? Das war beim letzten Mal kein großer Erfolg, wie ich fand. Mrs. Thwaite hat diese herrlichen Crumpets gebacken, aber kaum etwas verkauft. Ich befürchte, die Leute haben etwas gegen die Sammlung für unverheiratete Mütter. Ich weiß ehrlich gesagt gar nicht, warum."

Clara betrachtete den verwirrten Mann vor ihr und war selbst ein wenig verdutzt.

„Vielleicht glauben die Leute, dass unverheiratete Mütter keine Hilfe verdient haben?", bot sie an.

„Das ist schlicht nicht möglich. Außerdem war es doch für einen wohltätigen Zweck. Jeder weiß, dass man großzügig spenden muss. Nein, ich befürchte, diese bedauernswerte Sängerin hat sie alle vertrieben. Sie war wirklich schockierend, und das nach all den guten Referenzen, die sie mir präsentiert hat."

Clara versuchte, sich nichts anmerken zu lassen, während der Reverend vom Thema abkam.

„Ich hätte es besser wissen müssen; all die Arbeit im Varieté. Sie war zu anzüglich für ein Kirchenfest. Sie hat das Wort ‚Damenpumphosen‘ benutzt, wissen Sie?“

„Wirklich?“ Clara versuchte, so schockiert zu wirken, wie er gewesen sein musste. Ihr war danach, dem lieben Mann die Schulter zu tätscheln und etwas wie „das wird schon wieder“ zu sagen. „Ich bin nicht wegen einer Kirchenangelegenheit hier. Ich arbeite im Auftrag von Captain O’Harris und wollte wissen, ob ich mich mit Mrs. Rhone unterhalten könnte.“

„Gladys ist im hinteren Wohnzimmer.“ Reverend Rhone führte Clara in sein Pfarrhaus. „Ich sollte eine Predigt schreiben, doch ich finde einfach nicht den richtigen Ansatz. Ich fürchte, ich bin in jüngster Zeit ein wenig langweilig geworden. Ehrlich gesagt muss ich mich gelegentlich selbst daran hindern, bei meiner Predigt einzuschlafen.“

„Oh je“, sagte Clara mitfühlend.

„Sind Sie Kirchengängerin?“

Clara zögerte.

„Vor dem Krieg war ich es“, gestand sie schließlich.

„Ja, so ist das. Für mich ist das natürlich sehr deprimierend, und Gott ist zweifellos auch enttäuscht. Es war wirklich der Krieg. Ich habe noch nie etwas anderes erlebt, das meine Gemeinde so ausgedünnt hätte.“

Clara empfand die Wortwahl des Vikars als unglücklich.

„Natürlich rechne ich mit mehr Zulauf, sobald die Menschen das überwunden haben. Immerhin ist Gott immer da. Oh, könnte das nicht eine gute Botschaft für die Predigt sein?“ Der Vikar wanderte plötzlich davon, wobei er seine letzten Worte mehrmals wiederholte.

Clara musste sich allein im Pfarrhaus zurechtfinden. Das hintere Wohnzimmer war ein recht beengter Raum, hatte aber den Vorteil, in den Garten hinauszublicken. Mrs. Rhone saß mitten im Zimmer, umgeben von etlichen Stapeln gestrickter Quadrate, die sie emsig zusammennähte. Sie hob den Blick, als Clara eintrat, und zog ihre Brille aus.

„Miss Fitzgerald, nicht wahr?" Sie erhob sich, um ihre Gästin zu begrüßen.

„Bitte entschuldigen Sie die Störung, Mrs. Rhone, wo Sie doch gerade so beschäftigt sind."

„Das macht nichts, meine Liebe. Setzen Sie sich. Ich werde noch mehrere Tage damit verbringen, all das hier zusammenzunähen. Wir haben mehrere liebe Damen, die ihre Wollreste aufheben, um daraus verschiedenfarbige Quadrate für Decken zu stricken; dann bringen Sie alles zu mir. Ich fühle mich immer ein wenig unter Druck gesetzt, wenn sie mit einem weiteren Bündel auf meiner Schwelle stehen. Aber sie wollen so dringend Gutes tun. Diese Ladung ist für das Waisenhaus bestimmt." Mrs. Rhone deutete auf die verschiedenen Stapel, die sie umgaben wie stämmige Säulen. „Sie nähen wohl nicht, oder?"

Clara ließ sich bereitwillig Nadel und Faden geben und nahm sich vier der Quadrate, um sie zusammenzunähen.

„Jetzt sagen Sie mir bitte, was Sie hergeführt hat."

„Das war Captain O'Harris' Rätsel. Ich soll versuchen, die Wahrheit herauszufinden."

„Das klingt wie eine gute Methode, um ihm weiteren Herzschmerz zu bereiten. Hält er seine Tante für schuldig?"

„Ich glaube, es wäre ihm lieber, wenn ich das Gegenteil beweisen könnte." Clara legte sich zwei Quadrate auf die Knie und nähte sie mit einem langen, grünen Wollfaden zusammen. „Ich dachte, ich könnte mal bei Ihnen vorbeikommen, um mich mit Ihnen über Florence O'Harris zu unterhalten. Sie kannten sie gut, nehme ich an?"

„Oh ja!" Mrs. Rhone blickte kurz von ihrer Arbeit auf und lächelte. „Florence Minerva Highgrove war in der Sonntagsschule meine Lehrerin, als ich noch ein kleines Mädchen war. Das war natürlich vor ihrer Hochzeit; bevor sie Florence O'Harris wurde."

„Könnten Sie mir etwas mehr von ihr erzählen?"

„Nun ..." Mrs. Rhone nahm das Ende eines Fadens in den Mund, den sie gerade in eine Nadel einfädeln wollte. „Sie war wie jede andere junge Frau. Lassen Sie mich mal überlegen. Sie müsste achtzehn gewesen sein, als ich elf war, ja, das kommt hin. Und sie unterrichtete in der Sonntagsschule, bis ich fünfzehn war. Dann heiratete sie. Dieses Jahr wäre sie vierundsiebzig geworden. Bei dem Gedanken fühle ich mich ziemlich alt! Wie auch immer, ich habe sie immer noch als junge und recht resolute Frau in Erinnerung, die ihre eigene Meinung hatte und damit nicht hinter dem Berg hielt. Wenn sie unseren Unterricht leitete, wusste ich immer, dass er gut werden würde. Sie las mit großer Begabung aus der Bibel vor, und wenn man ihr eine Frage stellte, schaute sie einem in die Augen und antwortete mit einer Gegenfrage. Ich weiß, dass einige der älteren Jungen ganz vernarrt in sie waren. Mein Bruder war damals vierzehn und fest davon überzeugt, er würde sie eines Tages zum Tanzen ausführen, sobald er alt genug war und etwas Geld in der Tasche hatte. Natürlich waren sie alle eine Woche lang ganz betrübt, als sie hörten, dass Florence heiraten würde. In diesem Alter hält nichts lange an."

„Wie hat sie Goddard O'Harris kennengelernt?"

„Ich glaube, er war mit der Familie bekannt. Florence' Vater war ein recht erfolgreicher Geschäftsmann und ihre Mutter ebenfalls eine ernstzunehmende Größe. Ich dachte immer, sie müssten einigermaßen schockiert gewesen sein, als sie von Goddard erfuhren. Er war ein wenig zu sanftmütig für sie. Ich bin mir nicht ganz sicher, wie genau sich die beiden kennenlernten, doch im Sommer 1866 gingen sie schon zusammen spazieren und gaben ein schönes Paar ab. Goddard war still, aber attraktiv. Er studierte in Cambridge, ganz nach dem Wunsch seines Vaters, wollte aber eigentlich lieber zur Armee gehen. Ich habe sie vor Augen, bei einem Spaziergang an der Promenade. Florence sieht überglücklich aus und Goddard versucht, mit ihr mitzuhalten."

„Darf ich eine etwas taktlose Frage stellen?", unterbrach Clara sie und biss dann ihren Faden durch.

„Welche denn?"

„Hat Florence aus Liebe geheiratet, oder ..."

„Oh, ich verstehe. Die Familie O'Harris war auch damals schon wohlhabend. Ich nehme an, sie haben das Vermögen der Highgroves in den Schatten gestellt, doch Florence war keineswegs arm." Mrs. Rhone spielte an ihrer Nadel herum. „Ich muss gestehen, dass ich ein wenig überrascht war, als ich zum ersten Mal von dieser Verbindung hörte. Unter uns Mädchen ging das Gerücht um, Florence habe insgeheim einem jungen Royal Marine geschrieben, der Zeit in Brighton verbracht hatte. Molly Durrant behauptete beharrlich, gesehen zu haben, dass Florence einen Brief an einen jungen Mann verfasst hatte, der nicht Goddard war. Doch Molly war ein wenig verblödet und konnte nicht gut lesen, deshalb habe ich der Sache nie viel Glauben geschenkt.“

„Aber es könnte die Wahrheit gewesen sein?“

Mrs. Rhone schlang ihren Faden wieder und wieder um den Finger und wirkte sehr nervös.

„Ich habe nie darüber nachgedacht … aber ich erinnere mich daran, dass sie einen Mann namens Edward erwähnte; nicht häufig, doch manchmal schien sie sich zu verplappern und erwähnte seinen Namen. Ich habe es nie für eine ernste Sache gehalten, aber ich war damals auch elf Jahre alt. Florence stammte nicht aus einer armen Familie und ihr Vater war recht tolerant, daher wüsste ich nicht, was gegen eine Hochzeit mit einem Royal Marine gesprochen hätte, wäre das ihr Wunsch gewesen. Nein, sie muss wirklich aus Liebe geheiratet haben.“ Mrs. Rhone sprach mit Überzeugung und schien die Sache für sich entschieden zu haben.

„Ich schätze, ich versuche herauszufinden, ob Florence irgendeinen Anlass gehabt haben könnte, um ihren Mann umzubringen. Das bereitet mir große Schwierigkeiten.“

„Was für ein furchtbarer Gedanke.“ Mrs. Rhone schüttelte bedrückt den Kopf. „Da kann ich Ihnen wirklich nicht helfen, da ich die beiden als Paar nicht gut gekannt habe. Florence ging regelmäßig in die Kirche und half bei Veranstaltungen aus, doch Goddard war nur selten dabei. Dann lernte ich Isaiah kennen, meinen Ehemann, und bin für eine Weile weggezogen. Wir kamen 1900 nach Brighton zurück, doch meine Bekanntschaft mit Florence wurde erst nach Goddards Tod erneuert. Lassen Sie mich Folgendes sagen, Miss Fitzgerald: Als ich Florence O'Harris nach all diesen Jahren zum ersten Mal wiedersah, habe ich sie kaum wiedererkannt. Ich sagte mir, das ist eine Frau, deren Herz gebrochen wurde. Ich bin noch nie einem so traurigen und niedergeschlagenen Lebewesen begegnet. In ihren verbleibenden Jahren hat sie nicht einmal gelächelt. Mir ist egal, was die Logik oder sonst jemand sagt. Florence hat ihren Ehemann geliebt, und sein Tod hat sie tief getroffen."

Mrs. Rhone nähte kurz weiter. Vorne im Haus tickte eine Uhr rhythmisch und schlug dann zur vollen Stunde. Clara schob ihre Nadel durch die Wollquadrate und ließ diese neue Information sacken. Wenn Florence ihren Ehemann wirklich geliebt hatte, war sein Tod nur noch unlogischer geworden.

Mrs. Rhone hob abrupt den Blick.

„Haben Sie ihr Tagebuch gefunden?"

Clara hörte auf zu nähen.

„Nein. Ich wusste nicht einmal, dass sie eines geführt hat."

„Ich bin mir ziemlich sicher, dass sie bis zu ihren letzten Tagen Einträge gemacht hat. Ich bezweifle, dass es seit ihrem Tod angerührt wurde. Ich glaube, ihr Schlafzimmer wurde nicht verändert. Captain O'Harris hat ausreichend Räumlichkeiten zu seiner Verfügung, sodass er das Zimmer seiner Tante in Ruhe lassen kann. Ihr Tagebuch sollte dort sein. Ich sah ein oder zwei Mal, dass sie es mit sich herumtrug. Es war in grünes Leder gebunden und mit geprägten Schmetterlingen verziert."

Ein Hoffnungsschimmer glomm in Clara auf. Das konnte wichtige neue Hinweise liefern. Natürlich rechnete sie nicht damit, dass jemand ein Geständnis in ein Tagebuch schreiben würde, aber wer weiß …

„Vielen Dank, Mrs. Rhone. Ich entschuldige mich erneut für meine Störung." Clara reichte ihr die vier zusammengenähten Quadrate und Mrs. Rhone musterte sie neugierig. „Ich muss mich auf den Weg machen. Auf Wiedersehen."

Während Clara aus dem Zimmer eilte, tobten die verschiedenen Möglichkeiten durch ihren Verstand. Kaum dass sie das Haus verlassen hatte, seufzte Mrs. Rhone leise und machte sich daran, Claras Arbeit wieder aufzutrennen.

Kapitel 10

Clara hatte während ihres letzten Falles eine Zusammenarbeit mit der Polizei von Brighton etabliert. Damals hatte sie sich als nützlich erwiesen, weil sie Informationen erlangt hatte, an die die Polizei nicht herangekommen war. Inspector Park-Coombs hatte es zunächst nicht gefallen, dass eine Frau die Nase in seine Arbeit steckte, doch er hatte seine Meinung geändert, als er verstanden hatte, dass sich die Menschen offener mit der freundlichen Clara Fitzgerald unterhielten, als mit seinen uniformierten Polizisten. Und er hatte widerwillig gestanden, dass sie eine gute Ermittlerin war. Er hatte ihr sogar in Anerkennung ihrer Fähigkeiten eine Karte mit ihrem Namen und seiner Unterschrift ausgestellt, die ihr Zugang zum Polizeiarchiv verschaffte – und wenn angemessen, die Unterstützung der Polizei. Jetzt würde Clara ihre „Freikarte" benutzen.

Als Inspector Park-Coombs ihr diese Karte ausgehändigt hatte, hätte sie sie beinahe abgelehnt. Die Ereignisse dieses Winters, in dem sie in ihre erste Mordermittlung verwickelt worden war, hatten ihr einiges abverlangt. Sie hatte sich gefragt, ob das Lösen von Rätseln wirklich ihre Berufung war, doch die Zeit heilte viele Wunden und die zeitliche Distanz zu diesen düsteren Januartagen ließ sie deutlich weniger schlimm erscheinen. Sie wollte dieses neue Rätsel lösen und empfand erneuerte Begeisterung und Enthusiasmus, als sie sich an die gedankliche Arbeit machte. Das Mysterium um die Familie O'Harris war genau das, was sie brauchte, um sie zur Detektivarbeit zurückzubringen.

Am Empfangstresen der Polizeiwache von Brighton zeigte sie ihre Karte vor und fragte, ob der Inspector zugegen sei. Der diensthabende Sergeant musterte sie missbilligend und geleitete sie dann nach oben. Der Inspector stand in seinem Büro und beaufsichtigte zwei Maler, die offensichtlich damit beschäftigt waren, die Wände in der Wache neu zu streichen.

„Miss Clara Fitzgerald." Er warf ihr einen wissenden Blick zu, als sie hereinkam. „Ich wusste, Sie würden sich nicht lange von der Ermittlungsarbeit fernhalten."

„Guten Morgen, Inspector. Lassen Sie renovieren?"

„Oh, wir hatten ein wenig Geld übrig im Budget und dachten, die alten Wände könnten ein wenig Farbe vertragen." Der Inspector betrachtete die Maler mit scharfem Blick. „Das Problem ist, dass ich den da in der Vergangenheit wegen Diebstahls verhaftet habe und es jetzt nicht wage, ihn aus den Augen zu lassen." Er deutete auf den jüngeren Maler, der unter dem Blick des Polizisten ein wenig zittrig wirkte.

„Haben Sie einen Moment Zeit?", fragte Clara und ignorierte das Dilemma des Inspectors.

„Dann haben Sie also einen neuen Fall?"

„Eher einen alten, den ich mir noch einmal ansehe. Haben Sie von dem Mysterium um Goddard O'Harris gehört?"

Ein Grinsen breitete sich auf dem Gesicht des Inspectors aus.

„Ach die alte Kamelle! Die Leiche ist in der Nacht verschwunden. Keine Leiche, keine Verdächtigen, keine
Mordwaffe. Nicht ohne. Das war natürlich noch vor
meiner Zeit als Inspector. Sie untersuchen den Fall
jetzt?“

„So gut ich kann. Die Zeit ist bei der Aufklärung eines
Falles nicht behilflich, wie ich jetzt feststelle. Haben Sie
an diesem Fall gearbeitet?“

„Nein, ich hatte die Tagschicht, als es geschah. Aber
ich kannte die Männer, die in dem Fall ermittelt haben,
recht gut. Eine anständige Truppe; sehr professionell.
Sie sagten mir, dass der Fall nicht aufklärbar sei, und
ich glaubte ihnen.“

„Gibt es Akten dazu?“

„Natürlich. Das Wenige, was dazu festgehalten
wurde. Es handelt sich vermutlich nicht um viel mehr
als einen einzigen Bericht, aber ich kann ihn für Sie
heraussuchen ...“ Der Inspector warf einen Blick zu seinen Malern und war offensichtlich hin- und hergeris-
sen, weil er Clara helfen wollte, ohne den geläuterten
Kriminellen aus den Augen zu lassen.

„Soll ich die beiden für Sie beobachten?“, bot Clara an.

„Das ist keine Arbeit für eine Frau.“ Der Inspector
legte die Stirn in Falten.

„Privatdetektivin zu sein auch nicht. Können wir uns
solche Aussagen vielleicht sparen?“

Inspector Park-Coombs lachte los, dann tauschte er
den Platz mit Clara und machte sich auf den Weg ins
Archiv.

„Wenn die beiden Ihnen Probleme machen, rufen Sie
einfach den Sergeant!“

Clara blickte ihm hinterher, dann seufzte sie und setzte sich auf die Ecke seines Schreibtisches. Sie zog einen Spiegel aus ihrer Handtasche und überprüfte ihren Lippenstift.

„Miss?" Sie hob den Blick. Es war der ältere der beiden Maler, der sich seit dem Verschwinden des Inspectors sichtlich entspannt hatte. „Reden Sie von damals, als der alte Herr starb und aus seinem eigenen Garten verschwand?"

Clara lächelte ihn an.

„Ja, genau."

„Ich habe auf dem Anwesen Arbeiten verrichtet, unter anderem an diesem Flugzeughangar auf dem Gelände."

„Ja?"

„Falls er noch am Leben ist, und ich weiß nicht, ob er das ist, aber falls ja, sollten Sie mit dem Bauleiter sprechen, der uns den Auftrag gab. Ich erinnere mich noch daran, dass er wenige Tage nach dem Todesfall eine Bemerkung über das Fundament gemacht hat."

„Welche Art von Bemerkung?", hakte Clara nach.

„Er hat sich über den Zustand des Betons beschwert. Anscheinend hat sich jemand während der Trocknung daran zu schaffen gemacht, und einer der Fundamentgräben war mit zusätzlichem Zement aufgefüllt worden, der nicht zum Rest passte. Wir haben uns alle gefragt ... Sie wissen schon."

Der Mann unterbrach sich abrupt, nahm seinen Pinsel und machte sich wieder an die Arbeit. Clara dachte über das nach, was er gesagt hatte. Auch sie hatte bereits über die Scheune nachgedacht, als sie das Gebäude zum ersten Mal erblickt hatte. Baustellen konnten sich als zweckdienliches Versteck erweisen. Sie musste diesen Bauleiter ausfindig machen.

„Wie hieß er? Ihr Auftraggeber?"

„Mr. Owen Clarence", antwortete der Maler. „Er wohnte damals in der Belgrave Street."

Clara nickte, holte ein kleines Notizbuch aus ihrer Handtasche und schrieb den Namen und die Adresse hinein.

„Vielen Dank."

„Glauben Sie, dass er ermordet wurde, Miss?" Der Maler hatte erneut in seiner Arbeit innegehalten.

„Wenn nicht, hat jemand große Mühen auf sich genommen, um einen Unfall zu vertuschen."

Inspector Park-Coombs kehrte mit einem dünnen Pappordner zurück, den er Clara übergab.

„Schauen Sie sich das gerne an", sagte er. „Da ist ein Freund von Ihnen unten im Archiv."

Clara hob neugierig den Blick.

„Oliver Bankes." Der Inspector warf ihr einen schelmischen Blick zu. „Er könnte ein paar Fotografien besitzen, die Ihnen vielleicht behilflich wären."

Clara hatte nicht mehr an Oliver gedacht, seit sie ihm am Pier begegnet war, wo er an seiner Kamera herumgefummelt und sich über Aufnahmen bei hohen Geschwindigkeiten beschwert hatte.

„Vielleicht sind auch noch einige der anderen Akten da unten für Sie von Interesse. Mir ist noch eine mit dem Namen O'Harris aufgefallen, wobei ich nicht weiß, ob es um die gleiche Familie geht. Sie sollten sich das ansehen."

Clara wusste, dass er sie höflich in Oliver Bankes' Arme trieb.

„Vielen Dank, Inspector", sagte sie, während sie sich vom Schreibtisch gleiten ließ. „Ich schaue mir das mal an."

„Tun Sie das, und wenn Sie irgendwann noch einmal auf das Archiv zurückgreifen müssen, nur zu." Park-Coombs hatte in der Tür Posten bezogen und beobachtete jetzt wieder die Maler. „Haben Ihnen die beiden Probleme gemacht, während ich weg war?"

„Ganz im Gegenteil." Clara lächelte, während sie davonging und den Inspector seinen Aufseherpflichten überließ.

Zunächst war Clara sich nicht sicher, ob sie das Archiv betreten und Oliver begegnen wollte. Sie wusste, dass Mr. Bankes ein besonderes Interesse an ihrer Gesellschaft hatte und versuchte, sich in ihren Fällen möglichst nützlich zu machen, doch sie war sich nicht ganz im Klaren über ihre eigenen Gefühle zu der Situation. Nach der Zeit, die sie jüngst mit Captain O'Harris verbracht hatte, war sie sich dieser Problematik sehr bewusst. Warum hatte sie ein derart schlechtes Gewissen wegen einer so unschuldigen Bekanntschaft? Sie arbeitete für O'Harris. Natürlich musste sie da auch Zeit mit ihm verbringen, doch sie kam um die Gewissensbisse nicht umhin, als sie sich vor der Tür zum Archiv herumdrückte, bis sie endlich ihren Mut zusammennahm und eintrat.

Beim Archiv handelte es sich um einen kleinen Raum, gesäumt und unterteilt von etlichen Bücherregalen voller Akten über Kriminalfälle. Das einzige Fenster war zugestellt worden, sodass nur durch den oberen Teil ein wenig Licht hereindrang. Eine nackte Glühbirne erhellte den Rest des Raumes. Auf der gegenüberliegenden Seite stand ein Schreibtisch, so nah wie möglich an der Lichtquelle, auf dem sich vergessene Ordner und nicht abgeheftete Unterlagen stapelten. Es war in etwa das, was Clara erwartet hatte.

Bankes saß am Schreibtisch und ging einige Fotografien durch. Er hob den Blick, als sie eintrat.

„Hallo, Clara."

„Hallo, Oliver. Woran arbeiten Sie?"

Oliver hob eine Fotografie von einem Künstleratelier in die Höhe.

„Da wurde vor einigen Nächten eingebrochen. Es sind Kunstwerke gestohlen worden, die gerade erst verkauft worden waren. Ich halte nach den Leinwänden Ausschau und hatte den Eindruck, eines der Werke in einer kleinen Galerie an der Promenade gesehen zu haben."

„Wäre der Täter wirklich so unvorsichtig, die Kunstwerke auf diese Art zu verkaufen?"

„Oh, Sie wissen doch, wie diese Leute denken. Man muss nur warten, bis die Polizei nach wenigen Tagen die Suche aufgibt, und außerdem können Polizisten einen Picasso nicht von einem Rembrandt unterscheiden. Doch um ehrlich zu sein, habe ich mit diesen Gemälden meine Probleme."

Clara warf einen Blick auf die Fotografie und sah mehrere Leinwände, die mit willkürlichen Farbklecksen, horizontalen Linien und bunten Spritzern verziert waren.

„Diese Aufnahme wurde vor einigen Wochen für eine Zeitschrift gemacht. Die Besitzer glauben, der Artikel hätte den Raub ausgelöst."

„Und was glauben Sie?"

„Dass der Besitzer der Galerie Schulden hat und jetzt gleichzeitig die Versicherungssumme für die Gemälde kassieren und die Werke ein zweites Mal verkaufen kann. Wie Sie merken, glaube ich nicht, dass die Bilder wirklich gestohlen wurden.“

„Oliver, ich hatte Sie nicht als Detektiv in Erinnerung.“

„Nicht?“ Oliver grinste. „Kunstverbrechen sind mein Hobby; Sie wären überrascht, wie oft so etwas vorkommt.“

„Und Sie haben eines der Bilder gesehen?“

„Das ist ehrlich gesagt schwer zu beurteilen.“ Oliver zuckte mit den Schultern. „Moderne Kunst und so. Was führt Sie her?“

„Ich ergründe ein uraltes Mysterium; na ja, so in etwa zumindest. Haben Sie je vom verschwundenen O'Harris gehört?“

Oliver hielt inne und dachte darüber nach.

„Da klingelt etwas. War das während des Krieges?“

„Nein, lange davor. 1913.“

„Da war ich dreizehn.“ Oliver zuckte mit den Schultern. „Das muss an mir vorbeigegangen sein.“

„Nun, damit sind Sie nicht allein, an mir ging es auch vorbei.“

„Wie alt waren Sie 1913, Clara?“, fragte Oliver verschlagen.

Sie zeigte ihm ein schiefes Lächeln, fuhr aber fort, ohne auf die Frage einzugehen.

„Goddard O'Harris ist in seinem Garten tot umgefallen und anschließend ist seine Leiche einfach verschwunden. Bislang habe ich nur zwei Zeugen; drei, wenn man den Gärtner mitzählt, der die Leiche auch gesehen hat."

„Gärtner zählen immer", warf Oliver feierlich ein.

„Ich habe keine Ahnung, wohin die Leiche verschwunden ist, wie Goddard gestorben ist oder was überhaupt das Motiv hätte sein können. Und für das Bewegen der Leiche habe ich nur eine einzige Verdächtige: Mrs. O'Harris."

„Wo ist dann das Problem?"

„Es gibt zu viele offene Fragen. Warum? Wie? Wo? Captain O'Harris möchte, dass ich dieses Rätsel aufkläre."

„Ah, Captain O'Harris."

Clara empfand bei diesen Worten Unbehagen. Sie wäre beinahe errötet.

„Viele junge Damen in Brighton schwärmen für ihn. Einige von ihnen wären bestimmt neidisch darauf, dass Sie mit ihm verkehren."

Clara war sich nicht sicher, ob Oliver sie neckte oder ihr Informationen entlocken wollte.

„Er ist ein zahlender Kunde wie jeder andere", sagte sie beherzt.

„Ihnen ist noch nicht aufgefallen, wie attraktiv und schneidig er ist?"

„Ihnen denn?"

Sie blickten einander in unbehaglichem Schweigen an, dann räusperte Oliver sich und räumte seine Fotografien zusammen.

„Ich sollte mich auf den Weg machen." Er stellte den Ordner in ein Regal und lief zur Tür.

„Nein, bitte nicht ..." Clara biss sich auf die Lippe. „Ich war ein wenig unhöflich."

„Ich habe Sie nur geneckt“, sagte Oliver gereizt. „Sie haben mich förmlich angefahren.“

„Ich bin in letzter Zeit sehr erschöpft“, entschuldigte Clara sich knapp. „Und … ich mag es nicht, wenn meine Professionalität infrage gestellt wird. Ich helfe O'Harris nicht, weil er schneidig und attraktiv ist.“

„Das weiß ich.“ Das Grinsen kehrte in Olivers Gesicht zurück. „Dann ist es Ihnen also aufgefallen.“

Dieses Mal errötete Clara.

„Oliver Bankes, manchmal treiben Sie mich in den Wahnsinn!“, tadelte sie. „Er glaubt, seine Tante hätte seinen Onkel umgebracht, und kann diesen Gedanken nur schwer ertragen. Er möchte, dass ich die Wahrheit herausfinde, egal wie sie lautet.“

„Und Sie haben vor, das zu tun?“ Oliver kehrte an ihre Seite zurück.

„Das ist wie jedes andere Rätsel, schätze ich. Ich werde herumstochern, bis ich eine Lösung finde.“ Clara deutete auf die Mappe, die Inspector Park-Coombs ihr gegeben hatte. „Er meinte, es gebe noch eine andere Akte mit dem Namen O'Harris, die vielleicht mit meinem Fall in Verbindung steht. Die hier sieht recht dürftig aus.“

Sie schlug die Mappe auf und warf einen Blick auf die beiden wenig inspirierenden Seiten im Inneren. Bei einer handelte es sich um den Einsatzbericht des diensthabenden Sergeanten, bei der anderen um die Aufzeichnungen zu der Suche, die am folgenden Tag veranstaltet worden war. Mehr gab es nicht.

„Sie haben sich keine große Mühe gegeben, was?“, fragte Oliver.

„Ich schätze, es gab zu wenige Hinweise. Was soll man tun, wenn man keine Leiche hat und nicht einmal weiß, wie die Person gestorben ist? Vielleicht hielten sie seinen Tod auch für einen Schwindel und gingen davon aus, dass Goddard die Flucht ergriffen hat.“

„Zusammen mit einer Mätresse vielleicht? Und seine Frau behauptete, er sei gestorben und verschwunden, um das Gesicht zu wahren? So war es nicht, oder?“

„Colonel Brandt versicherte mir, dass Goddard O’Harris tatsächlich tot war, und ich habe keine Hinweise auf eine Affäre.“

Oliver nickte.

„Sollen wir mal nach der anderen Akte sehen?“ Er trat an einige Regale, die mittels eines ausgeblichenen Zettels mit der Jahreszahl 1913 markiert waren, und ließ die Finger über die Ordner gleiten. „Hier ist sie. Etwas dicker als die andere Akte, aber ich würde mir keine zu großen Hoffnungen machen.“

Er brachte den Ordner zum Schreibtisch und schlug ihn auf. Sie blickten beide auf die erste Seite.

„Du liebe Güte“, entfuhr es Clara. „Ein weiterer Mord!“

„Der Tod wurde als Unfall eingestuft“, merkte Oliver an.

„Ein Dienstmädchen stürzt die Haupttreppe hinunter und Sie denken dabei nicht an Fremdeinwirkung?“ Clara blätterte durch die Unterlagen. „Ah, ein Autopsiebericht. Und wie ich es mir dachte: Sie war schwanger.“

„Ich weiß nicht, ob ich Sie als sehr klug bezeichnen soll, oder lieber darauf hinweisen, dass Sie einen schrecklich argwöhnischen Verstand haben“, gluckste Oliver.

„Mir ist beides recht. Ein Unfall, na klar. Die junge Frau hat sich entweder aus Schande die Treppe hinuntergestürzt oder sie wurde gestoßen. Und wie man es auch dreht und wendet, für mich wäre das beides ein Mord."

„Und ein Motiv für Goddards Tod?"

„Das halte ich für möglich. Diese Sache hier geschah 1912. Ein Jahr später starb Goddard. Das ist genug Zeit, um die Wahrheit zu erfahren und die Rache zu planen."

„Unterhaltungen mit Ihnen machen mir immer großen Spaß." Oliver grinste. „Man weiß nie, was man zu erwarten hat."

„Es freut mich, dass Ihnen meine morbiden Interessen zusagen", entgegnete Clara. „Die meisten Menschen empfinden solche Themen als schrecklich und wollen lieber nicht darüber sprechen."

„Dann handelt es sich offensichtlich um sehr geistlose Menschen. Kann ich Ihnen noch anderweitig behilflich sein?"

„Ich frage mich ... ob Sie im Archiv Ihres Geschäftes vielleicht alte Fotografien des Anwesens der Familie O'Harris aus jener Zeit haben."

Oliver dachte nach.

„Mein Vater könnte einige Aufnahmen gemacht haben. Ich kann nichts garantieren, aber ich werde nachsehen."

„Vielen Dank, Oliver." Clara lächelte und war plötzlich sehr froh, dass sie nicht vor der Tür zum Archiv kehrtgemacht hatte.

„Darf ich Sie nach Hause geleiten?", fragte Oliver.

„Ja, Sie dürfen", antwortete Clara.

Kapitel 11

Captain O'Harris wirkte recht unglücklich, als er Clara am folgenden Tag die Tür öffnete.

„Entschuldigen Sie meinen Gesichtsausdruck", murmelte er, während er sie hereinließ. „Ich habe schlechte Nachrichten erhalten."

„Das tut mir leid", sagte Clara. Den sonst so lebhaften Mann derart niedergeschlagen zu sehen, bereitete ihr Sorgen. „Kann ich Ihnen irgendwie helfen?"

„Nein, es sei denn, Sie können Tote wiederbeleben. Tut mir leid, das war geschmacklos." O'Harris ließ sich in einen Sessel fallen und wedelte mit einem Telegramm. „Bertie Law, ein erstklassiger Pilot und verdammt guter Schütze. Er war im Krieg gelegentlich mein Schütze und hat mir gegen den Hunnen mehr als einmal den Hintern gerettet."

Clara bemerkte, dass der Captain leicht angetrunken war.

„Was ist ihm zugestoßen?"

„Er hat Arbeit bei einer Arktisexpedition angenommen. Luftaufklärung ist gerade sehr beliebt. Es gibt mittlerweile diese kleinen Polarflieger mit geschlossenem Cockpit und Skiern statt Rädern. Für den Transport werden sie in Kisten gepackt. Bertie war mit einer deutschen Forschungsgruppe unterwegs. Welch Ironie, nicht wahr? Er sollte aufsteigen und Fotografien machen, wann immer möglich." O'Harris starrte auf das Telegramm. „Sein Flugzeug ist ins Meer gestürzt. Diese verdammten Hunnen haben zwei Tage gebraucht, um ihn zu finden. Da war es schon zu spät. Er ist erfroren."

O'Harris knüllte das Blatt zusammen und warf es auf den Boden.

„Es tut mir leid, das zu hören", sagte Clara sanft.

„Es ist der Schock, der einen am schlimmsten erwischt. Man weiß, dass diese Flugzeuge gefährlich sind. Auch mit der *Buzzard* bin ich einige Male knapp der Katastrophe entkommen. Aber man geht nie davon aus, dass es wirklich passieren wird. Man sagt sich, dass einem das Glück noch für einen weiteren Flug hold sein wird, für einen weiteren Tanz durch die Lüfte."

„Warum fliegen Sie dann?"

„Oh, wegen des Nervenkitzels. In einem Flugzeug zu sitzen und zu wissen, dass man dabei einer von sehr wenigen ist, während man die winzige Welt unter sich betrachtet und weiß, dass man für einen kurzen Augenblick frei ist, das ist ein wahrer Rausch. Wenn ich nicht fliegen könnte, würde ich wahnsinnig werden; oder vielleicht zur See fahren. Bertie war nicht anders. Er wollte auch nach Ende des Krieges nicht ans Land gefesselt sein."

„Captain, ist es Berties Tod, der Sie derart ins Unglück gestürzt hat, oder der Gedanke, dass es Sie als Nächstes treffen könnte?"

Captain O'Harris war fassungslos.

„Mein bester Freund ist ins Polarmeer gestürzt und erfroren. Ich glaube, das ist ein ausreichend guter Grund, um aufgebracht zu sein."

Clara sagte nichts und blickte O'Harris nur nachdenklich an. Die Stille dehnte sich aus, bis sich langsam ein neuer Ausdruck auf das Gesicht des Captains schlich. Er wirkte beinahe kränklich.

„Ich bin kein Mann, der es leicht mit der Angst zu tun bekommt, Clara."

„Das dachte ich mir schon." Clara nickte.

„Ich bin in Frankreich über die Schlachtfelder geflogen, habe auf den Schlamm und den Stacheldraht hinabgeblickt und nicht einmal mit der Wimper gezuckt. Ich will nicht überheblich klingen, es ist schlicht die Wahrheit. Ich habe mich nie vor dem Tod gefürchtet, wie manch anderer Mann. Verstehen Sie mich nicht falsch, wenn der Hunne auf mich geschossen hat oder plötzlich eines ihrer Flugzeuge auftauchte, raste mein Herz und meine Eingeweide verkrampften sich, doch ich dachte nicht für eine Sekunde, dass ich sterben würde. Ich hatte Angst, aber nicht genug, um mich vom Fliegen abzuhalten, und erst recht nicht, um auf den Gedanken zu kommen, ich könnte mein Glück herausfordern."

„Und wie ist es jetzt?"

„Jetzt sollte das Leben einfacher sein. Keine feindlichen Flugzeuge, keine Gewehre, die auf meine Tragflächen zielen, oder Granaten, die durch die Luft zischen. Ich fühlte mich in meinem Flugzeug schon damals beinahe sicher, das sollte doch jetzt erst recht der Fall sein, oder? Doch stattdessen ... ich weiß nicht. Ich trage dieses schreckliche Grauen in mir."

„Grauen?"

„Es ist, als würde ich nicht mehr an mich glauben; als würde ich nicht mehr an die *Buzzard* glauben. Ich denke immer wieder, dass es mein letzter Flug wird, wenn ich diesen Rekordversuch wage." O'Harris starrte ausdruckslos ins Nichts. „Das Telegramm hat diesen Eindruck nur verstärkt. Von einem Augenblick auf den anderen ist man tot. Bertie Law war ein guter Pilot, doch selbst ein guter Pilot kann nichts mehr tun, wenn der Motor versagt oder sich das Wetter gegen einen richtet."

„Aber Bertie flog in der Arktis." Clara versuchte, etwas Logik in die Gedanken des Captains zu bringen. „Das muss doch einer der gefährlichsten Orte zum Fliegen sein. Und Sie planen doch nicht, ein Polarflieger zu werden, oder?"

„Nein ... ich denke nur immer wieder: Was, wenn mir so etwas zustößt?" O'Harris schüttelte wild den Kopf, als würde er diese schlimmen Gedanken vertreiben wollen. „Ich bin froh, dass Ihr Bruder mich nicht so sehen muss, Clara."

„Er hätte Verständnis."

„Gut möglich, aber das ist nicht der Punkt." O'Harris betrachtete Clara lange. „Ich habe heute nicht mit Ihnen gerechnet. Gibt es Neuigkeiten?"

„Nichts Endgültiges", sagte Clara wie als Entschuldigung. „Doch ich fragte mich, ob ich mich mal im Schlafzimmer Ihrer Tante umsehen dürfte. Ich hörte, dass sie Tagebuch geführt hat. Das könnte ein wenig Licht in die Sache bringen."

O'Harris zuckte mit den Schultern.

„Ich habe nie eins gesehen, doch das heißt nicht, dass es nicht existiert. Sie dürfen gerne danach suchen. Ich habe ihr Zimmer nach ihrem Tod nicht mehr betreten. Nicht dass ich je dort gewesen wäre, als sie noch lebte.

Ich gehe davon aus, dass es noch so aussieht wie am Tag ihres Todes."

„Dann werde ich ihr Tagebuch hoffentlich finden. Gibt es Schlüssel für das Zimmer? Etwa für abgeschlossene Schubladen oder einen Sekretär?"

O'Harris holte seinen dicken Schlüsselbund hervor.

„Ich glaube, das hier sind Möbelschlüssel." Er zeigte Clara mehrere kleine Schlüssel in unterschiedlichen Formen. „Ich habe noch keine Schlösser dafür gefunden. Nehmen Sie gleich den ganzen Bund."

Clara tat, wie ihr geheißen.

„Kommen Sie zurecht, während ich mich dort umsehe?"

„Ich bin damit fertig, meinen Kummer zu ersäufen. Jetzt möchte ich nur hier sitzen und mich erinnern. Klingt es egoistisch, wenn ich sage, dass ich wünschte, Bertie wäre am Boden geblieben, damit ich nicht wenige Tage vor meinem Flug über den Atlantik einen solchen Schock erleben muss?"

„Vielleicht ein wenig, aber auch nachvollziehbar", sagte Clara. „Wenn er seinen Flug geschafft hätte, hätte Sie das für Ihren Flug mit Zuversicht erfüllt, stattdessen werden Sie jetzt von Sorgen geplagt. Aber das ist nicht nötig. Sie sind nicht Bertie Law, die *Buzzard* ist nicht sein Flugzeug und Sie fliegen nicht für eine Arktisexpedition."

„Nein." O'Harris nickte. „Sehr wahr. Hören Sie, wollen Sie zum Mittagessen bleiben? Ich lasse uns von der Köchin etwas Gutes machen. Ich will heute nicht allein essen."

„Ich werde bleiben", sagte Clara. „Aber jetzt sollte ich mir dieses Zimmer ansehen."

„Machen Sie sich auf Staub und Holzwürmer gefasst." O'Harris bekam ein fahles Lächeln zustande, als sie sich erhob und den Raum verließ. „Oberstes Stockwerk, das dritte Zimmer auf der rechten Seite, die blaue Tür."

Das Zimmer der verstorbenen Mrs. O'Harris wirkte, als wäre es aus der Zeit gefallen. Es war größtenteils in blauen und cremeweißen Farbtönen gehalten und wirkte mit dem Himmelbett, dazu passenden Vorhängen und dem altmodischen Waschtisch wie das Boudoir einer viktorianischen Dame. Hier einzutreten fühlte sich ein wenig so an, als würde man in eine Zeichnung aus einem alten Buch eintauchen. Der Raum hatte eine ganz eigene Atmosphäre. Er wirkte ein wenig stickig, doch auch gespenstisch still, als würde das Zimmer den Atem anhalten, bis die Dame des Hauses zurückkehrte. Kaum dass Clara über die Schwelle getreten war, fühlte sie sich, als würde sie sich in ein ganz anderes Haus begeben, und sie fühlte sich auf eigenartige Weise einsam.

Clara ließ den Raum auf sich wirken. Sie mochte töricht sein, doch ihr kam der Gedanke, dass ein Schlafzimmer viel über eine Person verraten konnte. Es war der privateste Raum eines Hauses, und auch der persönlichste. In diesem Zimmer hallte das Echo von Mrs. O'Harris nach, als hätte sie es erst vor einem Augenblick verlassen. Es war, als würde die Zeit stillstehen.

Clara bewegte sich durch das Zimmer und fühlte sich wie ein Eindringling. Lavendelduft hing in der Luft. War dies das Zimmer einer Mörderin oder das einer trauernden Witwe? Hatte Florence O'Harris von ihrem

Triumph geträumt, wenn sie auf diesem Bett lag, oder sich in den Schlaf geweint?

Auf der Frisierkommode sah sie eine Bürste, mehrere halbleere Kosmetika, einige Parfumflaschen, deren Inhalt sich langsam zu Essig verwandelte, und eine hübsche Vase, die einen frischen Strauß Blumen vermissen ließ. Clara stellte sich kurz vor, wie Florence jeden Tag an diese Kommode herangetreten war, um sich für den Tag frisch zu machen, und im Spiegel zu sehen, dass sie wieder ein wenig älter geworden war. Sie öffnete methodisch die Schubladen und wühlte sich durch die Reste eines fünfzigjährigen Lebens in diesem Haus. Alte Haarklammern, Briefe, die nie beantwortet worden waren, saubere Taschentücher und alte Theaterprogramme. Nichts Aufschlussreiches.

Sie widmete sich einer Aufsatzkommode und arbeitete sich auch dort durch die Schubladen. Dort fand sie nichts als Kleidung; hauptsächlich Unterwäsche und Strümpfe. Jede Schublade gab beim Öffnen mehr von dem Lavendelduft frei und brachte ihr damit die schwer zu fassende Florence ein wenig näher.

Der Nachttisch wirkte vielversprechend, da die oberste Schublade tatsächlich abgeschlossen war. Clara kniete sich davor, schaute sich die Schlüssel an, die O'Harris ihr gegeben hatte, suchte die kleinsten heraus und probierte sie nacheinander aus. Keiner schien zu passen. Sie probierte jeden Einzelnen und seufzte dann leise. Ein wenig enttäuscht beschloss sie, es noch einmal von vorne zu versuchen, nur für den Fall, und ging die Schlüssel durch, bis sie einen recht kurzen Schlüssel erreichte, der ihre Hoffnung nicht im Geringsten weckte. Clara schob ihn ins Schloss und rüttelte daran herum. Er schien kurz festzustecken, dann spürte sie, dass er sich drehte. Die Schublade öffnete sich mit einem Klicken und Clara hoffte, dass sie für ihre Mühe belohnt werden würde.

Im Inneren fand sie weitere Briefe, doch diese wirkten persönlicher als die in der Frisierkommode. Mehrere der Briefe stammten von Florence' Schwägerin, Captain O'Harris' Mutter. Andere waren von Goddard und es schien sich um Liebesbriefe zu handeln, auch wenn sie ein wenig trocken und abschweifend wirkten. Goddard war offensichtlich kein Poet gewesen. Clara legte die Briefe auf dem Bett ab und nahm sich vor, sie auf Hinweise zu durchsuchen, sobald sie die Zeit dafür hätte.

In der Schublade lag noch diverser Kleinkram, der teilweise von einem dazugestopften Spitzentuch verdeckt wurde: ein silbernes Nadelkissen in der Form eines Schweines rang mit einem Brieföffner aus Knochen um Platz, sowie mit mehreren winzigen Fläschchen mit Resten alter Flüssigkeiten. Alles in allem sehr enttäuschend. Clara wühlte weiter in der Schublade herum und fand noch mehrere Knöpfe sowie eine Hutnadel, an der sie sich stach. Sie ärgerte sich über ihre mangelnde Vorsicht und kam sich dumm vor, weil sie nicht früher daran gedacht hatte, das Tuch herauszunehmen, um den restlichen Inhalt besser sehen zu können. Erst da bemerkte sie, dass das Tuch deutlich schwerer war, als es sein sollte. Sie faltete es auseinander und musste lächeln, als sie drei in Leder gebundene Bücher enthüllte. Das oberste war grün und hatte einen geprägten Schmetterling auf dem Buchdeckel.

„Ich habe deine Tagebücher gefunden, Florence", flüsterte Clara vor sich hin.

Eigenartigerweise hatte sie nicht das Bedürfnis, nach unten zu eilen und ihren Fund sofort O'Harris zu präsentieren. Stattdessen setzte sie sich auf das Bett, das ächzte, wie es alte Betten nun mal tun, und blätterte durch die ersten und die jüngsten Einträge des Tagebuchs. Auch wenn nicht alle Einträge mit einem Datum versehen waren, schien es sich um die Aufzeichnungen aus Florence' Leben von 1900 an zu handeln. Es gab große Lücken, von denen manche sogar einen Monat lang waren, aber auch passionierte Einträge, in denen sie fieberhaft und beinahe minutengenau ihr Leben in Brighton protokolliert hatte. Clara blätterte weiter, bis sie 1913 erreichte, und suchte nach den Einträgen um den Zeitpunkt von Goddards Tod.

Am seinem Todestag selbst gab es keinen Eintrag – das wäre auch zu großes Glück gewesen, dachte Clara –, doch ein Absatz war vage auf den Oktober 1913 datiert und anscheinend zum Zeitpunkt seiner Beerdigung entstanden.

Oktober '13

Niedergeschlagen. Es gibt keinen besseren Zeitpunkt für die neue Wohltätigkeitsveranstaltung, doch mir fehlt die Kraft. Mrs. B. fragt immer wieder, wann wir über das Blumenfest sprechen können. Kann nicht darüber nachdenken. So einsam hier. Bat den jungen John um einen Besuch. Vielleicht wird ein wenig jugendliche Energie die Dunkelheit vertreiben. Habe das Gefühl, Goddard ist überall und doch nirgends. Wenn ich um eine Ecke gehe, erwarte ich, ihn zu sehen.

Im Obstgarten Äpfel gepflückt. Schlechte Ernte, zu viele Wespen. Hätte früher pflücken sollen. Ich scheine nicht hinterherzukommen. Die Köchin will Apfelkuchen backen, doch ich werde ihn nicht essen. Das war Goddards Lieblingskuchen und würde sich respektlos anfühlen. Schreckliche Kopfschmerzen. Sollte schlafen, doch es steht ein weiterer Besuch von Mrs. M. an, wegen der Gemeindeversammlung. Ich hasse all das. Wünschte, sie würden mich in Ruhe lassen.

Clara hielt inne. Florence mochte nach außen als strenger oder sogar verhärmter Mensch gewirkt haben, doch im Inneren waren ihre Gefühle so stark wie bei jedem anderen. Und sie schien den Tod ihres Ehemannes schwer betrauert zu haben.

„Könntest du ihn wirklich getötet haben?", fragte Clara sich, während sie weiterlas.

Mr. C. will wissen, was aus der Scheune wird. Sie sollte wohl fertiggestellt werden, so wie Goddard es gewollt hatte. Bislang wurde nur die Baugrube ausgehoben und es würde nicht lange dauern, sie zuzuschütten und mit Gras zu bedecken, doch dazu kann ich mich nicht überwinden. Ich werde Goddards Automobile nicht verkaufen, und sie brauchen ein Zuhause. Vielleicht finde ich etwas Frieden, wenn sie fertig ist.

Ein Brief von John. Er besucht mich bald. Habe ihn seit der Beerdigung nicht mehr gesehen und jetzt bereue ich es, ihn eingeladen zu haben. Was soll ich zu ihm sagen, wenn ich ihn sehe? Ich habe so ein schlechtes Gewissen wegen Goddard. Ich wünschte, ich könnte es wiedergutmachen.

„Miss?"

Clara schlug das Tagebuch zu, als ein Dienstmädchen in der Tür erschien.

„Tut mir leid, Sie zu stören, Miss, aber das Mittagessen wird in etwa einer halben Stunde bereit sein. Der Captain wollte Sie das wissen lassen."

„Vielen Dank." Clara lächelte sie an, dann verschwand das Dienstmädchen wieder.

Clara saß für einen Augenblick reglos da. Das Auftauchen des Dienstmädchens hatte sie an den anderen Zwischenfall erinnert, der das Leben im Hause O'Harris beeinträchtigt hatte. Sie widmete sich erneut dem Tagebuch und blätterte mehrere Seiten zurück, bis sie im Jahr 1912 ankam. Das Dienstmädchen war im Frühling dieses Jahres in den Tod gestürzt. Clara schaute sich die Einträge kurz vorher an.

Kapitel 12

April '12

John war die ganze Woche lang zu Besuch. Seine Gegenwart treibt mich in die Verzweiflung. Er scheint einfach überall zu sein, doch Goddard freut sich, ihn zu sehen. Er war so schwermütig seit seiner Influenza und es tut ihm gut, einen jungen Menschen um sich zu haben. Er hat den Plan gefasst, eine riesige „Scheune" für seine Automobile zu errichten. Er sagte mir, dass so etwas „Garage" genannt werde und in Amerika die neuste Mode sei. Mir gefällt die Idee nicht.

John ist heute nach Hause zurückgekehrt. Goddard wieder mürrisch.

Millie, das neue Dienstmädchen, ist nicht nach unten gekommen, um die Kamine auszukehren. Die Köchin hat sich für sie entschuldigt und gesagt, das Mädchen habe etwas gegessen, was sie nicht vertrug. Sie hatte gestern ihren freien Abend und war in der Stadt, vielleicht hat sie dort etwas gegessen. Ich hoffe, das wird nicht zur Gewohnheit.

Heute war Millie da. Sieht recht blass aus. Sagte ihr, sie dürfe fernbleiben, wenn sie ansteckend ist, doch sie meinte, sie habe eine verdorbene Auster gegessen, als sie in Brighton war. Das wird ihr nicht schaden; das Mädchen ist dicker geworden und wenn sie so weitermacht, braucht sie eine neue Uniform. Die wird sie von ihrem Lohn abzahlen müssen, ich bin schon großzügig genug.

Schlimmer Unfall. Millie ist die Treppe hinuntergestürzt. Goddard sagt, ihre Lebensmittelvergiftung habe vielleicht zu Schwindel geführt. Der Arzt hat sie für tot erklärt und die Polizei musste herkommen. Habe ein schlechtes Gewissen wegen meiner jüngsten Kommentare. Das arme Mädchen hinterlässt eine Mutter und drei jüngere Schwestern.

Mai '12

Heute ist Millies Leichenschau. Ertrage es nicht, hinzugehen. Habe das Gefühl, etwas war im Argen.

Das Urteil lautete, Millies Tod war ein Unfall. Doch der Gerichtmediziner hat enthüllt, dass sie schwanger war. Goddard hat mir davon erzählt. Weiß nicht, wer der Vater war. Die Köchin glaubt nicht, dass sie einen Liebsten hatte. Schien so ein stilles Mädchen zu sein. Habe schreckliche Gedanken. John war über Weihnachten hier und ich erinnere mich daran, dass sie sich mit ihm unterhalten und gelacht hat. Sagte Goddard, dass ich für eine Weile verreisen will, doch seine Gicht ist wieder schlimmer geworden. Stattdessen muss ich mich in dieser Situation mit dem Mütterverein befassen.

Die Rosen haben Knospen gebildet. Habe einige abgeschnitten, um sie ins Wasser zu stellen und auf die Blüten zu warten. Die Glyzinie strahlt dieses Jahr. Denke darüber nach, neue Erdbeeren im Küchengarten anzupflanzen. Die Köchin wünscht sich Stachelbeeren ...

Clara überflog die nächsten Einträge, doch Florence schien sich plötzlich mehr für ihre Gartenarbeit als für Millies Schicksal interessiert zu haben. Es lag etwas Beunruhigendes in diesem plötzlichen Themenwechsel. Es fühlte sich beinahe so an, als hätte Florence diese Angelegenheit verdrängt. Oder hatte sie zu viel in die Sache hineininterpretiert? Immerhin könnte seit dem ersten Eintrag im Mai und dem letzten Absatz einige Zeit vergangen sein. Vielleicht war Millie bereits in Vergessenheit geraten. Doch welche schrecklichen Gedanken hatte Florence gemeint? Und hatte sie tatsächlich angedeutet, was Clara da herauszulesen glaubte?

Sie packte ihren Fund ein und ging nach unten, um O'Harris zu suchen. Er war im Speisezimmer und sah schon weniger unglücklich und mehr wie er selbst aus. In der Nähe seiner Hand sah sie ein Glas Wasser und eine Packung Schmerztabletten.

„Ich versuche, den Lauf der Dinge aufzuhalten", sagte er mit einem Schulterzucken zu Clara. „Haben Sie etwas gefunden?"

„Ein paar Kleinigkeiten." Clara legte die Tagebücher auf den Tisch, bot sie dem Captain aber nicht an. „Ihre Tante war selbst in ihren Tagebüchern nicht sonderlich offen."

„Ja, sie war ein Buch mit sieben Siegeln. Verzeihen Sie den Scherz."

„So scheint es. Würde es Ihnen etwas ausmachen, wenn ich die Bücher mitnehme, um sie zu lesen? Vielleicht finde ich den einen oder anderen Hinweis."

„Natürlich, wenn es helfen kann."

„Ich werde sie zurückbringen, sobald ich fertig bin."

„Wovon schrieb Tante Flo denn?"

„Meistens übers Gärtnern." Clara wandte den Blick ab und versuchte, ungezwungen zu wirken. „Es gab eine Sache, die meine Aufmerksamkeit erregt hat. Eine Geschichte von einer jungen Frau namens Millie? Ich glaube, sie arbeitete hier als Dienstmädchen."

O'Harris wurde ein wenig blasser, zumindest glaubte Clara das.

„Millie hatte einen Unfall", sagte er recht dumpf.

„Ja. Ich hatte das Gefühl, dass das mit dem Tod Ihres Onkels in Verbindung stehen könnte. Vielleicht wusste er etwas, das er nicht wissen sollte?"

„Millie hat sich die Treppe heruntergestürzt, weil sie bemerkt hatte, dass sie schwanger war", sagte O'Harris.

„Hat sie sich hinuntergestürzt oder wurde sie gestoßen?" Clara begegnete seinem Blick.

„Sie müssen keine Spiele mit mir spielen, Clara", sagte O'Harris traurig. „Sie sind zu klug, um mir vorzumachen, dass Sie derart begriffsstutzig wären."

„Wurde Millie ermordet?", fragte Clara und kam damit direkt zum Punkt.

„Ich war nicht hier, als es geschah, deshalb kann ich das nicht beurteilen." O'Harris seufzte. „Ich hatte es immer für Selbstmord gehalten."

„Wer war der Vater?"

„Das haben Sie auch längst erraten."

Clara schüttelte den Kopf.

„Nein, es war Ihre Tante, die es erraten hat; oder sollte ich sagen: vermutet. Sie hatte Sie beide an

Weihnachten zusammen lachen sehen. Das wirkte wohl ein wenig zu vertraut auf sie."

„Dann hat es wohl keinen Zweck, um den heißen Brei herumzureden. Millie und ich ... wir hatten über dieses Weihnachtsfest eine kleine Liebschaft. Es war nichts Ernstes, zumindest glaube ich das. Millie war sehr selbstbewusst. Würden Sie mir glauben, wenn ich Ihnen sage, dass ich mich eher wie der Verführte als wie der Verführer fühlte?"

„Sie müssen es ja wissen."

„Ein harscher Ton, Clara. Denken Sie so schlecht von mir?" Er schaute sie an und Clara fühlte sich ein wenig schlecht.

„Sie sind ein Charmeur, Captain. Sie sind schneidig, lebhaft und ein unterhaltsamer Gesprächspartner. Ich kann nur sagen, dass ich es mir als Außenstehende schwer vorstellen kann, Sie könnten Schwierigkeiten damit haben, die Aufmerksamkeit der Frauen zu erlangen."

„Nein, die habe ich nicht, nicht mehr. Doch in meinen jüngeren Jahren hatte ich dieses Selbstbewusstsein nicht. Der Krieg hat mir Flügel verliehen, Clara, in mehr als einer Hinsicht. Aber 1912 hatten junge Frauen immer noch die Macht, mir Angst einzuflößen; insbesondere attraktive, junge Frauen. Ich werde nicht abstreiten, dass ich Millie ermutigt habe, doch sie war weder schüchtern noch unterwürfig. Um es deutlich zu sagen: Ich glaube nicht, dass ich ihr erster Liebhaber war."

Clara wusste nicht, was sie dazu sagen sollte. Einerseits empfand sie Mitgefühl mit Millie, die sie als die geschädigte Unschuldige wahrnahm. Die verführte junge

Frau, die schwanger wurde und sich aus Verzweiflung umbrachte. Doch andererseits hatte sie keinen Anlass dazu, O'Harris für herzlos oder grausam zu halten oder ihn der Lüge zu verdächtigen. Doch es war schwer, das Bild der Millie, der großes Unrecht widerfahren war, mit dem Bild einer erfahrenen Frau von Welt zu vereinen.

„Ich schätze, ich stehe nicht gut da, wie man es auch betrachten mag." O'Harris sank in seinem Sessel zusammen. „Ich habe erst hinterher erfahren, dass sie schwanger war, falls das ein Trost ist."

„Sie hat es Ihnen nicht erzählt?"

„Nein. Und ich muss gestehen, dass mich das überraschte. Ich hätte damit gerechnet, dass sie es offen ansprechen würde. Ich hätte für sie gesorgt, wissen Sie?"

„Das glaube ich Ihnen, Captain."

„Immerhin." O'Harris trank einen Schluck Wasser und nahm noch eine Schmerztablette. „Was soll ich Ihnen noch erzählen? Ich dachte immer, es hätte sich um einen Unfall gehandelt."

„Vielleicht war es das auch, doch es handelt sich um einen recht erstaunlichen Zufall."

„Könnten Sie das mit Gewissheit herausfinden?"

Clara dachte einen Augenblick nach.

„Ich könnte vielleicht Vermutungen anstellen, wenn ich wüsste, wer zu dem Zeitpunkt im Haus war und wo sich die Personen aufhielten. Es gibt allerdings auch noch eine andere Möglichkeit."

„Die da wäre?"

„Dass Millie sich tatsächlich selbst das Leben genommen hat, aber jemand glaubte, es wäre nicht so gewesen. Oder die Person gab jemandem die Schuld an ihrem Selbstmord, dafür, sie geschwängert zu haben. Und wer käme da mehr in Frage als der Hausherr?"

O'Harris horchte auf.

„Wollen Sie sagen, dass sich damit neue Verdächtige ergeben könnten? Dass Tante Flo aus dem Schneider ist?"

„Ich würde noch nicht zu viel Hoffnung hineinstecken, aber das ist etwas, was es zu beachten gilt. Könnten Sie mir eine Liste der Bediensteten geben, die 1912 im Haus arbeiteten?"

„Natürlich!"

O'Harris sprang auf und suchte gerade in einem nahen Sekretär nach Zettel und Stift, als ein Dienstmädchen mit zwei Essenstellern eintrat.

„Stellen Sie das auf den Tisch", sagte O'Harris, ohne zu ihr zu schauen.

Die junge Frau lächelte Clara an, stellte die beiden Teller ab und nahm die Cloches herunter, ohne den Blick abzuwenden.

„Hühnerleberpastete und Räucherlachssandwiches ... oh mein Gott!" Eine Cloche fiel scheppernd zu Boden.

O'Harris drehte sich abrupt um und blickte von dem sprachlosen Dienstmädchen, das sich die Hände vor den Mund geschlagen hatte, zu Clara, die mit aller Ruhe eine tote Maus von dem dekorativ angerichteten Teller hob.

„Gütiger Himmel! Was ist denn in der Küche los?", fragte O'Harris entsetzt.

„Eine Menge, würde ich sagen." Clara deutete auf den kleinen Zettel, der am Hals der Maus hing. Darauf standen in Blockschrift und schwarzer Tinte die Worte: LASST DIE VERGANGENHEIT RUHEN!

„Das ist eine Warnung." O'Harris wurde bleich.

„Ich weiß", sagte Clara. „Meine erste. Ich muss gestehen, dass ich ein wenig aufgeregt bin."

O'Harris warf ihr einen fragenden Blick zu.

„Aufgeregt?"

„Nun, sie bedeutet, dass ich auf dem richtigen Weg bin", erklärte Clara eifrig. „Es war nicht Ihre Tante Flo, die das Verbrechen begangen hat, sondern jemand anderes; jemand, der noch lebt und keinen Ärger bekommen möchte."

„Aber nur die Köchin und die Haushälterin arbeiten schon so lange hier."

„Es könnte eine der beiden gewesen sein, oder jemand von außerhalb des Hauses, der sich hereingeschlichen hat, während das Essen zubereitet wurde. Ihr Gärtner arbeitet übrigens auch schon lange genug hier."

„Wirklich?"

Clara schüttelte den Kopf.

„Sie müssen aufmerksam bleiben. Also, das hier ist eine gute Neuigkeit. Ich dachte so langsam, ich würde vom richtigen Weg abkommen, weil meine Fantasie mit mir durchgeht. Diese Nachricht beweist, dass mein Instinkt richtiglag." Clara reichte die Maus an das Dienstmädchen weiter. Die junge Frau packte das Tier widerwillig am Schwanz. „Bitte entsorgen Sie das Tier und bringen Sie uns eine frische Pastete."

Die junge Frau verschwand, wobei sie die Maus so weit wie möglich von sich weghielt.

„Sie wissen, dass sie allen davon erzählen wird." O'Harris wirkte besorgt.

„Ja, natürlich. Das ist doch schön. Endlich fühle ich mich wie eine richtige Detektivin. Und wissen Sie, was das Beste an alledem ist?"

„Nein. Sagen Sie es mir."

„Diese Geste bedeutet, dass der Täter oder die Täterin höchstwahrscheinlich noch lebt!" Claras Augen funkelten. „Ich könnte den Mörder Ihres Onkels wirklich noch zur Rechenschaft ziehen!"

Kapitel 13

Dezember '12

Goddard ist seit dem Tod seines Bruders besonders kränklich. Tragisch, einen jüngeren Bruder zu verlieren. Er will nicht essen. Quält sich sehr. Ich werde den armen Oscar wohl auch vermissen. Eine schreckliche Sache dieser Krebs.

Testament wurde verlesen, nichts Unerwartetes. Oscar wusste, dass er sterben würde, und hinterließ seiner Familie einige besondere Geschenke. Mir vermachte er eine hübsche, viktorianische Vase seiner Mutter, die ich immer bewundert habe, und Goddard eine Kiste teurer Zigarren. Goddard bringt es nicht über sich, sie zu rauchen. Der Rest von Oscars Geld ging an John. Seit Susans Tod hat der arme Junge nur noch uns.

„Captain O'Harris' Mutter hieß Susan?" Tommy blickte aus dem Tagebuch auf, in dem er las.

„Ja. Ich glaube, sie war Schauspielerin. Zu dem Teil bin ich noch nicht gekommen." Clara ging die Briefe durch, die sie ebenfalls aus dem Anwesen mitgenommen hatte.

„Ich bekomme den Eindruck, dass Florence nicht mit ihr zurechtkam."

„Mein Eindruck ist, dass Florence mit niemandem zurechtkam. Zumindest klingen die Einträge in ihren Tagebüchern so.“

„Giftig wäre, glaube ich, eine angemessene Bezeichnung für ihr Verhalten.“

Clara lachte.

„Ganz genau. Ich habe den ganzen Tag nach dem treffendsten Wort gesucht!“

Tommy machte eine Notiz auf dem Blatt Papier, das neben ihm lag, und wandte sich seiner Schwester zu.

„Ich bekomme ein Gefühl dafür, wie Florence so war, aber bei Goddard ist das etwas anderes. Ich kann mir kein Bild von ihm machen.“

„Er scheint einfach nett gewesen zu sein.“

„Nett? Was ist das für eine Wesensart? Das sagt man über jemanden, zu dem einem sonst nichts einfällt, weil man lieber nicht die Wahrheit sagen will. Niemand ist je ganz und gar nett.“

„Du bist zynisch, Tommy.“

„In den Schützengräben gab es einen Jungen, der 1917 zu uns kam. Er war still, hatte Angst vor seinem eigenen Schatten und war ein Einzelgänger. Er schien immer da zu sein, wenn man die Hose wechseln wollte. Nicht dass wir das häufig getan hätten, aber wenn, konnte man dafür garantieren, dass er da war und einen beobachtete. Niemand wollte sich wirklich mit ihm anfreunden. Wir gingen höflich mit ihm um, aber nicht freundschaftlich. Als er Anfang 1918 fiel, bat uns der Kaplan, einige Worte über ihn zu schreiben, die er an die Eltern schicken könnte. Alles was uns einfiel war: Er war nett.“

„Ich verstehe, was du sagen willst. Und ich stimme dir zu; Goddard ist ein Rätsel. Allerdings gehen mir die Leute aus, die ich zu diesem Fall befragen kann, und bislang haben sich auch die Tagebücher als Sackgasse erwiesen.“

„Geben die Briefe etwas her?“

Clara seufzte und blätterte die Schriftstücke neben ihr durch.

„Nicht viel. Es sind die üblichen Briefe an Freundinnen und an ihre Mutter. Ich verstehe nicht wirklich, warum sie sie so nah bei sich im Nachttisch aufbewahrte. Abgesehen von den Gratulationen zu ihrer Hochzeit handelt es sich um sehr alltägliche Korrespondenz.“

„Das ist das Problem bei Briefen; man sieht nur die eine Seite. Wir werden nie erfahren, was Florence in ihren Briefen schrieb.“

„Den Tagebüchern nach zu urteilen, nicht viel.“ Clara lehnte sich in ihren Sessel zurück und dehnte ihren Nacken. „Nur zu, sag mir, dass ich nach Dingen suche, die nicht da sind.“

„Die Maus könnte nur ein Streich gewesen sein.“ Tommy zuckte mit den Schultern. Als er erfahren hatte, dass seine Schwester ein totes Nagetier und eine Warnung erhalten hatte, war er zunächst wütend gewesen, doch diese Wut war langsam dem Eindruck gewichen, dass das alles ein wenig zu theatralisch war. Echte Mörder verteilten keine Nachrichten, die an toten Mäusen hingen. So etwas las man nur in Büchern.

„Ich denke, ich bin da etwas auf der Spur“, entgegnete Clara. „Ich muss mich noch mit diesem Bauleiter unterhalten. Die Leiche muss ja irgendwo hingebracht worden sein."

„Na schön, angenommen, du reißt die Scheune ab und findest Goddard O'Harris, dann könnte sein Tod immer noch ein Unfall gewesen sein."

„Das wäre aber sehr unwahrscheinlich."

„Und du hast noch nicht einmal eine Theorie zur Mordwaffe."

„Das ist meine größte Hürde", räumte Clara ein. „Wenn wir sämtliche externen Waffen wie Messer oder Schusswaffen ausschließen, weil es keine Wunden gab – und da müssen wir uns auf die Zeugenaussagen verlassen –, dann bleibt nur noch eine kurze Liste von Alternativen. Abgesehen von natürlichen Zuständen wie einem schwachen Herzen, haben wir es entweder mit einem langsam wirkenden Gift zu tun, das zufällig in diesem Augenblick im Garten tödlich wurde, oder Goddard hat etwas Gefährliches eingeatmet; ein Gas, oder so etwas."

„Hast du schon nach solchen Giften gesucht?"

„Ich hatte gehofft, dass du das übernehmen würdest." Clara lächelte.

„Das dachte ich mir. Annie wird sich wieder Sorgen machen, wenn sie meine Bücher aus der Bibliothek abholt. Nun gut. Mit dem Gas sollten wir nicht gleich anfangen. Denn woher soll das gekommen sein?"

„Exakt. Ich erinnere mich an Geschichten über Bereiche mit dünner Luft in Höhlen, in denen man schnell zu Tode kommen kann, aber nicht in englischen Gärten."

„Was ist mit einer Substanz, die ihm kurz vor seinem Tod injiziert wurde?", dachte Tommy laut. „Eine Überdosis von irgendetwas. Vielleicht Morphium?"

„Soweit ich weiß, nahm er keine solche Medizin, auch wenn Mrs. Rhone von einer zehrenden Krankheit sprach. Ich nehme an, du willst wieder auf einen Unfall hinaus?"

„Ich dachte auch, dass es ein Suizid gewesen sein könnte und Florence verbergen wollte, was ihr Mann sich angetan hatte. Es wäre nicht schwer, dafür den guten Colonel ins Boot zu holen, und dann hat sie die Leiche versteckt, damit niemand die Wahrheit erfahren konnte."

„Warum?"

„Der Schande wegen? Oder weil sie dachte, dass der Selbstmord neue Fragen über seine Rolle im Fall des toten Dienstmädchens aufwerfen könnte? Du weißt schon: Hat er sich aus Reue umgebracht, nachdem er sie geschwängert hatte und sie gestorben war?"

„Das sind alles nur Theorien, nichts Handfestes."

Tommy zuckte erneut mit den Schultern.

„Im Moment finde ich, dass es bei diesem Mysterium um Goddards Tod ein wenig hoffnungslos aussieht. Solange du kein Motiv finden kannst, das über die Ahnung eines Zusammenhanges mit dem toten Dienstmädchen hinausgeht, scheinen wir auf dem Trockenen zu sitzen."

„Oh, sag so etwas nicht." Clara zog die Tagebücher an sich. „Irgendetwas muss es doch geben. Hier, schau dir mal die Briefe an."

Tommy überflog die Schreiben.

„Was ist mit diesem Kerl, der mit ihr angebandelt haben sollte?“

Nun war es an Clara, ihrem Bruder mit einem Schulterzucken zu antworten.

„Das ist alles sehr vage. Mrs. Rhone hielt die ganze Geschichte für Unsinn, den sich eine andere junge Frau ausgedacht hat. Ich glaube, er war in der Armee.“

„Welche Division?“

Clara ächzte.

„Ganz ehrlich, Tommy, das würde doch zu nichts führen. Ich habe mir nicht einmal seinen Namen geben lassen. Wahrscheinlich existierte der Mann nicht einmal.“

„War er ein Royal Marine?“

Clara zögerte.

„Könnte sein, warum?“

„Diese Hochzeitsglückwünsche hier kamen von Edward Highgrove, RM. Das steht für Royal Marine.“

Clara nahm den Brief wieder an sich.

„Ich nehme an, er war ein Cousin, da er den gleichen Nachnamen wie Florence hat.“

„Vielleicht war er das.“

„Außerdem erwähnt er in dem Brief seine eigene Ehefrau …“ Clara fixierte ihren Bruder mit einem Blick. „Wenn Edward Highgrove dieser andere Mann war, der Mann, den sie liebte …“

„Er war verheiratet, deshalb konnte sie ihn nicht haben.“

„Dann hat sie Goddard als zweite Wahl geheiratet; vielleicht sogar, um Edward zu kränken.“

„Und das da klingt wie ein Abschiedsbrief. Er hat sich von ihr losgesagt. Schau mal, hier schreibt er: ‚Ich glaube, du hast eine kluge Wahl getroffen. Lass mir dir die herzlichsten Glückwünsche ausrichten, von mir und Mrs. Helen Highgrove.‘ Er hätte nicht deutlicher zum Ausdruck bringen können, dass er eine Ehefrau hatte. Er hätte sie einfach nur Helen nennen können, doch er hat ihren vollständigen Namen ausgeschrieben. Er hat alle Verbindungen zu Florence abgebrochen.“

„Und sie hat diesen Brief voller Herzschmerz all die Jahre aufgehoben. Sie hat ihn nie vergessen.“

„Und sie hat nie vergessen, dass sie Goddard nur geheiratet hatte, weil ihre wahre Liebe sie im Stich ließ.“

„Aber Tommy, damit haben wir Florence gerade ein besseres Motiv für den Mord an ihrem Ehemann gegeben.“

Sie schauten einander verzweifelt an. In diesem Augenblick trat Annie ein.

„Entschuldigen Sie bitte, aber da ist ein Colonel Brandt am Telefon. Er möchte mit Clara sprechen.“ Annie wirkte verdutzt. Offensichtlich war sie davon ausgegangen, dass ein Colonel auf jeden Fall mit Tommy würde sprechen wollen.

„Ah, einer meiner Kronzeugen.“ Clara stand auf. „Vermutlich will er wissen, wie ich vorankomme.“

„Frag ihn nach Edward!“, zischte Tommy noch, während seine Schwester den Raum verließ.

Colonel Brandt klang am Telefon, als wäre er außer Atem. Er räusperte sich mehrmals, während er mit Clara Höflichkeiten austauschte, und schien sich unbehaglich zu fühlen.

„Colonel Brandt, Sie klingen verstimmt.“ Clara kam gleich zur Sache.

„Nun, ich musste dieses Telefon dem Butler des Clubs entreißen. Er sagt, ich habe nur zehn Minuten.“

„Dann kommen wir lieber gleich zu dem Grund für Ihren Anruf.“

„Ah, ja.“ Brandt schwieg einen Moment lang. „Kommen Sie voran?“

„Nicht sehr gut“, gab Clara zu. „Es gibt nur den interessanten Zufall, dass im Anwesen der Familie O’Harris auch ein Dienstmädchen gestorben ist.“

„Ach, das? 1912, nicht wahr? Das hat nichts mit Goddard zu tun.“

„Zu dem Schluss kam ich auch, doch irgendjemand scheint anders darüber zu denken.“

„Wer denn?“

„Das muss ich noch herausfinden. Wollten Sie mir etwas mitteilen, Colonel?“

„Ich habe bloß nachgedacht, mehr nicht.“ Der Colonel verfiel erneut kurz in Schweigen. „Als wir uns neulich Abend über Goddard unterhielten, nun ja, da fiel mir auf, dass ich nicht ganz aufrichtig zu Ihnen war. Goddard war ein guter Mann und ein guter Freund, aber niemand ist perfekt. Ich fürchte, ich habe mich etwas zu pflichtbewusst darum bemüht, den Ruf eines alten Freundes makellos wirken zu lassen. Die Wahrheit ist, Goddard hatte seine Geheimnisse, wie wir alle.“

„Denken Sie da an etwas Spezielles?“, fragte Clara.

„Ich muss gestehen, dass ich viel darüber nachgedacht habe. Ich meine, es gab ein paar eigenartige Dinge: unangenehme Wortwechsel zwischen Goddard und dem alten Kapitän des Golfclubs, ein Streit mit dem Rathaus, weil er das alte Krankenhaus durch neue Wohnhäuser ersetzen wollte, solche Dinge, aber wegen solcher banalen Angelegenheiten wird doch niemand umgebracht."

„Normalerweise nicht."

„Dann fiel es mir aber wieder ein: Es gab eine einschlägige Sache, die ein Motiv für Goddards Mörder gewesen sein könnte."

Clara horchte auf. Genau das, wonach sie gesucht hatte!

„Worum geht es denn, Colonel?"

„So etwas möchte ich lieber nicht am Telefon besprechen. Könnten Sie herkommen?"

Clara warf einen Blick auf die Uhr. Es war kurz vor zwei und sie würde nicht lange brauchen, um Brandts Club zu Fuß zu erreichen.

„Ich kann in einer halben Stunde dort sein."

„Das wäre vortrefflich. Ich werde Sie im Eingangsbereich erwarten."

Clara legte auf. Begeisterung überkam sie. Gerade als sie geglaubt hatte, ihr Fall würde auf Eis liegen, wurde er neu befeuert. Sie kehrte ins Wohnzimmer zurück und erklärte, wohin sie gehen würde.

„Werden Sie rechtzeitig zum Abendessen zurück sein?", fragte Annie.

„Wahrscheinlich." Clara grinste. Es war aufregend, einen neuen Hinweis zu bekommen, und sie schnappte sich eilig Hut und Handschuhe.

Kapitel 14

Als sie im Club eintraf, war sie völlig abgelenkt, doch der Colonel erwartete sie wie versprochen im Eingangsbereich. Er führte sie rasch in den Gästesalon, ehe der Butler ihnen einen bösen Blick zuwerfen konnte.

„Ich bin Ihnen sehr dankbar für Ihr rasches Erscheinen. Darf ich Ihnen einen Nachmittagstee anbieten?"

Clara winkte ab.

„Heute nicht, Colonel, aber vielen Dank für das Angebot."

„Es tut mir leid, Sie zu behelligen, wo Sie doch sehr beschäftigt sein müssen. Das Leben als Privatdetektivin ist gewiss hektisch."

„Es kann hektisch werden, aber es gibt auch ruhige Phasen, in denen man sich verzweifelt wünscht, jemand würde vorbeikommen oder schreiben." Clara setzte sich. „Sie klangen am Telefon recht angespannt, wenn ich das sagen darf, Colonel."

„Ich fühle mich ein wenig ..." Der Colonel schüttelte den Kopf. „Ehrlich gesagt, weiß ich nicht, wie ich mich fühle. Goddard war mein Freund, und ich helfe Ihnen nicht, seinen Mörder zu finden, wenn ich den Kopf in den Sand stecke und so tue, als wäre er der perfekte Mann gewesen. Das war er nicht, Miss Fitzgerald. Niemand ist das."

„Da sind wir uns einig." Clara lächelte. „Ich glaube, es wäre recht langweilig, wenn wir alle perfekt wären."

„Alle bezeichnen Goddard als nett. Wissen Sie eigentlich, wie sehr ich dieses Wort hasse? Nett ist bedeutungslos. Wenn zu meiner Zeit ein Soldat aus der Einheit starb und man nicht wusste, was man über ihn sagen sollte, dann schrieb man, dass er nett war."

Clara nickte. Das erinnerte sie an Tommys Gefühle zu dem Wort.

„Um ehrlich zu sein, habe ich es satt, vorzugeben, dass es zwischen Goddard und Florence nichts als Harmonie gab. Ich komme mir wie in einem schrecklichen

Theaterstück vor, in dem ich Charaktere beschreibe, die nie die Bühne betreten, sodass das Publikum sie nie selbst kennenlernen kann. Sie waren alle Menschen aus Fleisch und Blut, Freunde, doch es kommt mir vor, als würde ich über Fremde sprechen, sobald ich den Mund aufmache. Es ist meine eigene Schuld; ich will einfach nicht schlecht über die Toten sprechen."

„Sie können nicht schlecht über sie sprechen, wenn Sie die Wahrheit sagen", merkte Clara an. „Außerdem könnte Goddards Mörder noch am Leben sein. Er könnte also noch gefasst werden."

Der Colonel nickte unglücklich.

„Daran habe ich auch gedacht. Bei dem Gedanken, dass Flo ihn getötet haben könnte, geht es mir unerträglich schlecht."

Der Colonel wirkte zutiefst deprimiert.

„Je mehr ich darüber nachdenke, desto mehr denke ich, dass sie es getan haben könnte", fuhr er fort. „Unter den richtigen Umständen, mit dem richtigen Stoß ... es fühlt sich schrecklich an, das auszusprechen."

„Noch hat sie niemand verurteilt, und falls das ein Trost ist: Ich bin über einige Dokumente gestolpert, die nahelegen, dass Florence aufrichtige Zuneigung für ihren Ehemann empfand, auch wenn sie diese Gefühle tief im Inneren verschloss."

„Ja, Flo konnte steif wirken, das gebe ich zu. Doch sie hätte ihr Leben für einen geliebten Menschen gegeben. Ich bin mal unten am Pier mit einigen Jungs aneinandergeraten. Eine dumme Geschichte, wir versuchten alle, uns wichtigzumachen, und ich hatte gerade erst meine Uniform bekommen. Ich habe den Kürzeren gezogen. Flo kam mich im Krankenhaus besuchen. Das werde ich nie vergessen. Sie kam herein, bezeichnete mich als törichten Narren und brachte mir die Abendzeitung. So war sie eben, wissen Sie?"

„Colonel", Clara lächelte, „das klingt nicht nach einer kaltblütigen Mörderin."

„Nun, Sie sollten sich noch den Rest anhören, bevor Sie Ihre Schlüsse ziehen." Der Colonel ächzte, als er sich in einen Sessel sinken ließ. „Alt zu werden ist eine verdammt einsame Angelegenheit. Merken Sie sich meine Worte, junge Frau. Wenn sich Ihnen die Gelegenheit bietet, dann heiraten Sie, damit Sie jemanden haben, bei dem Sie sich beschweren können, wenn Sie alt und grau sind und sich fühlen, als hätte die Welt Sie zurückgelassen."

„Fühlen Sie sich zurückgelassen, Colonel?"

Der Colonel schüttelte traurig den Kopf.

„Ich weiß es nicht. Es scheint sich nur so viel verändert zu haben ... Ich vermisse Flo und Goddard sehr. Die beiden waren mir ein Fels in der Brandung. Ich konnte mich an ihnen festhalten, während alles rings um mich in Aufruhr und Wandel war. Die vergangenen dreißig Jahre haben uns alle schwer getroffen und nichts scheint mehr so zu sein wie in meiner Jugend. Nicht dass ich glaube, wir könnten immer gleich bleiben, oder dass Veränderung etwas Schlechtes wäre, doch es macht mir ein wenig Angst, das ist alles. Und dieser jüngste Krieg ..." Der Colonel erschauderte. „Ich hoffe, dass wir so etwas nie wieder erleben müssen.

„Das tun wir alle", pflichtete Clara ihm aus ganzem Herzen bei. „Aber warum haben Sie mich herbestellt?"

Der Colonel rutschte vor Unbehagen in seinem Sessel hin und her. Erst entfernte er ein Kissen, dann ersetzte er es durch ein anderes. Nachdem er so eine gefühlte Ewigkeit vertrödelt hatte, schien er sich zu beruhigen und sich darauf vorzubereiten, etwas zu sagen.

„Goddard war ein guter Freund, doch er war älter als ich, und von einem Mann seines Alters kann man nicht erwarten, einem jüngeren Kerl seine Geheimnisse anzuvertrauen, auch wenn ich Uniform trug und mich durch die Ränge nach oben arbeitete. Goddard war sehr verschlossen, ich glaube, so könnte man es beschreiben. Es gab eindeutig Themen, über die er nicht sprach, und ich bekam manchmal den Eindruck, dass er Dinge dachte, die er nicht auszusprechen wagte. Er schloss das alles in sich ein. Ich glaube, tief im Inneren war er ein leidender Mann, der nicht in der Lage war, die Liebe zu spüren, die ihm die Menschen in seinem Umfeld zeigen wollten. Seit dem Krieg habe ich viele junge Männer gesehen, denen es ähnlich erging. Das ließ mich auch anders über meinen alten Freund nachdenken. Ich betrachte ihn jetzt in einem anderen Licht. Ich glaube, er trug Narben mit sich herum.“

Der Colonel rückte erneut das Kissen zurecht, das schien ihm dabei zu helfen, seine Verschwiegenheit zu überwinden.

„Es war nicht leicht, Goddard zu lieben. Ich sagte, ich würde aufrichtig sein, und da haben Sie es. Es war erstaunlich, dass Flo bei ihm geblieben ist. Er war nicht aggressiv oder grausam. Ich habe nie einen Mann kennenglernt, der weniger zu irgendeiner Form von Gewalt neigte. Ich glaube, das war eine Folge des Burenkrieges. Aber zum Mangel an negativen Eigenschaften kam auch ein Mangel an positiven Aspekten. Man konnte mit Goddard nicht über tiefgründige Dinge sprechen, da er nie über seine Gefühle sprach. Wenn man ihn fragte, was ihm eine Sache bedeutete, bekam man als Antwort in der Regel ein Schulterzucken oder Schweigen, ganz egal, ob es um ein Gemälde oder den Tod eines geliebten Menschen ging. An manchen Tagen wollte ich ihm einfach nur tief genug in die Augen sehen, um einen Blick auf seine Seele zu erhaschen, denn sonst hatte ich das Gefühl, mit einem Automaten zu sprechen, der nur Fakten und Zahlen zu historischen Schlachten wiedergeben konnte.

Ich habe nie gesehen, dass er seine Ehefrau geküsst oder berührt hätte. Ich weiß, dass manche Männer in Gesellschaft nicht einen Hauch von Zuneigung zeigen wollen, doch ich bezweifle, dass sich Goddard anders verhielt, wenn die beiden allein waren. Flos Wesen war vermutlich auch keine Hilfe. Deshalb hatten die beiden auch keine Kinder, wissen Sie? Sie hätten beide gekonnt, aber sie haben nie ..." Dem Colonel versagte die Stimme. „Als wir einmal betrunken waren, hat Goddard mir ein wenig zu viel anvertraut. Es war einer der seltenen Momente, in denen er sein selbstauferlegtes Schweigen brach. Er bereute es natürlich und war bei unserer nächsten Begegnung noch zurückhaltender als sonst. Ich dachte, dass sich niemals etwas ändern würde, doch dann trat Susan O'Harris in unser Leben."

„Susan O'Harris? Captain O'Harris' Mutter?"

„Ja, Susan. Sie hatte um 1880 Oscar O'Harris geheiratet. Er war deutlich jünger als Goddard und unterschied sich sehr von seinem Bruder. Oscar lachte gern, war aber auch ungeduldig und hatte eine kurze Zündschnur. Im Vergleich zu Goddards reservierter Art war er mir etwas zu aufdringlich, aber ich lernte ihn auch erst kennen, nachdem die Aufregung um seine Hochzeit mit Susan abgeklungen war.“

„Ja, das war wohl ein Skandal, nicht wahr?“

„Susan war eine Schauspielerin. Das kann natürlich einiges bedeuten, doch ich bin mir sicher, dass es sich bei ihr um eine echte Karriere handelte, keine Scheinbeschäftigung, die vom eigentlichen Beruf ablenken sollte, wenn Sie verstehen, was ich meine.“

„Ja.“ Clara nickte. Es war ihr durchaus bewusst, dass sich Frauen im zwielichtigen Gewerbe oft als Schauspielerinnen bezeichneten, um dem schlechten Ruf zu entgehen.

„Sie trat in Varietétheatern auf, als Sängerin und Tänzerin. Es war nichts Besonderes, nur kleine Nebenrollen, doch sie verdiente sich damit ihren Lebensunterhalt, und darauf kam es an. Susen liebte es, auf der Bühne zu stehen. Sie sang aus voller Kehle, wenn man sie darum bat, und sie konnte gut singen. Ich fand es immer sehr schade, dass sie derart ignoriert worden war. Manche der großen Sängerinnen, die wir heute haben, könnten Susan nicht das Wasser reichen, aber ich bin vermutlich auch voreingenommen. Wir waren alle ein wenig verliebt in sie, wissen Sie?

Ich glaube, es war 1893 oder 1894, als sie mit Oscar im alten Haus auftauchte. Es war alles arrangiert, nicht aus heiterem Himmel, wie manche behaupten. Oscar war zugegebenermaßen ein wenig vom Glück verlassen und hatte gehofft, von seinem älteren Bruder finanzielle Unterstützung zu erhalten. Susan war lebhaft und strahlte förmlich. Sie war wie ein Sonnenstrahl. Damals gab es noch keine Lichtspielhäuser, doch sie wäre einer dieser Stars auf der Leinwand geworden. Sie strotzte vor Lebenskraft und Energie. Bedenken Sie, dass sie etwa in meinem Alter war. Ich habe mich Hals über Kopf in sie verliebt, als ich sie zum ersten Mal sah. Ich wäre am liebsten gleich mit ihr durchgebrannt. Ich habe in meinem Kopf alle möglichen, lächerlichen Pläne geschmiedet, um sie mit nach Indien zu nehmen, wo ich bald stationiert werden sollte. Ich konnte sie mir gut in einem Sari der Einheimischen vorstellen, in dem sie sich unter der indischen Sonne in meinem prächtigen Haus geräkelt hätte. Natürlich hatte ich nie den Mut, mit ihr zu sprechen.

In ihrer Gegenwart kamen wir uns alle ein wenig … trist vor. Selbst an Flo schien das nicht vorbeizugehen. Susan war eine Traumfrau, aber Oscar, nun ja, er sah ein wenig heruntergekommen aus. Ein Mann, der an Geld gewöhnt ist, kommt nicht gut mit Armut zurecht. Soweit ich weiß, hatten die beiden drei Jahre lang von Susans Ersparnissen gelebt, und das war ein Kampf gewesen.

Ihr Besuch lief nicht reibungslos. Oscar und Goddard stritten sich; es ging immer ums Geld. Oscar verlangte seinen Anteil am Erbe des Vaters, doch Goddard wollte es nicht einfach hergeben. Er bezweifelte wohl, dass sein Bruder vernünftig damit umgehen würde. Er wollte Oscar lieber jedes Jahr einen festen Betrag auszahlen, doch damit fühlte der sich von seinem Bruder abhängig. Jeden Tag zogen sie sich nach dem Mittagessen ins Arbeitszimmer zurück, und jeden Tag stritten sie. Ich hatte davor noch nie erlebt, dass Goddard seine Stimme erhob."

Der Colonel rutschte wieder vor Unbehagen auf seinem Sessel herum. So von seinem Freund zu sprechen, fiel ihm offensichtlich nicht leicht.

„War das zwischen den beiden schon immer eine so hitzige Beziehung?", fragte Clara sanft.

„Das kann ich Ihnen nicht sagen." Der Colonel schüttelte den Kopf. „Vielleicht lag es daran, dass Goddard älter war."

„Vielleicht."

„Auf jeden Fall nahmen diese Streitereien kein Ende. Ich war recht häufig dabei, weil ich zu der Zeit Heimaturlaub hatte, und ich konnte mir die ganze Katastrophe anhören. Flo schien davon schwer in Mitleidenschaft gezogen zu werden. Sie sprach in dieser Zeit kaum ein Wort. Die einzige Person, mit der ich mich unterhalten konnte, war Susan." Der Colonel lächelte traurig. „Und wie sie reden konnte. Mit ihren Worten hätte sie einen Löwen bändigen können, und sie sprudelten ihr wie Champagner über die Lippen. Ich glaubte danach wirklich, sie zu lieben und dass sie die einzige Frau war, die ich jemals würde lieben können. Und natürlich war sie es, die Oscar das Geld sicherte."

Der Colonel blickte auf die Uhr im Raum und ließ die Zeit verstreichen, während sich diese Erinnerung an längst vergangene Zeiten vor seinem Auge abspielte.

„Ist das die Sache, über die Sie sprechen wollten? Die finanziellen Streitigkeiten mit Oscar?", fragte Clara, um ihm einen sanften, geistigen Ruck zu versetzen, als eine Minute vergangen war.

„Nein." Der Colonel riss widerwillig den Blick von der Uhr los. „Nein, es ging mir um etwas Ernsteres."

Clara lehnte sich zurück und wartete auf weitere Enthüllungen.

„Wissen Sie, damals konnte ich nie ganz begreifen, wie Susan den alten Goddard dazu gebracht hatte, von seinem hohen Ross herunterzusteigen und quasi vor seinem Bruder klein beizugeben. Ich glaube, Flo war auch verblüfft, doch wir nahmen beide an, sie hätte ihren Charme zu sehr spielen lassen und Goddard hätte Mitleid mit ihr bekommen. Mir kam nicht einmal der Gedanke ...“ Der Colonel schloss die Augen und verzog das Gesicht. „Ich habe wachgelegen und darüber nachgedacht, was ich Ihnen erzählen muss. Es widerstrebt mir sehr. Ich war Goddard gegenüber immer loyal und habe mir geschworen, seine Geheimnisse mit ins Grab zu nehmen.“

„Hatte er denn viele Geheimnisse?“

„Schon möglich. Aber ich kannte nur eine Handvoll und hatte bis jetzt nie ein Problem damit, sie zu wahren.“ Der Colonel rieb sich über die Brust. „Von diesem ganzen Unsinn bekomme ich schreckliches Sodbrennen.“

„Es tut mir sehr leid, Ihnen das abzuverlangen, Colonel, aber ich glaube, es würde Ihnen besser gehen, wenn Sie mir davon erzählen. Es ist offensichtlich bedeutsam.“

„Diese verflixte Susan.“ Brandt schüttelte erneut den Kopf. „Sie war eine Harpyie, und das ist uns nie aufgefallen. Sie stand wie ein Engel in unserer Mitte, obwohl sie insgeheim ihre teuflischen Spielchen spielte. Ich habe oft über sie nachgedacht, seit ich sie durchschaut hatte. Hatte sie Oscar geheiratet, weil sie auf Geld hoffte? Ich gehe davon aus. Und war sie es, die ihn dazu anstiftete, seinen Bruder aufzusuchen? Ja, auch das glaube ich. Und sie hat sich uns als die harmlose Unschuld präsentiert, doch mittlerweile weiß ich, dass sie ein böses Wesen hatte."

„Was hat sie getan, Colonel?" Clara fragte sich, was die Meinung des Colonels so drastisch verändert hatte.

„Sie hat Goddard verführt!", entfuhr es dem Colonel plötzlich, womit er sie beide überraschte. „Ich weiß, ich weiß, dass wir davon reden, uns zu beherrschen, doch sie war anders. Jeder, dem sie sich an den Hals warf, wurde schwach. Sie kennen den Charme des jungen O'Harris? Nun, stellen Sie sich das in weiblicher Form vor, mit einer Seele, die von jeglicher moralischen Zurückhaltung befreit ist. So kam sie an ihr Geld. Sie hat Goddard verführt und ihm mit der Schande gedroht, bis er versprach, Oscar sein Geld zu geben. Sonst hätte sie Flo davon erzählt, das hat Goddard mir persönlich verraten. Er hatte ein derart schlechtes Gewissen deswegen. Er war Flo davor nie untreu gewesen, trotz der misslichen Lage in ihrer Ehe. Und dann war da noch die Sache mit seinem Unvermögen ..."

Cer Colonel erhob sich und lief im Raum auf und ab.

„Das Privatleben eines Mannes sollte privat bleiben!", sagte er hitzig, ohne sich damit an jemand Bestimmten zu richten.

„Darf ich mutmaßen, was Sie sagen wollten?", bot Clara an.

Colonel Brandt sah sie entschuldigend an.

„Er konnte nicht mit seiner Frau schlafen", sagte er, ehe Clara etwas formulieren konnte. „Ich muss es sagen, damit Sie verstehen. Er konnte nicht mit seiner eigenen Ehefrau schlafen, aber mit dieser Dirne.

Verstehen Sie, welche Schande und Schuldgefühle ihm das bereitete? Und wenn die arme Flo je davon erfahren hätte, wäre sie am Boden zerstört gewesen. Ich glaube nicht, dass je ein anderer Mann so sehr von seiner eigenen Untreue angewidert war wie Goddard.“

„Doch es gibt kein Motiv für ein Verbrechen, wenn außer Ihnen niemand davon wusste“, merkte Clara vorsichtig an.

„Oh, Miss Fitzgerald, wenn es doch nur so wäre. Doch die Harpyie hat ihrem Ehemann davon erzählt. Natürlich nicht sofort. Nein, auf ihrem Totenbett. Das Geständnis einer mit Schuld belasteten Seele, kurz bevor sie ihrem Schöpfer gegenübertritt.“

„Wann starb Susan O’Harris?“

„1900. John war damals acht Jahre alt.“ Der Colonel ließ sich auf das Sofa sinken. „Sie hatte keine weiteren Kinder, wissen Sie? Oscar war unfruchtbar, sagten die Ärzte. Er nannte John ein Wunder und verspottete die Mediziner, die ihm gesagt hatten, er würde niemals Vater werden. Die Harpyie konnte dem armen Mann nicht einmal diesen Trost lassen. Sie sagte ihm, dass sein Sohn tatsächlich sein Neffe war – und Goddard O’Harris Johns Vater.“

Clara ließ diese Erkenntnisse sacken. Das erklärte einiges, inklusive des wachsenden Interesses Goddards am Leben seines Neffen. Vielleicht erklärte es sogar die Güte, die Florence O’Harris gezeigt hatte; die Frau, die so kalt wirkte, aber anderen tiefe Zuneigung entgegenbrachte.

„Weiß Captain O’Harris davon?“

Brandt schüttelte den Kopf.

„Goddard erzählte mir davon, nachdem er einen Brief von Susan erhielt, in dem sie erklärte, was sie getan hatte. Es war das letzte Schreiben, was sie je verfasste. Ich weiß nicht, ob er Florence davon erzählt hat, doch John hat nie die Wahrheit erfahren. Ich habe keine Ahnung, ob Goddard danach noch einmal mit seinem Bruder gesprochen hat.“

„Aber Oscar war 1913 bereits tot, er konnte also keine Rache üben, falls Sie das andeuten wollen. Sie sind sich bewusst, dass Sie Florence noch mehr in die Rolle der mutmaßlichen Mörderin gedrängt haben?“

„Ich weiß, ich weiß.“ Brandt legte den Kopf in die Hände. „Aber ich wusste einfach, dass ich Ihnen davon erzählen muss. Ich musste Ihnen die Fakten nennen, sonst würden Sie das Rätsel niemals aufklären.“

„Das weiß ich zu schätzen“, sagte Clara und berührte die Hand des alten Colonels. „Es ist nicht leicht, über solche Dinge zu sprechen.“

„Wenn Susan O’Harris 1913 noch am Leben gewesen wäre, hätte ich sie Ihnen auf dem Silbertablett als Mörderin serviert. Wenn ich je einem Dämon begegnet bin, dann in ihrer Gestalt. Sie hat mit ihrer Bösartigkeit all diese Menschen auf dem Gewissen. Sie hatte alle Anzeichen einer Mörderin; nicht die liebe Flo.“

„Ich fürchte, so einfach ist das nicht.“ Clara seufzte.

„Danke für Ihr Kommen, Miss Fitzgerald. Irgendwann werde ich bestimmt glauben können, dass ich das Richtige tat, indem ich Ihnen von alldem erzählte.“

„Ich kann Ihnen versichern, es war das Richtige.“

„Wenn es Ihnen nichts ausmacht, werde ich mich jetzt nach Hause zurückziehen.“ Der Colonel erhob sich

mit steifen Bewegungen. „Ich könnte etwas Schlaf vertragen.“

Clara nickte.

„Machen Sie es gut, Colonel Brandt.“

„Sie auch, meine Liebe. Und wenn möglich, finden Sie
die Wahrheit über Goddards Tod heraus.“

„Ich werde es versuchen.“

Kapitel 15

Als Clara nach Hause zurückkehrte, konnte sie nur noch an eine warme Tasse Tee denken, mit der sie sich hinsetzen wollte, um in Ruhe über alles nachzudenken, was sie gerade erfahren hatte. Sie betrat das Haus und ging direkt in die Küche, um die anderen im Haus so wenig wie möglich zu behelligen, doch dort traf sie Annie an, die gerade Töpfe abspülte.

„Annie? Haben Sie nicht Ihren freien Nachmittag?"

„Die Töpfe müssen geschrubbt werden."

Clara warf einen Blick auf die glänzenden Kupfertöpfe, die aufgereiht an der Wand hingen. Nur wenige davon wurden dieser Tage noch genutzt und sie mussten gewiss nicht so gründlich geputzt werden, wie Annie es gerade tat.

„Ich wollte mir eine Tasse Tee machen. Möchten Sie auch eine?", fragte Clara, während sie sich den großen Metallkessel schnappte, ehe Annie protestieren und den Tee selbst zubereiten konnte.

„Gern", sagte Annie stattdessen, ohne von ihrer Arbeit aufzusehen.

Clara füllte den Kessel an der großen Küchenpumpe, ein Relikt aus der viktorianischen Entstehungszeit des Hauses, und blickte zu ihrem Dienstmädchen an der Spüle. Irgendetwas stimmte nicht, das spürte sie. Sie stellte den Kessel auf den Herd und lief zum Fenster in der Nähe der Spüle, um heimlich ihre Bedienstete und Freundin zu beobachten.

„Ich habe mich mit Colonel Brandt unterhalten. Der arme Mann scheint sehr einsam zu sein“, erzählte sie, um für Ablenkung zu sorgen.

„Ich glaube nicht, dass ich ihn kenne“, antwortete Annie unbekümmert, dann schnaubte sie leise.

„Er stand mit der Familie O'Harris in Verbindung. Ein eigenartiger Haufen. Ich weiß nicht, was ich von ihnen halten soll.“

„Das weiß ich auch nicht“, sagte Annie, die sich ganz und gar nicht für diese Unterhaltung zu interessieren schien.

„Tommy sollte einige Nachforschungen für mich anstellen. Haben Sie ihn nach draußen begleitet?“

Annie schrubbte den makellos sauberen Topf noch etwas härter.

„Ja.“

„Annie, stimmt etwas nicht?“

Das Schrubben wurde pausiert.

„Warum fragen Sie, Miss?“

„Weil Sie diesem Putzwahn verfallen sind und sich nicht wie sonst fröhlich unterhalten. Außerdem haben Sie offensichtlich geweint.“

Annie wandte ihrer Herrin das Gesicht zu und jetzt war es offensichtlich, dass ihre Augen rot und geschwollen waren.

„Ich möchte nicht darüber sprechen.“

„Ich aber. Es gefällt mir nicht, Sie so aufgebracht zu sehen. Also, was ist passiert?“

Annie stieß den Topf in die Spüle und nahm sich ein Geschirrtuch, um sich die Hände abzutrocknen.

„Es ist nichts.“

„Irgendetwas muss vorgefallen sein“, sagte Clara ruhig.

Annie funkelte sie an. Dieser Gesichtsausdruck überraschte Clara und ließ sie zögern.

„Ist es etwas, das ich getan habe?“

„Nein, seien Sie nicht albern.“ Annie lief davon, als der Wasserkessel pfiff.

„Nun, so geht das nicht, Annie. Ich bin vor allem Ihre Freundin und kann es nicht ertragen, Sie in so miserabler Stimmung zu sehen. Was ist passiert?“

Annie nestelte an einer Teekanne herum und maß umständlich eine Portion Tee ab.

„Sie wollen es mir nicht sagen? Dann muss ich raten.“ Clara setzte sich an den Küchentisch. „Mal sehen. Haben Sie sich mit jemandem gestritten?“

Annie schnaubte und drehte sich weg.

„Also ein Streit. Mit wem? Nun, Sie sagten, dass es nicht um mich geht, und ich erinnere mich auch nicht daran, mich mit Ihnen gestritten zu haben. War es dieser Junge beim Metzger, den Sie nicht ausstehen können?“

„Nur weil der Bursche nicht weiß, wie man Fleisch korrekt zuschneidet, vergieße ich doch keine Tränen!“, blaffte Annie.

„Dann ist es etwas Persönliches?“ Clara ließ diese Frage kurz in der Luft hängen. „Es gibt nur einen Menschen, der Ihnen so viel bedeuten würde, Annie. Was ist zwischen Ihnen und Tommy vorgefallen?“

Annie stürmte zum Tisch und stellte die Teekanne mit einem Knall ab. Dann ließ sie sich auf einen Stuhl fallen und wischte sich wutentbrannt die Tränen aus dem Gesicht.

„Es ist nicht richtig, wenn ich mit Ihnen darüber spreche. Sie sind seine Schwester."

„Unsinn. Ich bin genau die richtige Person dafür. Bei mir besteht am wenigsten Gefahr, dass ich mich auf seine Seite schlagen könnte." Clara lächelte sanft.

„Ich sage gar nichts", insistierte Annie. Sie goss so schwungvoll Tee in eine Tasse, dass er über den Rand schwappte.

„Haben Sie beide sich wirklich zerstritten?" Clara schüttelte den Kopf. „Ich war doch nur kurz aus dem Haus!"

Annie sagte nichts, sondern trank mit zitternder Hand aus ihrer Tasse. Clara beschloss, dass es an der Zeit war, sich um die andere Seite dieses Streits zu kümmern.

Tommy saß auf seinem üblichen Platz am Wohnzimmertisch und ging erneut die Tagebücher von Florence O'Harris durch. Er hob nicht den Blick, als Clara eintrat.

„Über welchen Unsinn habt ihr beide euch gestritten?", fragte Clara ohne Umschweife.

Sie setzte sich in den nächstbesten Sessel und blickte Tommy böse an. Er weigerte sich, sie anzuschauen.

„Annie hat es dir bestimmt schon erzählt", sagte er salopp.

„Annie ist in schrecklicher Verfassung. Ich habe noch nie erlebt, dass sie Tee verschüttet. Ich kann nur raten, was du angestellt haben musst, um sie derart durcheinanderzubringen."

„Natürlich, gib gleich mir die Schuld", antwortete Tommy schroff.

„Dann war Annie schuld?“

Tommy beugte sich ein wenig tiefer über die Tagebücher.

„Du drängst mich in die Ecke. Es ist ohnehin nur eine dumme Kleinigkeit. Annie hat es maßlos übertrieben.“

„Was hat sie übertrieben?“

Tommy grummelte etwas vor sich hin, dann schaute er seine Schwester an.

„Während du unterwegs warst, kam Captain O’Harris zu Besuch.“

„Hast du meine Abwesenheit entschuldigt?“

„Ja, wobei er nicht unbedingt auf der Suche nach dir war. Ich meine, er *war* auf der Suche nach dir, weil er dich sehr mag, Schwesterchen. Ist dir das aufgefallen?“

„Wechsle nicht das Thema“, unterbrach Clara ihn streng.

„Na schön. Auch wenn es dich überraschen mag, kam er her, um mich zu besuchen.“

Jetzt war Clara wirklich neugierig.

„Worüber habt ihr euch unterhalten?“

„Flugzeuge. Der Captain wollte über die Luftfahrt sprechen und wusste, dass ich interessiert wäre. Außerdem bin ich so ungefähr der einzige Mensch in Brighton, der etwas über das Thema weiß. Abgesehen von dir natürlich, aber du bist auch nicht die gewöhnlichste Frau der Stadt.“

„Da du mein Bruder bist, nehme ich das als Kompliment, aber hör auf, abzulenken.“

Tommy verdrehte die Augen.

„O’Harris ist fest entschlossen, den Rekord für die Atlantiküberquerung zu brechen. Er ist sehr zuversichtlich und seit ich in der *Buzzard* gesessen habe, verstehe ich, warum. Das ist ein ausgezeichnetes Flugzeug. Du solltest auch irgendwann einmal mitfliegen.“

„Oder auch nicht“, sagte Clara. „Das kann kaum der Grund für einen Streit mit Annie gewesen sein.“

„Nein, denn ich rede um den heißen Brei herum.“ Tommy legte die Stirn in Falten. „Der Copilot des Captains ist aus der Sache ausgestiegen. Er hat sich vergangene Woche bei einem Sturz vom Pferd den Arm gebrochen und wird der Aufgabe eine ganze Weile nicht gewachsen sein. Ohne Copilot ist der ganze Plan Geschichte.“

Clara empfand Erleichterung. Hatte es ihr wirklich so sehr zu schaffen gemacht, dass Captain O'Harris über den Atlantik fliegen wollte? Sie versuchte, den Gedanken abzuschütteln, wurde aber das Gefühl nicht los, dass es besser war, wenn der Captain am Boden blieb.

„Er braucht einen neuen Copiloten“, fuhr Tommy fort. „Das muss nicht unbedingt jemand mit Erfahrung sein. Er könnte die Person ausbilden. Er verlangt nur ein wenig Verständnis für Mechanik und etwas Eifer. Er hat Telegramme an alte Freunde geschickt, doch niemand ist verfügbar. Dann ging ihm auf, dass jemand in der Nähe ist, den er fragen könnte.“

Clare spürte, wie ihre Erleichterung in Grauen umschlug.

„Er hat mich gebeten, sein Copilot zu werden“, schloss Tommy mit Unbehagen.

Clara wollte ihn auf der Stelle anschreien und ihm sagen, dass er über einen derart idiotischen Vorschlag nicht einmal nachdenken sollte, doch offensichtlich hatte Annie genau das getan, und Clara wusste, wie stur ihr Bruder sein konnte. Sie beherrschte sich.

„Wird ein Flugzeug nicht über Pedale bedient?“, fragte sie vorsichtig.

„Das dachte ich auch. Aber anscheinend wird das meiste mit den Händen gesteuert. Es gibt ein langes Pedal unter den Füßen, um das Ruder zu verstellen. Ich sagte ihm, dass ein alter Krüppel wie ich nicht dazu in der Lage ist, doch er glaubt, ich könnte es schaffen, wenn ich es nur will. Ich glaube nicht, dass er ein Mensch ist, der einfach alles für möglich hält. Und er sagte, wenn es sich als zu schwierig erweist, könnte er etwas einbauen lassen, damit man das Ruder auch mit der Hand bedienen kann.“

„Du ziehst es also in Betracht?“

Tommy begegnete dem Blick seiner Schwester.

„Das ist eine einmalige Gelegenheit, Clara.“ Er klang plötzlich sehr ernst. „Lass uns offen sprechen. Welche anderen Optionen habe ich im Moment, um ein wenig zu leben? Ich kann nicht mal Fahrrad fahren, verdammt. Wenn der Mann glaubt, dass ich fliegen kann, nun, dann sollte ich es vielleicht wenigstens versuchen. Ich habe in diesem Flugzeug gesessen, Clara, und ich habe mich wieder lebendig gefühlt. Das Blut rauschte mir durch den Kopf, mein ganzer Körper kribbelte. In dem Moment waren mir meine Beine egal. Ich war frei.“

Clara blieb so ruhig wie möglich, als sie antwortete.

„Ich verstehe dich, ehrlich. Du möchtest dir beweisen, dass du immer noch der Mensch bist, der du einst warst.“

„Nein, du verstehst es *nicht*, Clara“, Tommy wirkte unglücklich. „Ich werde nie wieder der Mensch sein, der ich vor dem Krieg war. Dafür ist zu viel geschehen.

Aber ... ich wünsche mir, dass die Welt mich einmal nicht als den armen Tommy Fitzgerald betrachtet, der als Krüppel nach Hause zurückkehrte, sondern als den Tommy Fitzgerald, der dem Atlantik trotzte. Ich will ausnahmsweise einmal Bewunderung erleben, kein Mitleid. Ich möchte ausnahmsweise einmal von meinen Freunden beneidet werden, statt sie zu beneiden."

„Und du willst alles aufs Spiel setzen, was du hast, für diesen einen Moment des Ruhms und der Bewunderung?"

„Ja! Was habe ich denn hier?"

Clara schwieg für einen Augenblick und ließ seine Worte sacken. Womöglich wusste er wirklich nicht, was er hier hatte; direkt vor seiner Nase.

„Sei nicht so begriffsstutzig, Tommy."

Ihr Bruder schloss die Augen. Er schien kurz in Gedanken zu versinken, dann hob er den Blick.

„Das könnte meine letzte Chance sein."

„Worauf? Das Strohfeuer eines Abenteuers? Nächstes Jahr wird kein Hahn mehr nach O'Harris' Flug krähen. Irgendjemand wird etwas anderes vollbracht oder seinen Rekord gebrochen haben. Dann ist dein ruhmreicher Moment nur noch eine Randbemerkung in irgendeinem Buch über Sportgeschichte. Du musst dir verdammt sicher sein, dass du dafür ein ganzes Leben mit Annie aufs Spiel setzen willst."

Tommy hatte offensichtlich nicht damit gerechnet, dass sie so deutlich sein würde. Er wirkte ein wenig verblüfft.

„Annie wird noch hier sein, wenn ich zurückkomme."

„Falls du zurückkommst, Tommy. Es gibt keine Garantie dafür, sobald du dieses Flugzeug besteigst. Und ich bin mir nicht so sicher wie du, dass sie auf dich warten wird."

„Du versuchst, mich davon abzubringen! Ich kann mit meinem Leben machen, was ich will!"

„Ja, ich weiß." Clara biss sich auf die Zunge. „Aber alle unsere Leben sind miteinander verbunden, und unsere Entscheidungen müssen auf mehr als nur unseren eigenen Wünschen basieren. Du bedeutest Annie alles, doch sie hat in ihrem kurzen Leben schon zu viel Verlust erfahren, um dieses Abenteuer, auf das du dich begeben willst, einfach so hinnehmen zu können."

„Ihr macht beide viel zu viel Aufhebens um die Sache."

„Nimm dir einen Moment, um die Sache aus ihrer Perspektive zu betrachten. Annie hat im Krieg ihre gesamte Familie verloren. Sie hatte niemanden, bis ich ihr begegnet bin. Jetzt dreht sich ihr gesamtes Leben um uns beide, aber hauptsächlich um dich. Wenn du in dieses Flugzeug steigst, könntest du sterben. Tatsächlich stehen die Chancen wahrscheinlich sogar halbwegs schlecht für dich ..."

„Du redest Unsinn."

„Hat Captain O'Harris dir von seinem Freund erzählt, der bei einem Flug in der Arktis umgekommen ist?"

Tommy antwortete nicht. Offensichtlich nicht.

„Annie ist innerlich auf eine Weise verletzt, die wir beide kaum begreifen können. Wenn du mit O'Harris fliegst, wird sie schreckliche Angst davor haben, dich zu verlieren. Ich weiß nicht, ob sie das ertragen könnte. Und ich weiß, dass es ihr schwerfallen würde, dir zu verzeihen, dass du dein Leben für ein Abenteuer aufs Spiel gesetzt hast."

„Sprich frei heraus!", blaffte Tommy.

„Niemand wird dich davon abhalten, dieses Flugzeug zu besteigen, wenn du glaubst, das tun zu müssen, Tommy", sagte Clara ruhig. „Aber du musst dir darüber im Klaren sein, was du für deine Höhenflüge aufs Spiel setzt."

„Annie wird hier sein, wenn ich zurückkomme", sagte Tommy stur.

„Vielleicht." Clara zuckte mit den Schultern. „Solange du bereit bist, das Risiko einzugehen, dass sie nicht mehr hier sein könnte."

Tommy ballte die Hände zu Fäusten. In ihm brodelten so viele Gefühle, dass es schmerzte. Er wollte fliegen und damit etwas tun, das ein gewöhnlicher Mann tun könnte. Doch er wagte es kaum, sich einzugestehen, welche Angst und Schuldgefühle mit diesem Wunsch einhergingen. Er wusste, welche Sorgen sich Annie und Clara um ihn machen würden, wenn er mit O'Harris fliegen würde. Der Captain hatte unverhohlen über die Gefahren gesprochen, da er meinte, es sei nur gerecht, in dieser Sache so aufrichtig wie möglich zu sein. Es gab etliche Gefahren: Motorversagen, Materialschäden, schlechtes Wetter, Erschöpfung, Krankheit. Etliche Dinge konnten einen Flug scheitern lassen, doch Todesfälle seien nicht so häufig, wie viele Menschen fürchteten. Das hatte O'Harris beteuert.

Doch es war sein Leben, und am Ende stand es Tommy frei, damit zu tun, was er wollte. Welcher Mann würde am Boden bleiben wollen, wenn sich ihm die Gelegenheit bot, sich hoch in die Lüfte zu erheben?

„Jetzt verstehe ich, warum Annie so aufgebracht ist“, sagte Clara nachdenklich. „Ich werde nichts mehr zu diesem Thema sagen. Es ist deine Entscheidung.“

„Dir wäre es lieber, wenn ich nicht fliege“, stellte Tommy fest.

„Am Ende habe ich keine Wahl. Ich würde mir natürlich Sorgen um dich machen.“

„Das könnte meine letzte Chance sein …“

„Was zu tun?“

Tommy konnte es nicht erklären, doch tief in seinem Verstand regte sich die Angst, er könnte es sein ganzes Leben lang bereuen, wenn er diese Gelegenheit ausschlug.

Kapitel 16

Auf der Plakette an der Wand stand „Dr. Cutt". Clara hielt einen Moment inne, lächelte und klingelte dann. Eine recht streng wirkende Frau mit einer langen Schürze öffnete und musterte die Besucherin auf ihrer Schwelle.

„Sie sind keine der üblichen Patientinnen."

„Ich fürchte, nein, aber ich habe einen Termin bei Dr. Cutt."

„Es ist Mittwochnachmittag. Dr. Cutt empfängt am Mittwochnachmittag keine Patienten, es sei denn, es handelt sich um einen Notfall."

„Oh, aber ich bin keine Patientin." Clara kramte in ihrer Handtasche und fand eine Visitenkarte. Die Frau schielte beinahe, während sie versuchte, die Karte zu lesen.

„Ich habe meine Brille nicht auf", sagte sie, nachdem sie versucht hatte, die Karte aus verschiedenen Distanzen zu entziffern. „Was steht hier drauf?"

„Miss Clara Fitzgerald", antwortete Clara. „Ich komme nur zu Besuch und habe vorhin angerufen, um mit dem werten Doktor einen Termin auszumachen."

„Dann sind Sie nicht krank?"

„Nein." Clara war widerstandsfähig genug, um Arztbesuche in der Regel vermeiden zu können. Sie hatte wenig Zeit für die Medizin und die Tinkturen, die sie wahllos zu verschreiben schienen.

„Ich werde nachsehen, ob Dr. Cutt Sie schon empfangen kann. Treten Sie ein." Die Frau machte ihr Platz, versuchte immer noch, die Visitenkarte zu lesen, und ließ Clara dann allein in dem kleinen Eingangsbereich zurück, während sie zu Dr. Cutt ging.

Clara bemerkte zu ihrer Linken eine Tür mit der Aufschrift „Wartezimmer", und den schwachen Geruch nach Jod und Bleiche. Beides beschwor Erinnerungen an das Krankenhaus herauf, in dem sie während des Krieges ausgeholfen hatte, zusammen mit unangenehmen Bildern von schrecklichen Verletzungen, die die Menschen bei deutschen Bombenangriffen erlitten hatten. Sie hatte in ihrer Zeit dort zu viele Menschen sterben sehen, und der Geruch dieser Chemikalien bereitete ihr Übelkeit.

Sie war erleichtert, als die Frau zurückkehrte und sie in ein Zimmer im hinteren Teil des Hauses führte, weit genug vom Operationsraum entfernt, um vor den medizinischen Gerüchen in Sicherheit zu sein. Dr. Cutt saß in einem schönen Raum mit Blick in den Garten und genoss die Nachmittagssonne, während er einen Artikel aus der heutigen Zeitung ausschnitt. Als Clara eintrat, erhob er sich und streckte Clara seine Hand entgegen.

„Dr. Josiah Cutt."

Dr. Cutt war mindestens achtzig Jahre alt, wirkte aber rüstig und scharfsinnig, und er hatte ein Funkeln in den Augen, die halb hinter einer alten Brille verborgen waren. Er trug einen Tweedanzug samt strahlend weißem Hemd, und eine Krawatte zierte seinen Kragen. Er bot Clara einen Platz an und lächelte, während er sich wieder setzte.

„Mittwochsnachmittags hole ich die Nachrichten nach, die ich verpasst habe." Er deutete auf die Zeitung auf dem Schreibtisch sowie auf weitere Ausgaben am Boden. „Ich schneide alles aus, was von medizinischer Natur ist und mich interessiert, und bewahre die Artikel in Alben auf. Es ist erstaunlich, wie häufig sich das als praktisch erweist."

„Das kann ich mir gut vorstellen." Clara fielen mehrere solcher Alben auf, die in einem Bücherregal am Kamin standen.

„Ich empfinde es als wichtig, über meinen Umgang mit Patienten genaue Aufzeichnungen anzufertigen. Man darf sich nicht allein aufs Gedächtnis verlassen, und man weiß nie, wann sich in einem seltenen Fall ein wenig Wissen aus der Vergangenheit als nützlich erweisen kann."

Er legte vorsichtig die Zeitung beiseite.

„Ich bat meine Haushälterin, uns Tee zu bringen. Ich weiß, es ist noch etwas früh, aber ich hoffe, das macht Ihnen nichts aus."

„Ganz und gar nicht." Clara lächelte, als ihr plötzlich auffiel, dass sie wieder einmal das Mittagessen verpasst hatte. „Bitte entschuldigen Sie, dass ich Sie an Ihrem freien Nachmittag störe."

„Ach, papperlapapp." Dr. Cutt zeigte ihr ein breites Lächeln. „Besuch ist wohl kaum eine Störung. Es sei denn, es handelt sich um Mr. Henry, der sich wieder über seine Gicht beklagen will. Ich erkläre ihm immer wieder, dass es so schlimm nicht sein kann, wenn er es schafft, über einen Kilometer weit zu laufen, um sich bei mir zu beschweren."

„Und er lauscht gewiss jedem Ihrer Worte." Clara lachte.

„Ja, nun, als alter Arzt scheinen auch die eigenen Patienten von der älteren Sorte zu sein. Ich behandle einige Männer, die ich schon als kleine Jungen hier empfangen habe und die jetzt älter und tattriger aussehen als ich. Manchmal frage ich mich, wann ich wohl mein Alter zu spüren bekomme."

„Solange Sie weiterarbeiten vermutlich nie."

„Sehr wahr. Nun denn, Miss Fitzgerald. Wenn ich mich recht entsinne, wollten Sie mit mir über einen meiner Patienten sprechen, der vor einigen Jahren verstarb. Sind Sie eigentlich dieselbe Miss Fitzgerald, die den Mord an Mrs. Greengage aufklärte?"

Clara fühlte sich geschmeichelt, weil er von ihr gehört hatte.

„In der Tat, die bin ich."

„Ich habe einmal einen Hausbesuch bei ihrem Ehemann gemacht." Dr. Cutt rieb sich nachdenklich das Kinn. „Der schlimmste Fall von Kriegsneurose, den ich seit einer Weile erlebt hatte. Er konnte das Haus überhaupt nicht verlassen. Das war für die beiden sehr schwierig."

„Kriegsneurose?"

„Sind Sie mit diesem Leiden nicht vertraut?"

„Ich habe den Begriff noch nie gehört."

„Nun, das kommt wohl hin. Die Behörden haben es weitgehend unter Verschluss gehalten. Kriegsneurose ist ein Begriff für ein seelisches Leiden in Folge des Krieges." Dr. Cutt tippte unbewusst mit den Fingern auf den Tisch. „Sie tritt in vielen Formen auf, aber üblicherweise geht es um einen Mann, der einfach zerbricht. In einem Moment geht ihm gut, im nächsten ist er ein stammelndes Wrack. Der Zustand soll von dem unablässigen Granatenbeschuss herrühren. Allein der Lärm treibt einen Mann langsam in den Wahnsinn. Ich habe alles darüber gelesen, was ich finden konnte, und hier in Brighton schon einige Fälle erlebt."

„Mein Bruder wurde im Krieg schwer mitgenommen", gestand Clara. „Ihm wurde ins Bein geschossen und er brauchte lange, um sich davon zu erholen. Doch man behielt ihn noch länger im Armeekrankenhaus, weil er recht irrational werden konnte. Er verlor bei Nichtigkeiten die Beherrschung und war an manchen Tagen so missmutig und zurückgezogen, dass er meine Anwesenheit kaum zu bemerken schien."

„Das ist ganz sicher eine Kriegsneurose."

Clara nestelte am Saum der Tischdecke herum und erinnerte sich daran, was Tommys Ärzte einst gesagt hatten.

„Könnte eine Kriegsneurose dazu führen, dass ein Mensch etwas verlernt, wie das Laufen etwa?"

Dr. Cutt brauchte einen Moment, ehe er antwortete.

„Schon möglich. Ich habe verschiedenste ungewöhnliche Verhaltensweisen erlebt, die davon ausgelöst wurden."

„Wissen Sie, mein Bruder, Thomas Fitzgerald, kann nicht mehr gehen, seit er verletzt wurde, doch die Ärzte sagten uns, dass er dazu in der Lage sein sollte. Sie können keine bleibenden Schäden ausmachen, die seine Beine beeinträchtigen würden. Manchmal, etwa im Halbschlaf, kann man ihn dazu bringen, zu stehen und einige Schritte zu gehen, doch sobald er darüber nachdenkt, kann er es nicht mehr.“

„Das ist sehr interessant.“ Dr. Cutt meinte, was er sagte, denn er arbeitete an einer Theorie über die Kriegsneurose und die besten Behandlungsmethoden. „Wurde er in letzter Zeit ärztlich begleitet?“

„Nicht seit er das Krankenhaus verlassen hat.“

„Und niemand hat Ihnen gegenüber je die Diagnose Kriegsneurose erwähnt?“

Clara schüttelte den Kopf.

„Ich würde Ihren Bruder gerne einmal kennenlernen und mir das Problem persönlich ansehen. Ich arbeite zusammen mit einem spezialisierten Nervenarzt aus Edinburgh an einer Abhandlung über dieses Leiden. Wir tauschen uns regelmäßig über Fälle aus, doch ein Mann der *glaubt*, dass er nicht laufen kann, obwohl es möglich ist, kam uns noch nicht unter. Glauben Sie, er würde sich für ein Gespräch mit mir treffen?“

„Ich kann nichts versprechen.“ Clara wusste, dass ihr Bruder eine Abneigung gegen Ärzte hatte. „Aber ich werde ihn fragen.“

„Vielen Dank, Miss Fitzgerald. Ah, ich höre, dass der Tee kommt.“

Während er das sagte, war ein Klappern im Flur zu vernehmen, und Dr. Cutts Haushälterin trat mit einem voll beladenen Tablett ein: Teekanne, belegte Brote, Kuchen und Tassen. Sie stellte es auf dem Tisch ab und machte sich daran, Tee einzuschenken, während der Arzt fortfuhr.

„Also, warum wollten Sie mit mir sprechen? Es geht um einen alten Patienten, glaube ich.“

„Ja, ich untersuche den Tod von Goddard O'Harris.“

„Ah, ja, der Mann, der einfach verschwunden ist.“

„Exakt.“ Clara nahm die Tasse entgegen, die ihr angeboten wurde, und dankte der Haushälterin. „Ich habe widersprüchliche Informationen über seinen Gesundheitszustand vor seinem Tod erhalten.“

„Tatsächlich?“

„Ja, es wurde angedeutet, dass er schwer krank gewesen sei. Eine zehrende Krankheit. Ich habe mich umgehört und erfahren, dass Sie nach dem Tod von Dr. Brandt sein behandelnder Arzt wurden.“

„Das ist richtig.“ Dr. Cutt trank einen großen Schluck von seinem Tee, während sich seine Haushälterin zurückzog, dann stand er auf und trat an einen braunen Schrank. „Hier verwahre ich alte Patientenakten.“

Er war eine Weile damit beschäftigt, die Papierstapel in dem großen Schrank zu durchsuchen. Clara schlürfte geduldig ihren heißen Tee und fragte sich, welche Geschichten in all diesen Akten verborgen lagen. Dann tadelte sie sich für ihre Neugier.

„Hier ist sie.“ Dr. Cutt brachte eine Mappe aus blassbrauner Pappe herüber und legte sie auf den Tisch. „Goddard O’Harris war über zwanzig Jahre lang mein Patient; bis zu seinem Tod. Dr. Brandt setzte sich 1888 zur Ruhe, wenn ich mich recht entsinne, und überwies seine Patienten an mich. Leider ging es ihm nicht gut und er starb kurz darauf. Ich besitze auch seine Akten, was bedeutet, dass ich medizinische Aufzeichnungen über Goddard O’Harris’ gesamtes Leben habe.“

Dr. Cutt öffnete die Mappe, die mehrere Seiten Papier enthielt, die mit einer so dünnen, krakeligen Handschrift beschrieben waren, dass Clara sie kaum zu entziffern vermochte.

„Er war relativ gesund. Erlitt in der Armee eine Hüft-
verletzung, die ihm bleibende Probleme bereitete. In
den Aufzeichnungen steht, dass das vermutlich einer
schlechten Versorgung der Wunde geschuldet war. Sie
ist nie ganz geheilt, und als ich ihn kennenlernte, hatte
er bereits Arthritis in der Hüfte und den Beinen."

„Aber nichts Lebensbedrohliches?"

„Seine Hüfte? Nein, nein." Dr. Cutt blätterte sich
durch die Seiten. „Er hatte ein schwaches Herz. Das fällt
mir gerade wieder ein. Ich warnte ihn vor plötzlicher
Aufregung, doch er war kein Mann für Gefühlsausbrü-
che, deshalb machte ich mir keine großen Sorgen."

„War das Herzleiden auch seiner Zeit in der Armee geschuldet?"

„Nein. Ich würde behaupten, das war erblich. Ich
fragte ihn einmal, ob in seiner Familie Herzprobleme
bekannt seien, und er erinnerte sich an das Herzpo-
chen seiner Mutter und die Brustschmerzen seines
Großvaters, wann immer er gelaufen oder geritten war.
Das steht hier alles in meinen Aufzeichnungen. Ich versuche, sehr gründlich zu sein. Allerdings hat das keinen
von ihnen von einem erfüllten Leben abgehalten."

„Von einer zehrenden Krankheit wissen Sie nichts?"

Dr. Cutt prüfte seine Unterlagen noch etwas gründli-
cher.

„Nein, wird hier nicht erwähnt. Ich habe Goddard
zwei Wochen vor seinem Tod untersucht, und abgesehen von seinen üblichen Beschwerden war er kerngesund. Er wollte von mir wissen, ob er in diesem Winter
zur Jagd reiten könne. Das hat er mich jedes Jahr gefragt. Ich vermute, seine Frau bestand darauf. Sie fühlte
sich besser, wenn ich ihm das Okay gab."

Clara entging nicht, dass es sich um einen weiteren Beweis für Florence' Fürsorge gegenüber ihrem Ehemann handelte.

„Die Umstände seines Todes waren eigenartig." Dr. Cutt schloss die Akte und dachte nach. „Ich meine, von einem professionellen Standpunkt aus würde ich sagen, dass sein Herz ausgesetzt hat. Das war ohnehin überfällig."

„Wäre das schnell gegangen?"

„Es kann schnell gehen. Aber Sie fragen sich vermutlich, warum jemand die Leiche versteckt haben sollte, wenn es ein natürlicher Tod war."

Clara lächelte den aufmerksamen Arzt an.

„Das ist beunruhigend, finden Sie nicht?"

„Ja, und ich habe selbst darüber nachgedacht, ob es dafür einen weniger düsteren Grund als das Vertuschen eines Mordes geben könnte. Ich fragte mich etwa, ob es womöglich um Geld ging; zum Beispiel eine Versicherungssumme, die nicht ausgezahlt worden wäre, wenn bewiesen werden kann, dass sein Tod auf ein bestehendes Leiden zurückzuführen war. Doch ich habe nie etwas derartiges gehört, und warum sollte die Familie O'Harris auf eine Lebensversicherung angewiesen sein?"

„Immer wieder stehe ich ohne logische Erklärung für das Verschwinden der Leiche da, abgesehen von einem Mord oder einem vermuteten Mord", pflichtete Clara ihm bei.

„Es tut mir leid, dass ich nicht von größerer Hilfe bin", seufzte der Arzt, während er einen Teller mit belegten Broten nahm und ihr davon anbot.

„Ich versuche nur, offene Fragen zu klären“, antwortete Clara. „Aber ich scheine mich immer wieder im Kreis zu drehen.“

„Es konnte schon damals niemand diesen Fall aufklären. Ich bezweifle, dass es Ihnen jetzt gelingen wird. Aber es ist schön zu sehen, dass sich jemand die Mühe macht.“

„Danke, aber ich habe etwas mehr Vertrauen in meine Fähigkeiten“, versicherte Clara ihm. „Es gibt für alles eine logische Erklärung.“

„In der Tat. Nun denn, geben Sie Ihr Bestes und schicken Sie gerne Ihren Bruder zu mir.“

„Vielen Dank, Dr. Cutt, das werde ich tun.“

Kapitel 17

Clara war sich nicht sicher, was sie tun sollte, als sie das Haus des Arztes verließ. Und es war überaus untypisch für sie, derart unschlüssig zu sein, doch es fiel ihr schwer, zu entscheiden, wie ihr nächster Schritt aussehen sollte.

Sie lief die High Street entlang und schaute gedankenverloren in einige Schaufenster, bevor ihr Blick auf Bankes' Fotostudio fiel. Sie konnte nicht erklären, was sie innehalten ließ oder die Schuldgefühle in ihr auslöste. Sie wusste nur, dass sie gleich darauf das Bedürfnis hatte, bei der Bäckerei zwei Marmeladentörtchen zu kaufen und mit der Papiertüte das Geschäft von Oliver Bankes zu betreten.

Oliver mischte in seinem Labor eine neue Entwicklungslösung an, mit der er experimentierte, als Clara eintraf. Er hatte gerade festgestellt, dass seine neueste Mischung Papier auflöste, und stand hustend in einer Wolke aus chemischem Rauch.

Clara war kurz verblüfft, weil Oliver so unbekümmert dastand und sich den Rauch aus dem Gesicht wedelte, während er erstickende Geräusche von sich gab und anscheinend nicht wusste, wie gefährlich diese Chemikalien sein konnten. Sie reagierte blitzschnell, packte ihn am Arm und zog ihn in den Flur hinaus. Dann geleitete sie ihn in sein Büro, setzte ihn auf seinen

Stuhl und fand in dem Chaos auf seinem Schreibtisch ein Glas Wasser. Das reichte sie ihm und ließ ihn trinken. Langsam ließen die erstickten Geräusche nach und Oliver grinste sie an.

„Clara, meine Liebe."

„Sie hätten sich beinahe umgebracht", schimpfte Clara und fragte sich, warum sie plötzlich so wütend war.

„Keine der Chemikalien ist wirklich schädlich, glaube ich." Oliver legte die Stirn in Falten.

„Aber in Kombination?"

Oliver zuckte mit den Schultern und lächelte wieder.

„Das hat ordentlich geraucht."

Clara schüttelte den Kopf.

„Warum ist jeder Mann, dem ich begegne, so darauf aus, sich bei jeder Gelegenheit umzubringen?"

„Ach was! Ich habe nur ein neues Rezept für meine Entwicklungsflüssigkeit angemischt. Ich habe einen Plan, um noch dunklere Bilder zu ermöglichen, wenn ich nur die richtige Lösung finden kann."

„Und auf dem Weg dahin wollen Sie ersticken?"

Oliver hustete.

„Das war sicher harmlos. Aber wie komme ich zu diesem Vergnügen?"

Clara reichte ihm die Papiertüte.

„Aus unerfindlichen Gründen war mir nach einem Besuch."

Oliver warf einen Blick in die Tüte und entdeckte die Marmeladentörtchen.

„Wundervoll! Ich kann eine nachmittägliche Stärkung gebrauchen. Brauchen Sie einen Teller? Ich kann bestimmt irgendwo einen ..."

Ihrer beider Blicke wanderten über den voll beladenen Schreibtisch, die chaotischen Unterlagen, die Stapel aus schmutzigem Geschirr und die schlecht entwickelten Fotos, die dort herumlagen.

„Ich komme zurecht.“

„Wie Sie sehen, störe ich mich nicht großartig an Krümeln.“ Oliver war so anständig, ein wenig beschämt auszusehen, während er ihr eines der Törtchen reichte. „Sie wollen sich gewiss einige Aufnahmen vom alten Haus der Familie O'Harris ansehen, oder?“

Das hatte Clara eigentlich gar nicht im Sinn gehabt, doch Oliver war bereits auf den Beinen und durchsuchte einen seiner großen, hölzernen Aktenschränke, während er an seinem Törtchen knabberte.

„Mein Vater hat bestimmt Aufnahmen davon angefertigt. Er hat alles Mögliche fotografiert.“ Oliver wühlte sich durch übervolle Schubladen. „Sind Sie schon einer Lösung nähergekommen?“

„Nein, nicht wirklich.“ Clara sah sich im Büro um. Ihr fiel die welke Geranie auf dem Fensterbrett auf, und sie musste den Drang unterdrücken, sie zu gießen.

„Ach, verdammt, ich kann sie nicht finden“, fluchte Oliver, während er einen Aktenschrank schloss und sich einem anderen widmete.

„Das macht nichts.“

„Aber Sie sind den ganzen Weg hierhergekommen, um die Bilder zu sehen!“

„Nein, bin ich nicht.“

Sie hielten beide inne. Clara bemerkte, dass sie errötete, kaum dass Oliver sich mit einem Ausdruck von Überraschung und Freude zu ihr umgedreht hatte.

„Ich meine …“, stammelte Clara. „Ich war gerade in der High Street und habe mich beim letzten Mal etwas unhöflich verhalten und … ich dachte, ich sollte Wiedergutmachung leisten.“

Oliver schloss die Schubladen des Schrankes und kam zu ihr zurück.

„Sie kamen auf einen Besuch her?“

„Nun, ich schätze, ja …“

„Ich dachte, Sie wären immer noch mit dem O’Harris-Mysterium beschäftigt.“

„Bin ich, aber ich verbringe nicht meine *gesamte* Zeit damit. Nur einen Großteil.“ Clara merkte, dass ihre Verlegenheit nachließ. „Außerdem musste doch jemand auftauchen, um Sie aus dieser Rauchwolke zu retten, oder nicht?“

„Dann werde ich versuchen, häufiger im Rauch zu stehen, wenn Sie dann angerannt kommen.“

„Bitte nicht.“ Clara biss ein Stück von ihrem Törtchen ab und war dankbar für die Ablenkung. „Ich habe mit meinem Bruder und seinen Abenteuern schon genug zu tun.“

„Tommy? Was hat er im Sinn?“

„Er hat es sich in den Kopf gesetzt, dass er Captain O’Harris’ Copilot werden könnte, für dessen nächsten Flug. Die beiden haben darüber gesprochen.“

„Ein Flug?“ Oliver erschauderte bei dem Gedanken. Flugzeuge waren für ihn so verlockend wie ein schlammiger Straßengraben. „Wirklich? Und das erlauben Sie?“

„Das ist nicht meine Entscheidung. Es ist sein Leben, und er kann damit machen, was er will. Ich habe meine

Meinung vorgebracht, aber wenn er das wirklich tun will, welches Recht habe ich dann, ihn aufzuhalten?"

Clara wirkte plötzlich so niedergeschlagen, dass Oliver den Arm ausstreckte und ihre Hand berührte.

„Ich könnte mich mal mit ihm unterhalten."

„Danke, aber Sie können auch nicht mehr sagen, als ich es schon getan habe, und er würde wissen, dass ich Sie geschickt habe, und das würde ihn verärgern."

„Dann sprechen Sie mit O'Harris und bitten Sie ihn, Tommy nicht mitzunehmen!"

„O'Harris ist so stur wie ein Esel und wird ganz gewiss nicht auf mich hören."

„Das bezweifle ich." Oliver lächelte traurig. „Er ist recht angetan von Ihnen. Merken Sie das nicht?"

Es war Clara nicht entgangen und sie musste gestehen, dass ihr seine Aufmerksamkeit schmeichelte, doch sie wusste auch, dass er ein Mann war, der seine Abenteuerlust und Freiheitsliebe vor alles andere stellte.

„Er würde trotzdem nicht auf mich hören."

„Was wollen Sie dann tun?"

Das war die Frage, die Clara nicht beantworten konnte.

„Ich schätze, ich werde so weitermachen wie bisher." Sie aß noch einen Bissen von ihrem Törtchen. Die Marmelade war etwas zu wenig gesüßt und noch bitter. Wann Zucker wohl wieder in ausreichenden Mengen verfügbar sein würde? „Könnten wir über etwas anderes sprechen?"

„Den O'Harris-Fall?"

„Nein, etwas anderes."

„Nun gut, dann lassen Sie mich Ihnen meine neusten Fotografien zeigen." Oliver führte Clara voller Begeisterung zu seinem Labor zurück. „Ich habe mit Licht und Schatten experimentiert. Deshalb versuche ich auch, eine bessere Entwicklungslösung anzumischen. Wenn ich wirklich dunkle Schatten hinbekomme, kann ich meine Bilder auf die nächste Ebene heben."

Er nahm eine Aufnahme von einer Kordel, die an der Decke hing. Darauf war eine kleine Brücke über einem Bach zu sehen. Das Brückengeländer hob sich drastisch vom hellen Himmel ab.

„Sehen Sie das hier? Es ist beinahe perfekt. Die Schatten sind so dunkel, dass man das Gefühl bekommt, hineinzustürzen. Und schauen Sie nur, wie die Reflexion im Wasser hervortritt. Und hier ..." Er nahm sich die Aufnahme eines alten Wagenrades, das an einer Wand lehnte. „Sehen Sie, wie jede Speiche diesen dunklen Schatten wirft? Man hat das Gefühl, das Rad anfassen zu können. Vergleichen Sie das mit einer herkömmlichen Fotografie, dann sehen Sie den Unterschied. Die Schatten, nun ja, sie wirken einfach knalliger."

„Knallig?"

„Das könnte eine ganz neue Art der Fotografie sein. Stellen Sie sich das nur vor, Clara. Wenn wir die Fotografie zu einer Kunstform machen könnten, statt sie nur zu nutzen, um Menschen oder Ereignisse zu dokumentieren. Wenn Fotografien in Galerien neben den alten Meistern hingen und auf gleiche Weise bewundert würden, stellen Sie sich das mal vor!"

Clara genoss seine Begeisterung. Sie war übersprudelnd und ansteckend.

„Vielleicht eines Tages."

„Aber zuerst müssen wir die Kunst des Bilderma-
chens perfektionieren. Ich interessiere mich nicht für
diese Fotografen, die ihre Bilder nachbearbeiten. Die
wollten eigentlich ein Gemälde haben. Nein, ich
möchte das einfangen, was meine Augen sehen, und
ich will, dass es ein reiner Akt der Fotografie ist."

„Sie scheinen auf dem richtigen Weg zu sein."

„Nun ... ja, aber ich habe leider nicht das Rezept der
Lösung notiert, die diese Bilder hervorgebracht hat,
und es will mir einfach nicht mehr einfallen. Ich ver-
fluche mein schludriges Wesen." Oliver befestigte die
Fotografien wieder an der Kordel und drehte sich zu
seinen Schalen und Chemikalien um. „Ich erinnere
mich an den ersten Schritt, aber die Menge der anderen
Komponenten ist mir entglitten. Ich bin mir sicher, es
waren drei Tropfen ..."

„Oliver, Sie wollen das doch jetzt nicht anmischen,
oder?"

Es gab einen leichten Knall und stinkender Rauch
stieg aus der Schale empor, vor der Oliver stand. Clara
sah mit Entsetzen, dass er einen Schritt nach hinten
machte und dann zusammenbrach. Sie eilte zu ihm
und stellte fest, dass er bewusstlos war.

„Oliver!" Sie gab ihm eine Ohrfeige, woraufhin sich
seine Augen flatternd öffneten.

„Das war regelrecht atemberaubend!" Er stützte sich
auf seine Ellenbogen. „Bin ich ohnmächtig geworden?"

„Wagen Sie es ja nicht, das noch einmal zu tun! Diese
Chemikalien sind gefährlich. Sie haben sich jetzt schon
zweimal diesen Gasen ausgesetzt!"

„Ich bin doch nur bewusstlos geworden", protestierte
Oliver. „Das hätte ohnehin nicht passieren sollen. Ich

glaube so langsam, dass einige meiner Zutaten kontaminiert sind."

„In einem Augenblick waren Sie noch da und im nächsten besinnungslos." Clara erschauderte unwillkürlich. „Es war wirklich entsetzlich."

„Witzig, was ein Gas so anstellen kann", sagte Oliver. Seine Heiterkeit stand im krassen Gegensatz zu Claras Sorge. „Ich habe nur kurz eingeatmet, und schon lag ich flach. Ich habe es nicht einmal mitbekommen."

Clara zog ihn auf die Beine.

„Wenn Sie schon an diesen Dingen herumexperimentieren müssen, dann tun Sie es bitte draußen, an der frischen Luft!"

„Ja." Oliver war etwas fügsamer, seit er stand und seine pochenden Kopfschmerzen bemerkt hatte. „Ich muss mich vielleicht ein wenig hinlegen. Das hat mir üble Kopfschmerzen eingebracht."

Clara seufzte.

„Haben Sie oben eine Wohnung?"

„Ja."

„Dann legen Sie sich ein wenig hin. Ich werde den Laden für Sie abschließen. Haben Sie einen Ersatzschlüssel?"

Oliver deutete grob in Richtung eines Schlüssels im Empfangstresen. Als er sich auf den Weg zur Treppe machte, rieb er sich zwar den Kopf, doch sein Lächeln war zurückgekehrt.

Clara hatte den Eindruck, die Menschheit wäre hoffnungslos untauglich und fest entschlossen, sich selbst auszulöschen. Sie nahm sich den Ersatzschlüssel und verließ den Laden. Die Frühlingssonne schien, doch es war immer noch kühl, als sie den Heimweg antrat. Sie zog sich ihre Handschuhe an. Irgendetwas nagte an ihr, seit sie Oliver geholfen hatte, doch sie hatte zu viel im Kopf, um sich diese Sache bewusst zu machen.

Sie ließ im Gehen alle anderen Gedanken von sich abfallen, in der Hoffnung, so den einen, unbewussten Gedanken hervorzulocken. Was war es, das ihr so zu schaffen machte? Sie winkte einer Freundin zu und versuchte über das Abendessen nachzudenken, und die Frage, ob Annie Tommy bereits vergeben hatte, doch irgendetwas rumorte am Rande ihres Bewusstseins. Es hatte etwas mit dem Gas zu tun, das Oliver produziert hatte. War es Angst?

Sie bog von der West Street ab und konzentrierte sich auf den Heimweg. Einige Jungen spielten auf der Straße und mussten immer wieder Fuhrwerken und gelegentlich auch einem Automobil ausweichen. Sie beobachtete sie, ohne sie wahrzunehmen. Langsam formte sich ein Gedanke, doch wenn sie zu früh danach griff, würde er ihr entgleiten. Sie beobachtete eine Taube, die mit Zweigen im Schnabel auf dem Weg zu ihrem Nest war, und fragte sich, ob die Tauben auch wieder in ihrem Birnbaum nisten würden. Sie bog um eine Ecke und hatte den Gedanken plötzlich klar vor Augen. Es war so offensichtlich, dass sie sich hätte ohrfeigen können.

Clara rannte nach Hause und war ganz außer Atem, als sie eintrat. Sie lief geradewegs zu Tommy.

„Gas, Tommy! Es könnte Gas gewesen sein!"

Tommy schaute sie fassungslos an, dann drehte er langsam das Buch zu ihr, in dem er gerade las.

„Ich habe genau das Gleiche gedacht. Genauer gesagt: Arsenwasserstoff."

Kapitel 18

Das Buch behandelte frühe Experimente zur Verwendung von Gas in der Kriegsführung und war verfasst von Goddard O'Harris.

„Der Großteil des Buches dreht sich um die Entwicklung neuer Waffen in der Geschichte, doch es gibt auch ein ganzes Kapitel über Gas als Waffe. Während ich das las, dachte ich die ganze Zeit, dass Gas eine perfekte Mordwaffe sein könnte. Wenn man die richtige Substanz auswählt, zeigt die Leiche keine Spuren von dem, was geschehen ist. Und es wirkt schnell." Tommy blätterte weiter. „Hier ist ein ganzer Abschnitt über Arsenwasserstoff. Das ist eine Form von Arsen, die unglaublich tödlich ist. In gewissen Industrien entsteht als Nebenprodukt weißes Arsen, und Arbeiter trafen immer wieder auf Blasen von Arsenwasserstoff. Es wirkt augenblicklich und die Männer sind einfach tot umgefallen. Goddard erwähnt, dass es als humane Kriegswaffe in Betracht gezogen wurde, doch es stellte sich als zu schwierig heraus, dieses Gas an die gewünschte Stelle zu bringen, deshalb wurde anderen der Vorzug gegeben."

Tommy war speiübel geworden."

„Ich habe in den Schützengräben Männer gesehen, die an Gas erstickt sind. Die, die Glück hatten, sind sofort gestorben. Die anderen wurden ins Krankenhaus gebracht und litten tagelang Qualen, bevor sie verendeten. Manche der Substanzen, die sie gegen uns eingesetzt haben, lassen einen Menschen von innen heraus verfaulen." Tommy musste aufhören. Die Bilder waren zu eindrucksstark. „Wenn ich sehe, dass in einem Buch so nüchtern darüber geschrieben wird, dreht sich mir der Magen um. Goddard hat es nicht nur beschrieben; er hat sich dafür eingesetzt!"

Clara nahm sich das Buch und las einige Abschnitte, dann legte sie es schweigend wieder ab.

„Das ist der erste Hinweis auf eine mögliche Mordwaffe", fuhr Tommy fort. „Natürlich ist es noch kein Beweis, aber was haben wir sonst?"

„Es muss so etwas oder ein Gift gewesen sein. Hast du nach schnell wirkenden Giften gesucht?"

„Ja, aber mit wenig Erfolg. Um einen Menschen augenblicklich mit Gift zu töten, bräuchte man riesige Dosen, und die wären schwer zu verabreichen. Das Opfer würde den Geschmack bemerken oder eine andere, heftige Reaktion auf das Mittel zeigen."

„Aber Arsenwasserstoff?"

„Goddard schreibt, das Gas sei beinahe geruchslos, außerdem ist es farblos und dichter als Luft, was wichtig ist, wenn man Gas als Waffe einsetzen will. Außerdem ist es schon in kleinen Dosen tödlich. Der Nachteil ist, dass es sehr leicht entflammbar ist. Es entsteht üblicherweise, wenn arsenhaltige Stoffe mit arsenfreiem Zink gemischt und in Schwefelsäure gelöst werden. Der Arsenwasserstoff, der dabei entsteht, kann für Chemiker sehr gefährlich sein."

„Und wie hätte man Goddard dieses Gas verabreichen können?"

„Das weiß ich nicht. Vielleicht war irgendwo ein Behälter versteckt?"

„Das ist beinahe undenkbar." Clara starrte ins Buch. „Aber Goddard hat darüber geschrieben. Könnte er …

Nein, ich habe keinen Anlass dazu, von einem Selbstmord auszugehen. Wenn er todkrank gewesen wäre, sähe die Sache vielleicht anders aus, doch Goddard ging es gut, abgesehen von seinem schwachen Herzen."

„Dieses ganze Mysterium stinkt doch zum Himmel."

„Da stimme ich dir zu, aber der Mörder muss gute Chemiekenntnisse gehabt haben, um seine Mordwaffe zu entwickeln, und du musst gestehen, dass es sich gelohnt hat. Das Verbrechen konnte in den vergangenen zehn Jahren nicht aufgeklärt werden."

Sie saßen eine Weile schweigend da. Die Uhr auf dem Kaminsims zeigte, dass es auf fünf Uhr zuging, und das gedämpfte Klappern von Geschirr verriet, dass Annie den Tisch deckte.

„Die hat den ganzen Tag noch kein Wort mit mir gesprochen", seufzte Tommy.

Clara antwortete nicht, auch wenn es ihr große Anstrengung abverlangte.

„Ich wünschte, sie wäre verständnisvoller." Tommy drängte auf eine Reaktion, doch diese Befriedigung wollte seine Schwester ihm nicht zugestehen. „Vielleicht hat O'Harris deshalb keine Frau."

„O'Harris ist sehr einsam", sagte Clara leise. „Vielleicht solltest du das im Hinterkopf behalten."

„Weil er fliegt?"

„Das habe ich nicht gesagt. Aber er betrachtet die Welt anders als du und ich." Clara begegnete dem Blick ihres Bruders und versuchte, ihren Worten Nachdruck zu verleihen, doch sie würde ihm nicht alles vorkauen. Nicht schon wieder.

„Oh, es kam ein Brief, während du fort warst." Tommy rollte zum Feuer und nahm einen Umschlag vom Kaminsims.

Claras Name stand in schlechter Handschrift darauf, aber ohne Adresse. Der Umschlag war ein wenig schmutzig. Clara öffnete ihn und zog ein Blatt heraus, dessen Ecken mit dreckigen Fingerabdrücken beschmiert waren. Es stand nur ein einziger Satz auf dem Papier:

Es bringt nichts Gutes, in der Vergangenheit herumzustochern!

„Die zweite Warnung." Clara wedelte mit dem Blatt in Tommys Richtung.

„Du ziehst diese Dinge an, Clara. Beim letzten Fall hat dir jemand nachgestellt und jetzt bekommst du diese Drohbriefe."

„Ich glaube, ich bin dicht dran, Tommy." Clara lächelte. „Ich denke, ich habe den Mörder aufgeschreckt."

Tommy wirkte besorgt.

„Mir versuchst du riskante Dinge auszureden, Clara, aber wenn du bedroht wirst, unternimmst du nichts dagegen, sondern lächelst nur und fühlst dich bestätigt. Was, wenn der Mörder versucht, dich aus dem Weg zu räumen?"

„Sei nicht so theatralisch", tadelte Clara. „So etwas passiert nur in Büchern."

„Du solltest trotzdem vorsichtig sein."

„Erinnere mich noch einmal daran, wenn du in O'Harris' Flugzeug steigst", sagte Clara spitzzüngig.

Tommy blickte finster drein, doch es hatte keinen Zweck, sich deswegen zu streiten.

***

Als Clara am folgenden Vormittag die Belgrave Street erreichte, war sie bester Laune. Sie hatte endlich das Gefühl, auf Kurs zu sein, und die Lösung des Rätsels schien zum Greifen nahe. Es mussten sich nur noch die letzten Puzzleteile zusammenfügen, dann würde sie die Antwort kennen. Das alles war so aufregend, dass ihre Schritte federten und sie kaum noch daran denken konnte, dass Tommy sich in die Lüfte erheben wollte. O'Harris hatte eine Anzeige in der Zeitung veröffentlicht. Das Wetter sehe vielversprechend aus, um den Rekordversuch am kommenden Wochenende anzusetzen. Claras Herz hatte bei diesen Worten gerast. Sie hatte die Zeitung zwar versteckt, doch Annie würde früher oder später davon erfahren.

Am unteren Teil der Belgrave Street wohnte Owen Clarence, der Bauleiter, der die Garage neben dem Haus der Familie O'Harris errichtet hatte. Die Straße war von kleinen Terrassen gesäumt, von denen einige selbst ein paar Bauarbeiten gebrauchen könnten. Frauen beobachteten sie mit dunklen Augen von den Türen aus, als sie in ihrer adretten Jacke und den hochhackigen Schuhen vorbeilief. Clara wollte sich nicht einschüchtern lassen, auch nicht dann, als ihr zwei schmutzige Jungen folgten. Sie drehte sich plötzlich zu den beiden um und verlangte, in Ruhe gelassen zu werden. Sie musste an diesem Vormittag besonders furchteinflößend sein, denn die beiden huschten davon.

Dennoch war sie froh, als sie Mr. Clarences Haus fand und eingelassen wurde.

„Guten Morgen, Mr. Clarence. Ich bin froh, Sie hier anzutreffen."

„Nun, wo soll ich sonst sein. Mein Rücken macht wieder Probleme." Mr. Clarence war über fünfzig und hatte graues Haar. Er schlurfte mühsam in sein Wohnzimmer und bedeutete Clara, sich zu setzen. Er streckte unter Schmerzen seinen Rücken und fragte dann, ob sie eine Tasse Tee wolle.

„Bitte machen Sie sich keine Umstände", antwortete Clara.

Mr. Clarence nickte. Er ließ sich sehr vorsichtig in einen Sessel sinken, und trotzdem zuckte eine Grimasse des Unbehagens über sein Gesicht.

„Was ist Ihnen zugestoßen?", fragte Clara mitfühlend.

„Das Übliche. Ich wollte mehr heben, als ich sollte. Ich bin unterbesetzt, das ist das Problem. Es ist schwer, in der Gegend gesunde Kerle zu finden, und die, die es gibt, hoffen auf bessere Arbeit als das Baugewerbe. Ich sage Ihnen, seit dem Krieg sind sie alle abgehoben! Junge Männer, die vor dem Krieg froh gewesen wären, auf dem Bau Arbeit zu finden, recken jetzt die Nase in die Luft und sagen, sie wollen etwas Besseres."

Mr. Clarence stützte seinen Rücken mit einem Kissen.

„Das ist ungünstig", sagte Clara. „Kann Ihr Arzt Ihnen irgendetwas verschreiben?"

Mr. Clarence machte eine abfällige Handbewegung.

„Fangen Sie mir nicht mit Ärzten an, Miss. Was die wissen, ist auch nichts wert. Aber warum sind Sie hier? Ich bin gerade nicht in der Lage, Aufträge anzunehmen."

„Oh, das ist es nicht", antwortete Clara. „Ich stelle im Auftrag von Captain O'Harris Nachforschungen an."

„Der Pilot? Er glaubt, er könnte in seiner kleinen Holzkiste über den Atlantik fliegen, nicht wahr?“

„Genau der“, bestätigte Clara, während sie mit Unbehagen an der Bezeichnung ‚kleine Holzkiste‘ hängenblieb. „Ich helfe ihm dabei, ein altes Familienmysterium aufzuklären, und hörte, dass Sie mir vielleicht helfen könnten.“

„Von wem?“

„Oh, ein Maler, glaube ich. Es war eine zufällige Unterhaltung.“

Mr. Clarence wirkte nicht überzeugt und fragte sich offensichtlich, ob eines seiner alten Bauprojekte auf den Prüfstand gestellt werden sollte.

„Es geht nicht um Ihre Integrität als Unternehmer“, schmeichelte Clara ihm. „Tatsächlich geht es sogar eher darum, dass jemand Ihre Arbeit behindert hat. Ich spreche von der Garage oder der Scheune, die Sie vor über zehn Jahren für Goddard O’Harris gebaut haben.“

Mr. Clarences Gesichtsausdruck erhellte sich.

„Ich erinnere mich daran!“

„Erinnern Sie sich auch daran, dass sich jemand am Fundament Ihres Baus zu schaffen gemacht hatte?“

Mr. Clarence zögerte. Seit 1913 waren viel Zeit und zahlreiche Bauprojekte ins Land gegangen. Er hatte die Hochzeit seiner Tochter erlebt und einen Sohn in den Krieg ziehen sehen, er hatte sein erstes Enkelkind willkommen geheißen und viel häufiger über Reparaturen und Abrisse im zerbombten Brighton nachgedacht, als ihm lieb war. Seitdem waren viele Erinnerungen entstanden und andere in Vergessenheit geraten, doch eine Sache wie der verschwundene O’Harris, die blieb hängen.

„Ich erinnere mich an etliche Gerüchte über den Verbleib der Leiche."

„Ja?"

„Ich weiß nicht mehr, wer als Erstes angedeutet hat, dass das Fundament ein gutes Grab abgeben könnte. Einer meiner Arbeiter, denke ich. Ich war es nicht, soviel steht fest. Ich habe mich nicht mehr sonderlich für die Sache interessiert, sobald ich wusste, dass Mrs. O'Harris uns weiterhin bezahlen würde."

„Aber Sie haben darüber nachgedacht?"

„Ich bin mir nicht ganz sicher, aber eines Morgens schaute ich mir das Fundament an, das wir gerade gegossen hatten. Wir hatten die Grube am Tag nach dem Todesfall ausgehoben. Nun, ich schaute mir also das Fundament an und dachte mir, dass da etwas nicht stimmte. Am Rand eines Grabens sah ich Betonspritzer, und es waren nicht nur die, die man beim Befüllen produziert. Es waren große Kleckse, als hätte jemand im Beton herumgerührt und einen Teil über die Seiten geschleudert. Ich schaute mir die Sache genauer an, und auch wenn ich mir nicht sicher sein konnte, dachte ich, dass der Beton höher war, als ich ihn in Erinnerung hatte. Es waren nicht nur Spritzer, sondern der Beton war übergeschwappt, verstehen Sie? Es war eine einzige Sauerei und das hat mir nicht gefallen. Ich wusste, dass ich die Baustelle nicht in diesem Zustand verlassen hatte."

Clara bemerkte, dass sie den Atem angehalten hatte.

„Was könnte die Ursache dafür gewesen sein, Mr. Clarence? Abgesehen davon, dass Sie das Fundament zu voll gemacht haben?"

„Ich war das nicht, das kann ich Ihnen versichern."

„Ich glaube Ihnen, aber was könnte der Grund gewesen sein?“

Mr. Clarence dachte einen Moment schweigend darüber nach.

„Ich kann mir nur eine Sache vorstellen. Jemand hat etwas in den Beton geworfen, was dazu führte, dass er über die Seiten schwappte. Etwas wurde hineingeworfen, ja, so würde ich es beschreiben.“

Claras Herz raste. War es möglich, dass sie Goddard O’Harris’ Leiche gefunden hatte?

„Mr. Clarence, können Sie mir genau sagen, um welchen Fundamentgraben es ging?“

„Das südliche Ende des östlichen Grabens. Vielleicht hätte ich damals etwas unternehmen sollen? Nun ja, jetzt ist es zu spät.“

Clara schnappte sich ihre Handtasche.

„Es ist nie zu spät, Mr. Clarence. Danke für die Unterhaltung. Ich hoffe, dass sich Ihr Rücken bald erholt.“ Clara setzte ihren Hut auf. „Nein, bleiben Sie sitzen. Ich finde selbst hinaus.“

Sie eilte mit erneuerter Entschlossenheit davon. Mr. Clarence schaute ihr neugierig hinterher und fragte sich, ob das Rätsel um Goddard O’Harris kurz vor der Aufklärung stand.

Kapitel 19

„Das Fundament?“

Captain O'Harris schien schlecht geworden zu sein, nachdem er sich Claras Enthüllung angehört hatte.

„Wir müssen es ausheben.“

Er stand mit Clara vor der Garage und starrte auf die breite Doppeltür in der Südwand.

„Das wird eine Menge Arbeit“, antwortete O'Harris zögerlich.

„Ihr Onkel könnte da unten liegen.“

O'Harris kratzte sich am Ohr.“

„Ich schätze, wenn man nur diesen Teil zurückbaut, könnte es klappen. Das kann ich einrichten.“ O'Harris seufzte. „Clara, ich befürchte wirklich, dass Sie belastende Beweise gegen meine Tante sammeln.“

„Das tue ich nicht.“ Clara berührte ihn am Arm. „Hier wird heute nichts mehr passieren, also warum unterhalten wir uns nicht über die Liste der Bediensteten?“

Während sie das sagte, fielen die ersten Tropfen eines Frühlingsschauers vom Himmel. O'Harris schaute zur *Buzzard*, die er gerade geputzt hatte, als Clara eintraf.

„Nun gut. Gehen Sie schon mal in den Salon. Ich muss das alte Mädchen abdecken.“

So trennten sich ihre Wege.

Clara war beinahe überwältigt vor Freude. Sie war sich beinahe sicher, dass man Goddards Leiche freilegen würde, sobald der Beton unter der Garage aufgebrochen wurde. Und was noch besser war: Sie hatte das Gefühl, sich endlich auch der Mordmethode anzunähern. Arsenwasserstoff war vielversprechend, doch wenn der die Mordwaffe war, gab es nur eine sehr beschränkte Anzahl von Personen, die ihn hätten einsetzen können: diejenigen, die über gewisse Chemiekenntnisse verfügten. Doch sie durfte sich nicht vorschnell festlegen. Es waren erst dann Wahrheiten, wenn man sie beweisen konnte, und es gab noch andere Möglichkeiten. Allerdings fühlte es sich so an, als würde sie sich unweigerlich dem Mörder annähern.

O'Harris tauchte in der Tür auf und rieb sich die Hände an einem Tuch ab.

„Ich habe die Haushälterin gebeten, einen Baubetrieb anzurufen, um den Rückbau der Garage zu veranlassen." O'Harris wirkte missmutig. „Ich hoffe, Sie liegen richtig, Clara."

„Zweifeln Sie an meinen Schlussfolgerungen?"

Er warf das Tuch beiseite.

„Nicht wirklich. Ich meine, sie sind logisch. Doch die Vorstellung, dass er an einem Ort liegen könnte, an dem ich jeden Morgen vorbeigehe … das ist einfach schrecklich."

„Das verstehe ich. Sollen wir den Fall hier lieber auf sich beruhen lassen?"

O'Harris hätte beinahe eingewilligt. Er war die Sorgen leid, die Claras Nachforschungen aufgeworfen hatten, ganz zu schweigen von den alten Erinnerungen, die wieder an die Oberfläche traten. Doch er brauchte eine Antwort. Es würde ihn um den Verstand bringen, wenn er nicht die Wahrheit erfuhr.

„Ich werde ein Dutzend Garagen einreißen, oder sogar dieses Haus, wenn Sie glauben, dass es hilfreich wäre.“

„Eine Garage reicht völlig.“ Clara lächelte. „Können wir jetzt über die Bediensteten sprechen? Ach, übrigens …“

Clara holte den Drohbrief aus ihrer Handtasche und reichte ihn dem Captain. Er betrachtete das Blatt aufmerksam.

„Ein Kerl mit schmutzigen Fingern.“

„Sie glauben, dass es sich um einen Mann handelt?“

O'Harris hob den Blick. Er war sich nicht sicher, was er glaubte.

„Ich weiß es nicht. Das war wohl nur das Erste, was mir in den Sinn kam.“

„So oder so, da versucht jemand, mich in die Flucht zu treiben. Mann oder Frau, das wird dieser Person nicht gelingen.“

„Haben Sie das der Polizei gezeigt?“

„Wozu?“

O'Harris hätte beinahe über den ehrlich ratlosen Blick gelacht, den Clara ihm zuwarf.

„Das könnte dort jemanden interessieren, meinen Sie nicht?“

„Als ich an dem Fall von Mrs. Greengage arbeitete, hat sich die Polizei keinen Deut für den Mann interessiert, der mir nachstellte.“

O'Harris' amüsierter Gesichtsausdruck wurde ernst.

„Wie häufig kommt so etwas vor?“

„Oh, das war nichts. Tatsächlich versuchte der Mann nur, den Mut aufzubringen, um zu seiner Mutter zurückzukehren, die ihn für tot gehalten hatte. Er wollte, dass ich vermittle. Das hier ist etwas völlig anderes." Clara schaute ihn ernst an. „Ich lasse mich nicht davon einschüchtern."

„Das ist offensichtlich."

„Gut, dann werden Sie mich also nicht darüber belehren, aufzupassen und vorsichtig zu sein?"

O'Harris biss sich auf die Zunge. Er hatte genau das sagen wollen. Tatsächlich hatte er sich Clara sogar als Begleiter und Beschützer anbieten wollen, ihre Ahnung bremste ihn aus.

„Das würde mir im Traum nicht einfallen."

Er sorgte für Ablenkung, indem er aus Gin und Zitronensaft einen Cocktail mixte und Clara dann zu einem der Sessel an den großen Fenstern führte, von wo aus sie den Regen beobachten konnten.

„Also, kommen wir zu den Bediensteten zurück?", fragte er. „Sie haben meine Liste erhalten?"

„Ja. Es sind weniger, als ich erwartet hatte."

„Mein Onkel und meine Tante haben um 1900 beschlossen, die Anzahl der Bediensteten im Haus zu reduzieren. Sie wissen genug über Flo, um zu verstehen, wie sehr sie auf gesellschaftliche Veränderungen und die Bedürfnisse anderer achtete. Sie war der Meinung, zu viele unnötige Bedienstete würden dem Haus schaden, also hat sie aussortiert."

„Hat das Missgunst erzeugt? Immerhin haben Menschen dadurch ihre Arbeit verloren."

„Nein, dafür war Tante Flo zu vernünftig. Zwei Mädchen verließen den Haushalt und die hat sie nicht ersetzt. Einige ältere Bedienstete entließ sie mit einer Pension in den Ruhestand. Ich glaube, irgendjemand ging, um eine kranke Mutter zu pflegen, und für die übrigen fand sie neue Anstellungen. Es war eine erstaunliche Leistung."

Clara blickte auf die Liste, die O'Harris bei ihrem vorherigen Treffen angefertigt hatte; als der erste Gang aus toter Maus bestand.

„Also gab es 1913 noch einen Butler, eine Köchin, eine Haushälterin und ein Dienstmädchen, die als hier ansässige Bedienstete arbeiteten."

„Außerdem kam gelegentlich eine Frau zum Putzen her. Sie war eine Witwe und auf das zusätzliche Geld angewiesen. Ich glaube, sie ist irgendwann zu ihrer Schwester nach Schottland gezogen. Ich weiß auf jeden Fall, dass sie nicht mehr in Brighton lebt."

Clara notierte die zusätzliche Putzkraft auf der Liste, um sich später wieder daran zu erinnern.

„Aber Ihr Onkel und Ihre Tante hatten noch weitere Bedienstete außerhalb des Hauses."

„Dieses Anwesen brauchte schon immer mehr Personal außer Haus als im Inneren."

„Es gab also fünf Gärtner und Mr. Riggs, der ihnen vorgesetzt war?"

„Ja."

„Und einen Wildhüter?"

„Er hatte sein eigenes Cottage auf dem Anwesen. Er war über siebzig und tat eigentlich nicht viel, außer im Wald am Ende des Grundstückes herumzuwandern. Onkel Goddard hatte schon jahrelang keine Fasane mehr gejagt. Er beschäftigte den Mann nur als Gefallen weiter."

„Dann gab es noch einen Stallmeister und einen Stallknecht."

„Die beiden hielten nur zwei Pferde und ein Pony. Der Stallknecht war auch für die Garage zuständig und putzte die Automobile."

„Und ein Chauffeur?"

„Der ehemalige Kutscher. Goddard ließ ihn im Umgang mit Automobilmotoren ausbilden und er war eher ein Mechaniker als ein Chauffeur. Er sorgte dafür, dass die Automobile stets in makellosem Zustand waren."

„Dann bleibt nur noch der Landverwalter."

„Er hat jegliche Arbeiten auf dem Anwesen geregelt, die über die Expertise der Gärtner hinausging. Ich glaube, er starb 1910. Er war auch seit langen Jahren hier angestellt und hat definitiv länger gearbeitet, als es gut für ihn war."

„Von diesen Menschen arbeiten heute nur noch drei hier. Die Köchin, die Haushälterin und Mr. Riggs. Was wurde aus den anderen?"

O'Harris lehnte sich in seinen Sessel zurück und schwenkte den Cocktail in seinem Glas herum.

„Mal überlegen. An das Dienstmädchen kann ich mich nicht erinnern. Ich meine natürlich die Frau, die nach Millie kam. Ich glaube nicht, dass sie von hier stammte. Ich hatte kaum mit ihr zu tun und sie verließ den Haushalt nach etwa einem Jahr, um zu heiraten."

„Kannte sie Millie?"

„Das weiß ich nicht, aber sie kam her, nachdem ... nun ja, danach eben."

Clara nickte.

„Was ist mit dem Butler?"

„Mr. Barnstaple wurde 1917 eingezogen, geriet aus Versehen in einen Gasangriff seiner eigenen Leute und kehrte Anfang 1918 als Invalide nach England zurück.

Ich habe ihn einmal im Krankenhaus besucht, als ich Heimaturlaub hatte. Später im Jahr steckte er sich mit Influenza an und starb an einer Lungenentzündung."

Clara zog eine Grimasse, als sie den Namen mit der Bemerkung ‚verstorben‘, von der Liste strich.

„Was ist aus den Gärtnern geworden?"

„Drei der jüngeren traten 1914 mit der ersten Welle von Patriotismus in die Armee ein, und der vierte folgte 1915, nachdem er von den hiesigen Jungs beleidigt worden war. Riggs’ Stellvertreter wurde ebenfalls eingezogen. Ich glaube, Riggs blieb vom Militärdienst verschont, weil er auf eine Operation an einem gebrochenen Knochen wartete. Bis er wieder einsatzfähig war, war der Krieg vorbei und die fünf anderen Gärtner waren gefallen.

„Sie alle?"

O’Harris hob eine Hand und zählte die Gärtner an den Fingern ab.

„Gas, Schrapnell, Maschinengewehr, Blutvergiftung, und Mr. Riggs’ Stellvertreter ertrank, weil das Schiff, das ihn nach Hause bringen sollte, versenkt wurde."

„Das ist wirklich furchtbar", sagte Clara, der schlecht geworden war.

„Es kommt noch schlimmer. Der Stallmeister zog mitsamt unserer Pferde in den Krieg. Eines der beiden Pferde war Goddards Hunter namens Stanley. Die Kavallerie beanspruchte Stanley für sich und das Tier galt als an der Somme gefallen. Als der Stallmeister von Stanleys Tod erfuhr, war er so verzweifelt, dass er desertierte. Doch er wurde geschnappt und erschossen. Wie sich herausstellte, war Stanley gar nicht gestorben. Sechs Tage später tauchte das Tier wieder auf. Er hatte ganz allein das Niemandsland durchquert und war in seinen Stall zurückgekehrt. Er kehrte 1918 nach Hause zurück und steht während wir hier sprechen draußen auf der Koppel."

Clara war sprachlos.

„Was den Stallknecht angeht, er ist auch früh der Armee beigetreten und bei Ypern gefallen, glaube ich. Der Chauffeur kam wegen seiner Fähigkeiten im Umgang mit Motoren ins Ingenieurkorps und wurde eingesetzt, um diese neuen Panzer betriebsbereit zu halten. Er hat überlebt, verliebte sich aber in eine Französin und kam nie nach Hause zurück."

„Abgesehen von dem Chauffeur ist das eine düstere Liste von Unglücken." Clara starrte auf die Notizen, die sie zu jedem der Namen gemacht hatte. „Ich weiß gar nicht, was ich sagen soll."

„So ist der Krieg, Clara." O'Harris zuckte mit den Schultern. „Noch einen Drink?"

Normalerweise hätte Clara abgelehnt, doch die Geschichten der gefallenen Bediensteten hatten sie mitgenommen und sie reichte ihm geistesabwesend ihr Glas.

„Bleiben also noch drei Verdächtige, die diese Nachrichten hätten schreiben können", sagte sie, als O'Harris mit ihrem Cocktail zurückkehrte.

„Was wollen Sie tun?"

„Ich muss jeden einzeln befragen, um zu sehen, ob ich herausfinden kann, wer dahintersteckt."

„Das kann ich arrangieren. Wollen Sie sofort anfangen?"

Clara starrte auf ihre Liste.

„Ja", sagte sie wie betäubt. „Was du heute kannst besorgen ..."

Clara hatte gehofft, zuerst mit der Köchin sprechen zu können. Immerhin würde die sich für eine tote Maus im Essen verantwortlich fühlen, doch sie hatte die natürliche Hierarchie nicht bedacht, die sich unter Hausangestellten ausprägt. Die Haushälterin stand ganz oben in der Nahrungskette und bestand darauf, als Erste mit Clara zu sprechen. Selbst O'Harris konnte ihr das nicht verweigern. Er zuckte wehmütig mit den Schultern und nahm auf einem Sessel in der Ecke des Raumes Platz, sodass er beinahe außer Sicht war.

„Hallo, Mrs.?"

„Abergavanney", verkündete die Haushälterin.

„Mrs. Abergavanney, Sie wissen, warum wir uns unterhalten?"

„Es geht um die Sache mit der Maus." Die Haushälterin verzog die Lippen, als hätte sie etwas Bitteres gegessen. „Eine beschämende Angelegenheit. Ich habe der Köchin die Leviten gelesen."

„Davon bin ich überzeugt, aber ich würde gerne herausfinden, wer sich diesen Scherz erlaubt hat."

„Schauen Sie mich nicht an!" Mrs. Abergavanney spie diese Worte beinahe aus. „Ich arbeite seit neunundzwanzig Jahren hier und habe den Bewohnern niemals Unbehagen bereitet. Ich würde ganz sicher keine toten Mäuse im Essen verstecken!"

„Davon bin ich auch nicht ausgegangen", versicherte Clara ihr, während sie Mitgefühl mit der Köchin empfand. „Ich frage mich nur, ob Sie eine Ahnung haben, wer es getan haben könnte."

Mrs. Abergavanney schien ihre Lippen noch mehr zu verziehen.

„Ich war zu dem Zeitpunkt oben und aß in meinem eigenen Zimmer. Eine Schüssel klare Brühe, ein Kanten Brot und eine Tasse Tee. Das ist mir erlaubt. Fragen Sie Captain O'Harris. Für Mrs. O'Harris war es ein Zeichen des Respekts für meine Loyalität und die langjährige Arbeit, mir mittags eine Stunde freizugeben, damit ich das Essen auf meinem Zimmer zu mir nehmen kann; abseits vom Rest des Haushalts."

Sie sprach so schnell, dass Clara kaum genug Zeit hatte, alles aufzunehmen.

„Ich würde niemals andeuten, dass Sie etwas Ungehöriges getan haben."

„Sollten Sie auch nicht! Ich weiß, wo ich stehe. Wahrlich!"

„Sie wussten nichts von der Maus?"

„Ich erfuhr erst davon, als die schwachköpfige Maud die Treppe heraufkam und es durchs ganze Haus schrie. Zu meiner Zeit hatten junge Frauen noch Anstand. Aber dieser Tage wird alles umhergeschrien, als wäre man auf dem Fischmarkt." Mrs. Abergavanney bebte beinahe, so sehr regte sie sich über Maud auf. „Ich kam natürlich gleich nach unten, habe mir das tote Tier angesehen und die Köchin gefragt, wie es ins Essen gelangen konnte. Aber sie wusste es natürlich nicht. Nun, ich war sehr verärgert, da ich hier einen sauberen Haushalt führe, Miss Fitzgerald. Sie waren noch nicht geboren, als es das letzte Mal eine Maus wagte, in dieses Haus einzudringen."

Clara glaubte ihr.

„Vielen Dank, Mrs. Abergavanney."

Kapitel 20

Als Nächstes war die Köchin an der Reihe. O'Harris stellte sie als Mrs. Crimps vor und sagte, sie stehe schon seit mindestens 1890 im Dienst der Familie.

„1891", korrigierte Mrs. Crimps prompt. „Doch damals war ich noch keine Köchin, sondern arbeitete unter Mrs. Duncan. Zu dieser Zeit hatte eine Köchin noch mehr als ein Dienstmädchen als Aushilfe in der Küche."

Clara war sich nicht sicher, ob das eine Feststellung oder ein Vorwurf gegen den Captain war.

„Das mit der Maus tut mir schrecklich leid." Mrs. Crimps entglitten die Gesichtszüge. „So etwas ist hier noch nie vorgekommen. Ich weiß nicht, wie sie ins Essen gelangen konnte."

„Sie haben niemanden gesehen, der sich am Teller zu schaffen gemacht hat?", fragte Clara eindringlich.

„Nein ... oh, aber Sie denken, dass ich es war? Ich gebe zu, dass ich den Teller angerichtet habe, aber ich würde niemals für eine so törichte Sache meine Anstellung riskieren. Ich arbeite schon zu lange hier, um solche Spielchen zu spielen. Außerdem ist es das Schlimmste, was einem in meinem Alter passieren kann, die Arbeit zu verlieren."

Clara musste sich eingestehen, dass die Köchin nicht gerade die wahrscheinlichste Täterin war, doch sie konnte nichts ausschließen.

„Lassen Sie uns den Ablauf ein wenig genauer betrachten. Wann haben Sie den Teller angerichtet?“

„Etwa eine halbe Stunde, bevor ich ihn servieren ließ. Sie müssen wissen, dass ich davor nicht wusste, dass wir Gesellschaft haben würden.“

„Ich nehme an, Sie haben den Teller irgendwo abgestellt?“

„In der Speisekammer, wo es kühl, aber nicht zu kalt ist. Kalte Pastete mundet nicht. Sie muss leicht angewärmt sein; gerade genug, um den Geschmack hervorzubringen.“

„Und Sie sahen niemanden in der Nähe?“

„Wer sollte da sein außer Maud und mir? Maud kann bezeugen, dass ich den Teller nicht mehr angerührt habe, nachdem er mit der Cloche abgedeckt war und in der Speisekammer stand. Und sie hat ihn auch nicht angerührt, ehe ich ihr auftrug, ihn zu servieren. Ich hatte sie im Blickfeld und hätte es bemerkt, wenn sie sich daran zu schaffen gemacht hätte. Und so ein Mensch ist sie nicht!“

Mrs. Crimps nestelte nervös an ihren Fingern herum und sie klang defensiv.

„Es ist ein sehr eingeschränkter Kreis von Verdächtigen“, sagte Clara entschuldigend, aber mit einem Funkeln in den Augen. „Könnte ich vielleicht die Speisekammer sehen?“

Mrs. Crimps war nervös, als sie Clara und Captain O’Harris in ihre Küche führte. Es war nicht richtig, dass der Hausherr hier war, und es gefiel ihr nicht, dass eine Miss in ihrem Herrschaftsbereich herumschnüffelte, die sich als Detektivin bezeichnete. Sie grummelte leise vor sich hin, während sie die beiden zur Speisekammer führte.

„Hier ist sie und hier war sie schon, als ich eingestellt wurde", sagte sie mit einem schneidenden Unterton.

Clara ignorierte ihre Laune und sah sich in der Speisekammer um, doch das verhalf ihr zu keinerlei Inspiration. Die Kammer war gut gefüllt und sauber. Am Boden lag eine Mausefalle, doch dem Brocken Brot nach zu urteilen, der als Köder diente, hatte sich schon lange keine Maus mehr hierher verirrt.

„Wohin führt diese Tür?" Clara deutete auf eine weiße Tür neben dem Eingang zur Speisekammer.

„Zu einem Durchgang, an dessen Ende sich die Tür zum Garten befindet."

„Ist sie unverschlossen?"

„Tagsüber ja, damit Mr. Riggs hereinkommen und sich eine Tasse Tee holen kann."

„Mr. Riggs kommt in die Küche?"

„Auf keinen Fall! Er arbeitet im Gartendreck und hat immer eine dicke Schicht Schlamm an den Stiefeln. Im Durchgang steht ein Stuhl für ihn." Mrs. Crimps öffnete die Tür und deutete auf einen alten, hölzernen Küchenstuhl, der an der Wand stand. Ein Stoß kühler Luft drang aus dem Durchgang herein und Clara bekam sofort Mitleid mit Mr. Riggs, dem es verwehrt blieb, seinen Tee in der warmen Küche zu trinken.

„Waren Sie an jenem Tag durchgängig in der Küche, Mrs. Crimps?"

Mrs. Crimps wollte nicken, doch dann schüttelte sie den Kopf.

„Was für eine Frage! Ich glaube, ja, aber woher soll ich das wissen? Ich verlasse immer wieder aus diesem oder jenem Grund die Küche. Ich musste Petersilie als Garnitur für die Brote holen, daran erinnere ich mich. Ich habe einen Topf davon im Gewächshaus, doch den Rest der Zeit war ich hier. Vermutlich.“

„Mrs. Crimps, ich versuche, herauszufinden, ob jemand ohne Ihr Wissen die Küche hätte betreten können.“

„Sehr unwahrscheinlich. Und wer sollte das überhaupt tun?“

„Mr. Riggs?“

Die Köchin funkelte Clara an.

„Das würde er nicht wagen. Außerdem ist der Boden blitzblank, und wenn er mit seinen gigantischen Stiefeln hereingekommen wäre, hätte ich den Schlamm gesehen.“

„Guter Punkt.“ Clara lächelte die Frau an, um sie ein wenig zu besänftigen. „Ich sollte hinzufügen, dass ich an Ihrer Kochkunst nichts auszusetzen habe. Ich würde jederzeit gerne Ihr Mittagessen zu mir nehmen. Diese belegten Brote waren erstklassig.“

Die Schmeichelei zeigte Wirkung. Mrs. Crimps brodelte noch einen Augenblick, dann entspannte sie sich.

„Ich gebe mein Bestes.“

„Und Sie arbeiten seit 1891 hier? Sie müssen einige Veränderungen miterlebt haben.“ Clara nahm sich einen Stuhl vom Küchentisch, setzte sich darauf und bedeutete O’Harris hinter ihrem Rücken, es ihr gleichzutun.

Mrs. Crimps beruhigte sich, jetzt da Clara die Maus vergessen zu haben schien und sich einfach nur unterhalten wollte. Mrs. Crimps nahm an, dass es in der Natur einer Detektivin lag, neugierig zu sein.

„Ich habe einige Veränderungen miterlebt, ja. Als ich hier anfing, war alles ganz anders. Es muss ein Dutzend Bedienstete im Haus gegeben haben und eine ganze Armee draußen auf dem Anwesen. Ich vermisse diese Zeiten nicht unbedingt, aber das geschäftige Treiben war schön. Es war immer etwas los. Jeder hatte eine Geschichte zu erzählen und die Dienstmädchen, oh, die hatten ständig Schabernack im Sinn. Die arme Mrs. O'Harris war ganz verzweifelt, weil sie ständig neue Mädchen einstellen musste."

„Also ein großes Kommen und Gehen?"

„Ja, so war es." Mrs. Crimps riskierte die unangemessene Tat, sich ihren Hocker zu holen. Ihre Gelenke schmerzten im Winter und sie wollte lieber sitzen. „Nur wenige waren wie ich und wählten das Leben als Hausangestellte. Sie arbeiteten vielleicht einige Monate hier, eventuell ein oder zwei Jahre, dann heirateten sie und verschwanden, oder sie ...“

„Oder was, Mrs. Crimps?"

Die Köchin errötete leicht.

„Damals, als es noch ein großer Haushalt war, gab es hier einen Lakaien. Wir nannten ihn den schrecklichen Gerry, und keines der Mädchen war vor seinen Händen sicher. Oh, er war recht harmlos, aber wenn man sich auf seinen Charme einließ, konnte man in großen Schwierigkeiten enden, wie einige der Mädchen erfahren mussten."

Clara nickte verständnisvoll. Sie wünschte, sie könnte O'Harris bedeuten, den Raum zu verlassen. Die Fragen, die sie als Nächstes stellen wollte, würden Mrs. Crimps eine Reaktion entlocken, die sie vermutlich lieber vor ihm geheim halten würde.

„Werter Captain, ich glaube, ich habe mein Taschentuch in meiner Handtasche im Salon gelassen. Würden Sie es mir bitte holen?“ Clara gab den Versuch auf, subtil zu bleiben.

„Ich werde Maud schicken“, bot Mrs. Crimps rasch an.

Clara durchbohrte O’Harris mit ihrem intensivsten Blick, in der Hoffnung, sich damit verständlich zu machen. Er schien zu begreifen.

„Nicht nötig, Mrs. Crimps. Ich weiß, wo die Tasche ist. Ich bin gleich wieder da.“ Der Captain erhob sich.

„Keine Eile“, sagte Clara betont, während er den Raum verließ.

Sie ließ diese Unterbrechung kurz abklingen und machte einen unverbindlichen Kommentar über den Glanz von Mrs. Crimps kupferner Sülzform, dann ging sie wieder zum Angriff über.

„Jetzt da Sie es erwähnen, ich erinnere mich an eine Geschichte über diesen Lakaien.“

„Wirklich?“

„Nun, ich glaube es zumindest. Mein Dienstmädchen hat mir davon erzählt, als ich den Namen O’Harris erwähnte. Sie ist eine schreckliche Klatschbase.“

„Wie lästig.“

„Nun, sie erzählte von einer jungen Frau hier, die in Schwierigkeiten geraten war und die Treppe hinunterstürzte. Ein schrecklicher Unfall. Ich glaube, sie hieß Nellie.“

„Millie“, korrigierte Mrs. Crimps automatisch. „Aber da war Gerry schon nicht mehr hier.“

„Wirklich?“

„Ja. Ich habe keine Ahnung, auf wen sich die junge Frau eingelassen hatte, aber das Ergebnis war, wie Sie es beschrieben. Allerdings gingen einige von uns damals von einem Selbstmord aus.“

„Schockierend.“

„So etwas kommt vor.“ Mrs. Crimps schüttelte den Kopf. „Sie war eine eigensinnige junge Frau mit einem Interesse an jungen Kerlen. Sie hat sogar ein Auge auf den guten Captain geworfen, doch der war zu vernünftig dafür.“

Clara kommentierte das nicht.

„Sie trieb sich mit einigen der jungen Männer aus der Stadt herum, nach einer Weile habe ich nicht mehr mitgezählt. Diese Kerle tauchten ständig hier auf und störten uns, bis Mrs. Abergavanney ein ernstes Wort mit ihr sprechen musste. Oh, sie hat sich quergestellt und mit ihrer Kündigung gedroht, aber das hat ihr auch nicht geholfen. Mrs. Abergavanney sagte, sie würde ihr beim Packen helfen.“

„Das klingt, als wäre sie hier nicht allzu beliebt gewesen.“

Mrs. Crimps neigte den Kopf zur Seite, als würde sie darüber nachdenken.

„Sie war nicht unbeliebt. Aber sie ließ auch niemanden so recht an sich heran. Echte Freundinnen hatte sie hier nicht. Ich glaube, sie verstand sich ganz gut mit einigen der Gärtner und der Stallbursche hatte ein Auge auf sie geworfen, doch das war keine Freundschaft.“

„Ihr Unglück muss dennoch ein Schock gewesen sein.“

„Oh ja, ich hörte sie selbst die Treppe hinunterstürzen! Was für ein Lärm. Der arme Mr. O’Harris stand ganz neben sich. Mrs. Abergavanney vergoss keine Träne, aber warum auch.“

„War außer Mr. O'Harris noch jemand so aufgebracht?", fragte Clara mit gespielter Überraschung.

„Nicht wirklich. Wir waren wohl alle ein wenig schockiert. Ich musste es den Männern von draußen beibringen. Die Gärtner waren gerade auf eine Tasse Tee hereingekommen. Einer der jungen Männer wurde blass, doch er hatte ein sanftes Wesen, deshalb glaube ich nicht, dass es einer besonderen Zuneigung zu ihr geschuldet war. Ihm wurde bei solchen Dingen schnell mulmig. Jetzt da ich darüber nachdenke: Der Stallbursche wollte an diesem Abend nichts essen."

Clara sog diese Informationen auf, doch das war alles zu vage und ergab wenig Sinn. Wenn Millie das Motiv für den Mord an Goddard O'Harris war, dann deutete Mrs. Crimps' Geschichte auf keinen der Bediensteten hin, wenngleich man daraus schließen konnte, dass Florence Anlass zur Eifersucht gehabt haben könnte. War Goddard nur wegen seines Schocks derart aufgebracht, oder weil Captain O'Harris nicht als Einziger Millies Charme erlegen war?

„Vielen Dank, Mrs. Crimps. Bitte entschuldigen Sie die Störung."

„Das macht doch nichts, meine Liebe. Bleiben Sie zum Mittagessen?"

„Ich wurde noch nicht eingeladen."

„Dann will ich das an seiner statt tun." Mrs. Crimps überraschte Clara, als sie ihr zuzwinkerte. „Ich möchte, dass Sie von meinem hausgemachten Krabbeneintopf kosten. Der ist köstlich."

„Es wäre mir eine Freude." Clara entschuldigte sich und machte sich auf die Suche nach O'Harris, um ihn davon zu unterrichten, dass er sie noch mindestens eine Stunde lang am Hals hatte.

***

Als Clara sich auf den Heimweg machte, hatte der Regen nachgelassen. Captain O'Harris bestand darauf, sie mit seinem Automobil nach Hause zu fahren, doch Clara weigerte sich. Es war ein schöner Tag und nach dem schweren Mittagessen, das Mrs. Crimps aufgetischt hatte, würde ihr die Bewegung guttun. Anscheinend hatte sie Clara mit ihren kulinarischen Fähigkeiten beeindrucken wollen und ein Festmahl aus verschiedenen Speisen servieren lassen. Zudem musste Clara über einiges nachdenken und das konnte sie am besten allein und beim Laufen.

Sie schlenderte die prächtige Zufahrt entlang und bemerkte die Frühlingsblumen, die rings um die Bäume bunt erblühten, sowie die hängenden Stiele der Narzissen aus dem Vormonat. Eine Gestalt hackte in der Ferne ein Blumenbeet. Clara wurde langsamer, als sie Mr. Riggs erkannte.

„Guten Tag!", rief sie freundlich.

Mr. Riggs hob den Blick. Falls sie auf einen schuldbewussten Gesichtsausdruck gehofft hatte, wurde sie enttäuscht. Er nahm nur seine Mütze ab und nickte ihr zu.

„Schönes Wetter, nicht wahr, Mr. Riggs?" Clara lächelte. „Und Ihre Blumen sehen herrlich aus. Zu schade, dass ich nicht zur Blütezeit der Narzissen hier war."

„Oh ja, die hatten ihre Zeit. Ich habe sie umgeknickt und ihre Stiele abgebunden, damit sie verrotten und fürs kommende Jahr wieder bereit sind.“

„Das ist die Sache mit einem Garten. Man hat ständig zu tun und es passiert ständig etwas Neues. Sie sind recht therapeutisch, oder nicht?“

„Ja, das höre ich oft.“ Mr. Riggs nestelte an seiner Mütze herum. Er schien dringend mit seiner Arbeit fortfahren zu wollen.

„Ich habe mich am Vormittag gut mit Mrs. Crimps unterhalten und sie hat mich bestens verköstigt! Ich wage zu behaupten, sie versuchte, mein vorheriges Mittagessen hier wiedergutzumachen.“ Clara lachte heiter.

„Wirklich, Miss?“, fragte Riggs mit einem offensichtlichen Mangel an Interesse.

„Wie auch immer, ich glaube, Mrs. Crimps hat es genossen, mir davon zu erzählen, wie die Dinge hier früher waren. Sie erzählte mir von diesem Lakaien, ähm, Gerry, ja, so hieß er.“

„Ich erinnere mich an Gerry.“ Mr. Riggs nickte. „Er hatte ein Händchen für Frauen.“

„Das hat sie mir auch erzählt, aber ich habe die Dinge etwas durcheinandergebracht. Ich dachte, er hätte etwas mit einem Dienstmädchen namens Millie zu tun gehabt, die hier die Treppe hinuntergestürzt war, doch das war ein Irrtum. Oder gab es vielleicht zwei Millies?“

„Nein, nur die eine. Aber das ist viele Jahre her.“

„Ja, natürlich. Und ich wollte nicht zu viel sagen, um den Captain nicht vor den Kopf zu stoßen. Niemand denkt gerne an einen Menschen, der sich die Treppe hinuntergestürzt hat.“

Mr. Riggs’ Augen weiteten sich kurz.

„Ich dachte immer, sie wäre gefallen.“

Clara versuchte, seinen Gesichtsausdruck zu deuten, doch es schien sich um aufrichtige Überraschung zu handeln.

„Vielleicht habe ich mich auch da vertan. Oh je, was für ein Tag.“ Clara gab vor, ihren Hut zu richten. „Ich sollte Sie nicht länger aufhalten, Mr. Riggs. Was pflanzen Sie hier an?“

„Französische Ringelblumen.“ Mr. Riggs zuckte mit den Schultern.

„Ich freue mich darauf, sie zu sehen. Auf Wiedersehen.“ Clara winkte zum Abschied und ließ den verdutzten Gärtner einfach stehen. Er blickte ihr mit der Hacke in der Hand hinterher.

Kapitel 21

„Lass mich das klarstellen: Du glaubst jetzt, es war keiner von ihnen?" Tommy musterte Clara über den Rand seiner Zeitung hinweg.

„Das habe ich nicht gesagt. Ich meinte wohl, dass niemand ein Motiv zu haben scheint."

„Das ist bei diesem Fall schon von Anfang an so. Du solltest es als das Mysterium des motivlosen Mörders bezeichnen."

„Es gibt immer ein Motiv." Clara zog ihre hochhackigen Schuhe aus und rieb sich die Füße. Sie bemerkte mit Unmut eine neue Laufmasche in ihrem Strumpf. „Mist."

„Wir sind also wieder bei der Hauptverdächtigen Nummer eins." Tommy legte die Zeitung beiseite. „Florence O'Harris."

„Das bereitet mir Kopfzerbrechen. Ich meine, sie ist die offensichtliche Verdächtige, aber ist sie nicht zu offensichtlich?"

„Schon möglich. Clara Fitzgerald, bist du etwa ratlos?" Clara warf ihm einen verächtlichen Blick zu.

„Nicht ratlos. Ich weiß nur noch nicht, wie das alles zusammenpasst. Aber morgen kommen die Bauarbeiter, um den vorderen Teil dieser Garage auseinanderzunehmen. Wenn wir an das Fundament gelangen, finden wir womöglich eine Leiche."

„Leichen werden in Beton gut konserviert“, sagte Tommy beiläufig.

„Manchmal frage ich mich, woher du diese Dinge weißt.“

„Das hat nur damit zu tun, dass kein Sauerstoff und keine Bakterien an die Leiche gelangen. Ich würde sagen, dass deshalb nur wenige Verbrecher auf diese Methode zurückgreifen. Man entsorgt die Leiche nicht wirklich.“

„Wenn es um das Fundament unter einem Haus geht, dann schon.“

„Gutes Argument, aber Häuser werden auch wieder abgerissen.“

„Und Gärten werden umgegraben, Flüsse trocknen aus und dichte Wälder werden kahlgeschlagen. Es gibt nur wenige Orte, die sich als sicheres Versteck für eine Leiche eignen.“

„Hat Ihnen beiden schon mal jemand gesagt, dass Sie viel zu morbide sind?“ Annie kam mit zwei Tassen Tee in den Raum.

Clara fiel auf, dass sie den Blickkontakt mit Tommy mied, während sie im Raum war, und sich ohne ein weiteres Wort wieder zurückzog.

„Wir haben uns auf einen vorübergehenden Waffenstillstand geeinigt“, erklärte Tommy. „Allerdings waren die Angriffe davor sehr einseitig und sehr verbal.“

Er rieb sich die Ohren, als würden sie schmerzen.

„Wann fliegt O’Harris los?“, fragte Clara, um ihre Nervosität und Wut zu lindern.

„Am Samstag, wenn alles glatt läuft. Die Wettervorhersage ist gut für diese Jahreszeit und verspricht nur leichte Winde.“

Clara trank einen großen Schluck Tee.

„Es ist ein unvergleichliches Abenteuer, Clara“, sagte Tommy, als würde er sie anflehen, zu verstehen.

„Gewiss.“ Clara beendete das Thema. „Ich habe eine neue Liste von Verdächtigen zusammengestellt, bei der ich in Betracht gezogen habe, dass eine Person mit einer Verbindung zu dem Verbrechen heute noch lebt und diese unheilvollen Nachrichten verschickt. Wobei wir auch die Möglichkeit in Betracht ziehen müssen, dass es sich nur um lästige, dumme Streiche handelt.“

„Wer steht auf deiner Liste?“

Clara ächzte.

„Florence O’Harris.“ Sie ließ sich tiefer in ihren Sessel sinken. „Und ihr Komplize oder ihre Komplizin wären Mrs. Abergavanney, Mrs. Crimps, Mr. Riggs oder Colonel Brandt.“

„Der Colonel könnte wohl solche Nachrichten schicken. Vielleicht bereut er es, dich in den Fall involviert zu haben.“

„Er ist mittlerweile tief in den Fall involviert, Tommy. Er hat mir von Goddards Affäre mit Susan O’Harris erzählt, und das bringt uns zu einem viel größeren Dilemma: Glaubst du, Captain O’Harris weiß davon?“

„Nein, und du darfst es ihm nicht erzählen.“

„Warum nicht?“

„Einem Mann zu erzählen, dass er nicht der Sohn des Mannes ist, den er für seinen Vater hielt, ist gefährlich. Insbesondere dann, wenn dieser Mann in einem Flugzeug das Meer überqueren will. Er muss bei klarem Verstand sein.“

„Du hast recht.“ Clara seufzte. „Ich bin übrigens auch nicht wirklich davon überzeugt, dass Mrs. Crimps ihr eigenes Essen verunstaltet hätte. Das wäre zu riskant gewesen. Und Mrs. Abergavanney scheint auch keinen Anlass dafür zu haben. Dann bliebe nur noch Mr. Riggs, und der hat auch keinen Grund.“

„Es muss noch einen anderen Hinweis geben, der all das aufschlüsselt“, versicherte Tommy ihr.

„Ich hoffe, er findet sich in diesem Fundament.“

„Was glaubst du, was O’Harris tun wird, wenn Goddard wirklich dort liegt?“

Clara wusste es nicht.

„Was würdest du tun, Tommy? Wenn es dein Onkel wäre?“

„Vielleicht würde ich es einfach auf sich beruhen lassen.“ Tommy schüttelte den Kopf. „Ich vermute, ich würde den Grund erfahren wollen. Aber das ist wirklich schwer zu sagen, wenn es einen selbst nicht betrifft.“

„Ich frage mich, ob ich Inspector Park-Coombs aufsuchen sollte.“

„Erst wenn du wirklich etwas Handfestes hast, Clara. Im Moment wäre es aussichtslos.“

„Goddard O’Harris muss irgendwo begraben sein.“

„Vielleicht.“ Tommy trank seinen Tee aus. „Vielleicht.“

***

Es war unmöglich, die Garage sauber und ordentlich zurückzubauen, und O’Harris hatte für Tempo bezahlt, nicht für vorsichtiges Vorgehen. Nachdem die Dachziegel und Dachbalken entfernt worden waren, wurden die Wände kleingehauen, bis sie als Schutt am Boden lagen. Die *White Buzzard* stand dabei und wurde teilnahmslos Zeugin der Zerstörung ihres Zuhauses.

Clara traf am späteren Nachmittag zusammen mit Tommy ein, nachdem sie per Anruf erfahren hatte, dass das Fundament freigelegt worden war. Die erste Person, die Clara ausmachte, war Mr. Clarence. Er tippte sich an den Hut.

„Ich dachte, ich sollte hier sein. Es kommt nicht oft vor, dass eines meiner Gebäude gezielt abgerissen wird." Mr. Clarence wirkte grimmig und ein wenig traurig. Clara nahm an, dass es nicht einfach war, bei der Zerstörung der eigenen Arbeit zuzusehen. „Ich habe ihnen die genaue Stelle gezeigt. Die Männer holen gerade die Spitzhacken."

Captain O'Harris kam mit Colonel Brandt im Schlepptau herüber.

„Ein trauriger Tag", murmelte der Colonel. „Wenn wir ihn finden …"

Er schnäuzte sich in ein großes Taschentuch und wanderte wieder davon.

„Es tut mir leid um die Garage", sagte Clara, die angesichts der Traurigkeit in O'Harris' Gesicht ganz neben sich stand.

„Das macht nichts." Er zuckte mit den Schultern.

„Bedauern Sie es, mich auf den Fall angesetzt zu haben?"

O'Harris lächelte sie plötzlich an.

„Seien Sie nicht albern, Clara. Ich wusste, worauf ich mich einlasse, als ich Sie darum bat. Wahrscheinlich regte sich schon die Idee in meinem Hinterkopf, Sie um die Aufklärung dieses Mysteriums zu bitten, als ich Sie zum Abendessen einlud. Es ist mit Schmerzen verbunden, aber das heißt nicht, dass man es nicht tun sollte." Plötzlich schaute er zu Tommy. „Wie geht es den Beinen?"

„Sie sind eine Last", sagte Tommy düster.

„Es gibt einen Arzt, der glaubt, ihm helfen zu können, doch Tommy ist so stur wie eh und je und weigert sich, zu ihm zu gehen", steuerte Clara bei.

„Also wirklich, alter Junge, das ist doch ein wenig kindisch", rügte O'Harris.

Tommy verzog das Gesicht.

„Ärzte wollen nur piksen und stochern."

„Dieser nicht", sagte Clara beharrlich. „Oh, wenn du es doch nur ausprobieren würdest!"

Tommy wirkte übellaunig und O'Harris beschloss, dass es besser wäre, keinen Streit zu provozieren.

„Ich nehme an, Sie haben gehört, dass ich am Samstag losfliegen will?" Er ahnte nicht, welchen Gegenwind er mit seinem neuen Gesprächsthema ernten könnte.

„Ja, ich bin mir dessen bewusst", antwortete Clara.

„Werden Sie vom Pier aus zusehen?"

Sie zögerte kurz und ihr Blick wanderte zu Tommy.

„Vielleicht."

„Ich würde mich freuen, wenn Sie mir zum Abschied winken würden. Das gäbe mir gewiss etwas zusätzlichen Mut."

Clara wurde plötzlich von einer Welle der Traurigkeit erfasst. Das war schon mehrfach passiert, wenn O'Harris von seinem Flug gesprochen hatte, doch nie so intensiv wie jetzt. Sie wollte ihn bitten, die ganze Sache abzusagen und das Leben als Captain O'Harris in einem prächtigen Haus zu genießen, doch sie wusste, dass er das nicht tun würde. Selbst ihre Freundschaft konnte ihn nicht von seinen Plänen abbringen, das sah sie in seinen Augen. Stattdessen sagte sie ihm, was er hören wollte.

„Ich werde dort sein und winken. Ich werde euch beiden winken."

„Gut. Das bedeutet mir viel." O'Harris grinste sie an, doch in dem Augenblick hallte ein Ruf über das Gelände.

Ein Bauarbeiter schwenkte das Stück Beton, das er gerade herausgebrochen hatte, und alle eilten zu ihm hinüber. Owen Clarence drängte sich vor und nahm den grauen Brocken an sich. Er ließ die Finger über die raue Kante gleiten.

„Da ist eindeutig etwas hineingeraten und hat Lufteinschlüsse verursacht. Diese Kante hier ist glatt, als wäre darunter eine Lücke."

Die Bauarbeiter hackten jetzt noch eifriger auf den Beton ein, da sie wussten, dass sie auf dem richtigen Weg waren. Ein weiterer Brocken wurde herausgebrochen und zur Seite geworfen.

„Ich sehe ein Loch!", rief einer der Männer.

Clarence humpelte hinüber und warf einen Blick in das Loch.

„Da unten ist definitiv etwas, aber es ist nicht groß", er warf einen rücksichtsvollen Blick zu O'Harris.

Der Captain wirkte blass und grimmig. Seine Lippen formten eine dünne Linie und all sein üblicher Enthusiasmus schien ihn verlassen zu haben. Clara fühlte sich schrecklich, weil sie all das verursacht hatte. Sie wollte den Arm ausstrecken und ihn berühren. Ein weiteres Stück Beton wurde zur Seite geworfen.

„Das sieht wie ein Hohlraum aus. Hier an diesem Brocken hängt etwas." Der Arbeiter reichte Mr. Clarence eine flache Betonscherbe, an deren Rückseite Papier zu kleben schien.

„Was ist das?" Clara trat vor, um mehr sehen zu können.

„Eine Art bedruckte Karte, würde ich sagen." Clarence reichte ihr das Stück.

Der Beton hatte offensichtlich etwas eingeschlossen, dessen äußerste Schicht sich jetzt mit abgelöst hatte. Die Karte war grün, hatte einen goldenen Rand und es waren ganz schwach einige Buchstaben in einer geschwungenen Handschrift auszumachen. Clara fuhr die Buchstaben nach und versuchte, sie im Kopf umzudrehen, aber ohne Erfolg.

„Ich sehe eine Kiste!" Clarence gab sich große Mühe, um in dem geöffneten Hohlraum etwas ausmachen zu können. „Schlagen Sie den Beton darüber ab, dann werden wir sehen, ob wir sie herausholen können."

Die Männer griffen wieder zu ihren Spitzhacken. Clara trat einen kleinen Schritt zurück, als kleine Betonfragmente durch die Luft flogen.

„Lass mich mal sehen." Tommy nahm ihr das Stück Beton ab.

„Es scheint der Deckel einer Kiste gewesen zu sein", sagte Clara verblüfft.

„Welche Buchstaben sind das? Ein B oder ein T, es ist wirklich schwer zu erkennen."

„Ich glaube, es handelt sich um den Namen des Herstellers, aber die Schrift ist sehr stilisiert."

„Warum sollte jemand eine solche Kiste in Beton werfen?"

Captain O'Harris schaute sie an und fragte sich offensichtlich dasselbe. Etwas Farbe war in sein Gesicht zurückgekehrt, seit es so aussah, als würden sie keine Leiche finden.

„Hier kommt sie!", rief Clarence.

Ein Arbeiter hatte es geschafft, seine Spitzhacke unter dem Betonblock mit der Kiste zu verkeilen. Jetzt stemmte er sie hoch, während sein Kollege die Arme um den Block schlang. Mit vereinten Kräften und Clarences Anweisungen wuchteten sie die Kiste samt ihrer Betonhülle heraus.

Clara war als Erste zur Stelle, wischte den grauen Staub weg und ignorierte, was der mit ihren Handschuhen machte. Ein Teil des Deckels hatte sich mit der Betonschicht über der Kiste gelöst, sodass nur noch eine dünne Pappschicht zurückgeblieben war. Sie war dunkelgrün und musste einst recht dick gewesen sein. Es war eine schöne Kiste, daran bestand kein Zweifel.

„Ist es Schmuck?", fragte ein Bauarbeiter.

Clara glaubte nicht daran. So eine Kiste war es nicht. Captain O'Harris war zu ihr getreten und Tommy blickte über ihre Schulter. Sie versuchte, den Deckel anzuheben.

„Er klemmt. Vielleicht ist etwas Beton hineingelaufen." Sie fuhr mit einem Finger an der Kante entlang, doch die Kiste blieb versiegelt. „Tommy, hast du ein Taschenmesser dabei?"

Tommy reichte ihr ein Messer, das er schon seit seiner Kindheit besaß, und schaute neidisch zu, während Clara die Klinge in die Lücke zwischen Deckel und Kiste gleiten ließ und sich langsam vorarbeitete. Sie konnte die Ungeduld der Umstehenden spüren, als sie an der letzten Seite entlangschnitt. Endlich lockerte sich der Deckel. Für einen Augenblick tat sie gar nichts. Nach all dieser Zeit konnte man sich nur fragen, welche Schrecken in dieser Kiste lagen und was den ursprünglichen Besitzer dazu bewegt hatte, sie auf diese Weise zu entsorgen. Sie hatte niemals gefunden werden sollen, soviel stand fest. Mit einer seltsamen Ehrfurcht vor der Kiste und ihrem Inhalt hob Clara den Deckel an.

„Das sind ja nur alte Zigarren", ächzte jemand.

Kapitel 22

Captain O'Harris kniete sich rasch neben Clara hin. Der eindringende Beton hatte die Zigarren am Rand der Kiste eingehüllt, doch die in der Mitte sahen noch so aus wie am Tag ihrer Fertigung. O'Harris nahm eine heraus.

„Das waren die Lieblingszigarren meines Vaters", sagte er nach einem Blick auf die grüne und goldene Banderole.

Clara bremste sich, bevor sie fragen konnte, ob er Oscar oder Goddard meinte. Er wusste nichts von der Affäre seiner Mutter, davon war sie überzeugt. Und jetzt war nicht der richtige Moment, um diese Tatsache zu enthüllen.

„Das sind die Zigarren Ihres Vaters?", fragte sie stattdessen.

„Ja, nun ja, tatsächlich sieht das nach seiner letzten Kiste aus, die er Onkel Goddard vermacht hatte. Sie waren teuer und er hatte die Kiste kaum angebrochen. Er wusste, dass Tante Flo Goddard niemals erlaubt hätte, so viel Geld für Zigarren auszugeben. In ihren Augen wäre das leichtsinnige Verschwendung gewesen. Ich empfand es immer als rührend, dass er seinem Bruder diese letzte Kiste vermacht hatte. Er hat sich sogar abverlangt, diese Kiste nicht mehr anzurühren, als er wusste, dass er sterben würde, damit Goddard eine beinahe volle Kiste bekommen würde. Angesichts der Schwierigkeiten, die sie miteinander hatten, war das sehr bewegend.“

Clara musterte die Kiste, dachte nach und langsam formten sich Ideen in ihrem Kopf.

„Bekommen wir eine Zigarre, dafür, dass wir sie ausgegraben haben?“

Clara hob nicht einmal den Blick. Sie nahm O’Harris die Zigarre ab und legte sie wieder in die Kiste.

„Nein, das sind Beweisstücke.“

„Beweisstücke?“ Der Arbeiter, der gefragt hatte, schmollte. „Beweis wofür?“

„Womöglich für einen Mord.“

„Das ist doch keine Leiche!“

Ein verstimmtes Grummeln ging durch die Umstehenden.

„Es reicht.“ Captain O’Harris übernahm die Führung. „Sie wurden angestellt, um eine Garage abzureißen, und dafür werde ich Sie gut bezahlen. Aber Sie sind nicht für eine Schatzsuche hier und können keinen Anteil an diesem Fund verlangen. Außerdem lagen diese Zigarren über zehn Jahre lang in Beton.“

„Ich hätte trotzdem gern eine probiert“, murmelte jemand.

„Vergessen Sie die alten Zigarren und konzentrieren Sie sich darauf, meine Garage wieder zusammenzuflicken.“ O’Harris scheuchte die Männer wieder an die Arbeit und entfernte sich dabei von Clara.

Sie reichte die Kiste schweigend an Tommy weiter.

„Ich habe da eine wirklich schreckliche Ahnung, Tommy“, sagte sie.

„Warum sollte man eine Kiste teurer Zigarren in ein Betonfundament werfen? Ja, ich denke auch, dass das sehr verdächtig wirkt."

„Wenn Goddard mittels Gas getötet wurde, musste man es ihm irgendwie verabreichen." Clara begegnete dem Blick ihres Bruders. „Am Abend seines Todes war er nach draußen gegangen, um eine Zigarre zu rauchen."

„Das wäre wirklich schnell gegangen." Tommy nickte. „Aber es war riskant. Wenn er im Haus geraucht hätte, wäre auch Florence in Gefahr gewesen."

„Er hat nie im Haus geraucht. Das hat Florence verboten. Außerdem könnte dem Mörder das egal gewesen sein. Würdest du den Colonel bitten, dir dabei zu helfen, diese Zigarren zur Polizeiwache zu bringen? Sie müssen untersucht werden."

„Natürlich, aber was wirst du tun?"

„Ich möchte mehr über Oscar O'Harris erfahren; über seine Beziehung zu Goddard, insbesondere nach dem Geständnis von Susan O'Harris."

„Na schön, aber sei vorsichtig."

„Wann bin ich das nicht?" Clara gab vor, beleidigt zu sein. „Und lass diese Zigarren nicht aus den Augen, bis sie in der Hand eines Chemikers der Polizei sind. Immerhin ist der Colonel technisch gesehen immer noch ein Verdächtiger."

„Wenn sie nachweisen, was du vermutest, wird das die Suche eingrenzen."

„Vermutlich."

„Ich mache mich gleich auf den Weg." Tommy machte sich auf die Suche nach dem Colonel, während

Clara an O'Harris herantrat. „Ich habe die Zigarren in Tommys Obhut gegeben“, sagte sie beiläufig.

„Oh, natürlich.“ O'Harris wirkte abgelenkt.

„Sind Sie … enttäuscht, weil wir keine Leiche gefunden haben?“

„Ich weiß es nicht.“ O'Harris zuckte mit den Schultern. „Vielleicht. Ich dachte, wir könnten diese Sache ein für alle Mal aufklären.“

„Hören Sie, ich könnte nach all der Aufregung eine Tasse Tee vertragen. Was halten Sie davon?“

Endlich widmete O'Harris Clara seine Aufmerksamkeit.

„Sie sind eine erstaunliche junge Frau“, sagte er mit einem breiten Grinsen. „Sie haben nicht einmal mit der Wimper gezuckt, als diese Kiste heraufgeholt wurde.“

Clara war der Meinung, dass viele Frauen ähnlich stoisch reagiert hätten. Immerhin war es nur eine Kiste.

„Ich zucke nur selten, das ist unprofessionell, aber ich würde wirklich gern einen Tee trinken.“

„Natürlich.“ O'Harris bot ihr seinen Arm an und sie hakte sich unter, auch wenn ihr das ein wenig altmodisch vorkam. „Ich lasse Mrs. Crimps sofort etwas heraufschicken.“

Sie begaben sich in den Salon und setzten sich in die Nähe des Fensters, um die Nachmittagssonne zu genießen.

„Haben Sie mit einer Kiste gerechnet?“

„Nein“, antwortete Clara. „Ich dachte wirklich, wir würden eine Leiche finden.“

„Jetzt da ich etwas Zeit hatte, um darüber nachzudenken, bin ich sehr erleichtert, dass es nur die Kiste war. Auch wenn es seltsam wirkt, dass diese Zigarren entsorgt wurden. Glauben Sie, dass Flo es getan hat? Oder ein Bediensteter?“

Clara wollte nicht spekulieren, ehe die Untersuchung der Zigarren beendet war.

„Ich weiß es nicht. Es könnte ein Missgeschick gewesen sein. Hat nach Goddards Beerdigung niemand diese Zigarren vermisst? Soweit es die überhaupt gab.“

„Es war ein Gedenkgottesdienst. Ich glaube, es gibt irgendwelche Vorschriften gegen eine Beerdigung ohne Leiche. Aber wem hätte das auffallen sollen? Ich rauche keine Zigarren, deshalb habe ich nie auch nur an die Kiste gedacht, und Sie wissen, wie Flos Einstellung zu dem Thema war.“

„Ja.“ Clara blickte aus dem Fenster und sah Mr. Riggs durch den Garten wandern. Er hielt eine tote Ratte am Schwanz. Das war ein weiterer ungeklärter Aspekt. Doch Mr. Riggs hätte niemals Zugang zu Goddards Zigarren gehabt.

„Das waren also die Lieblingszigarren Ihres Vaters?“ Sie versuchte, das Gespräch in eine gewinnbringendere Richtung zu lenken.

„Ja. Er hatte eine Vorliebe für gute Zigarren. Die Ärzte behaupteten, sie würden gegen seinen Krebs helfen, doch ich fürchte, das war nicht der Fall. Ich habe ihm jedes Jahr zu Weihnachten eine Zigarre gekauft. Immer eine andere Sorte, die er noch nie probiert hatte. Mit der Zeit lernte ich die Tabakwarenläden in- und auswendig kennen, das kann ich Ihnen sagen. Als kleiner Junge habe ich meine Pennys gespart, konnte mir aber nur die billigsten Zigarren leisten. Er hat sie trotzdem jedes Mal geraucht und machte eine große Show aus der Zigarre, die ich ihm geschenkt hatte, wenn er sie direkt nach dem Weihnachtsessen ansteckte. Ich bin mir sicher, dass einige davon widerlich waren!"

„Sie standen sich also nahe?"

O'Harris dachte darüber nach.

„Das würde ich schon behaupten. So nah ein Junge seinem Vater eben steht. Er war ein guter Mann und hatte immer Zeit für mich. Wir bauten zusammen Festungen aus den Esszimmermöbeln und er half mir dabei, ausgeklügelte Schienensysteme für meine Züge anzulegen. Er war ein unterhaltsamer, alter Kerl und mochte die Wissenschaften, nicht die Geschichte wie Goddard. Geschichte fand er dröge, doch es gefiel ihm, dass man zwei Chemikalien zusammenmischen konnte, um außergewöhnliche Reaktionen auszulösen. Er hat mich immer in seine Experimente eingespannt. Und er liebte auch die Astronomie. Im Winter und im Sommer stiegen wir auf das Dach unseres Hauses, um uns die Sternbilder anzuschauen."

Clara fragte sich, ob er hören konnte, wie laut ihr Herz pochte.

„Dann war Ihr Vater Chemiker?"

„Oh, nein, nichts derart Offizielles. Er versuchte sich nur gern an dem Thema. Er hat es auch mit der Fotografie probiert, die faszinierte ihn, genauso wie die Natur. Er besaß eine kleine Sammlung von Eiern, die ihm sehr am Herzen lag. Und trotzdem weigerte er sich, mehr als ein Ei aus einem Nest zu entfernen, weil er die Zahl der Vögel nicht reduzieren wollte. Er hatte eine zahme Elster, etwa ein Jahr lang, dann flog sie davon."

„Er scheint ein sehr interessanter Mann gewesen zu sein. Es überrascht mich, dass er sich nicht besser mit Goddard verstand."

„Die beiden verstanden sich gut. Was lässt Sie das Gegenteil annehmen?“

„Nun, das Gerede über die Streitereien mit Goddard und die seltenen Besuche.“

„Das?“ O'Harris schüttelte den Kopf. „Das war eine einmalige Sache, bei der es um Geld ging, und es war nicht mein Vater, der sich weigerte, herzukommen, sondern meine Mutter. Ja, sie hatte sich eingeredet, dass sie in diesem Haus nicht willkommen sei, insbesondere nach meiner Geburt. Anscheinend weigerte sie sich, herzukommen; von besonderen Anlässen abgesehen. Was wirklich schade war, denn ich glaube nicht, dass Flo ihr gegenüber wirklich so negativ eingestellt war, und mein Vater hat Goddard vermisst.“

„Wirklich?“

„Ich würde nicht behaupten, dass sie sich nahegestanden hätten; nicht wie gewöhnliche Geschwister, wegen des Altersunterschiedes. Aber mein Vater respektierte Goddard, blickte immer zu ihm auf und hielt große Stücke auf ihn. Als ich älter wurde, kam es mir so vor, als würde er Goddard wie seinen Helden verehren, aber das war wohl verständlich, da Goddard beim Militär gewesen war und fantastische Dinge vollbrachte, während mein Vater zu Hause blieb und nicht vorankam. Abgesehen von der Hochzeit mit meiner Mutter hat er nie wirklich etwas Wertvolles geleistet.“ O'Harris lachte.

„Und dann ist er leider krank geworden.“ Clara fügte rasch die Puzzleteile zusammen: der heldenhafte, ältere Bruder, der jüngere Bruder, der ihn vergötterte, die Ehe, die dieses Verhältnis aus dem Gleichgewicht brachte, und der Sohn, der daraus hervorgegangen war.

O'Harris wurde leiser, als es um den Tod seines Vaters ging.

„Manchmal frage ich mich, ob die schlechte Gesundheit in der Familie O'Harris vererbt wird." Er presste die Fingerspitzen aneinander und legte sie sich an die Lippen. „Meine Eltern starben beide viel zu jung. Meine Mutter wurde von irgendeinem inneren Leiden dahingerafft. Die Ärzte wussten nicht weiter. Für mich bedeutete das, es war eine Frauensache. Sie starb unter großen Schmerzen und das hat mir sehr zu schaffen gemacht. Der Tod macht mir nichts aus, Schmerzen aber schon. Ich hätte alles getan, um ihr dieses Ende zu ersparen."

„Waren Sie oft bei ihr, als sie im Sterben lag?" Clara fragte sich, ob Susan O'Harris auch den Wunsch gehegt hatte, sich ihrem Sohn anzuvertrauen.

„Nicht wirklich. Ich ging damals aufs Internat, zu welchem Zweck auch immer. Ich hasste es dort, weil ich nie verstand, wie meine Lehrer die gleiche Wissenschaft, die bei meinem Vater so aufregend war, derart langweilig wirken lassen konnten. Ich habe meine Mutter vor ihrem Tod vielleicht noch zweimal gesehen. Mir wurde aber auch nicht verraten, wie krank sie wirklich war."

„Sie wollte Sie gewiss in Schutz nehmen", sagte Clara sanft, da sie wusste, dass sie es hier mit offenen Wunden zu tun hatte und trotzdem noch tiefer gehen musste, um ihre Fragen zu beantworten.

„Vielleicht. Der Tod meines Vaters war anders. Er dauerte länger. Ich meine, er war lange Zeit krank und das ließ sich nicht verbergen. Er sah geschwächt aus; es war wirklich schockierend. Er versuchte, sich seine gute Laune zu bewahren, doch jedes Mal, wenn ich nach Hause kam, sah ich den Schmerz in seinem Gesicht.“

„Krebs ist furchtbar.“

„Leben Ihre Eltern noch, Clara?“, fragte O’Harris.

Sie schüttelte den Kopf.

„Ich habe sie beide bei einem Bombenangriff verloren. Sie hatten einfach nur Pech; waren in London zu Besuch, als ein Zeppelin dort Bomben abwarf.“

„Wie traurig.“ O’Harris griff nach ihrer Hand und drückte sie sanft. „Ich weiß nicht, was schlimmer ist, wenn man es nicht kommen sieht oder wenn man dabei zusieht, wie ein geliebter Mensch dahinsiecht.“

„Er konnte immerhin ein Testament verfassen und wohlüberlegte Geschenke verteilen.“

„Ich weiß. Deshalb schmerzt es so sehr, dass die Zigarren auf diese Weise entsorgt wurden.“ O’Harris war selbst verblüfft von dieser Feststellung. „Warum sollte man sie überhaupt wegwerfen?“

Clara wollte ihre Theorien noch nicht zum Besten geben und zog vorsichtig ihre Hand aus seiner.

„Trauernde Menschen verhalten sich manchmal seltsam.“

„Es muss Tante Flo gewesen sein. Sie war die Einzige, die Zugang zu den Zigarren hatte.“ O’Harris schüttelte den Kopf. „Das wirkt beinahe boshaft.“

„Ich glaube, der Tod Ihres Onkels hat sie schwer getroffen.“

„Wirklich?“

Sein hoffnungsvoller Blick ließ Clara leiden.

„Aber ich drehe mich natürlich immer noch im Kreis. Hätten wir ...“ Sie verstummte.

„Hätten wir eine Leiche gefunden, würde die Sache anders aussehen, ich weiß.“ O'Harris beendete ihren Gedanken für sie. „So wie es jetzt steht, ist Onkel Goddard noch immer unauffindbar.“

Clara lehnte sich in den Sessel zurück und beobachtete Riggs, der von seinen Gartenarbeiten zurückkehrte. Sie versank tief in Gedanken. Obwohl sie O'Harris etwas anderes gesagt hatte, fügten sich Dinge zusammen. Die Zigarren waren mehr als ein weiterer Hinweis, und das Motiv für ihre Entsorgung konnte der Schlüssel zur Identifikation des Mörders sein.

Hatte Florence die Bauarbeiter nicht dazu ermutigt, weiterzumachen? So wurde das Fundament gegossen und sie hatte einen Ort, um die Zigarren zu entsorgen. Oder war es reiner Zufall? Sie dachte erneut über das Motiv nach. Hatte Florence überhaupt eines? Da wäre die Affäre ihres Mannes mit Susan O'Harris, doch davon wusste sie nichts, und außerdem geschah das mehrere Jahre vor seinem Tod. Falls sie seinen Tod geplant hatte, dann von langer Hand. Aber es gab auch noch einen Aspekt, den Clara beinahe ignoriert hatte.

„Erinnern Sie sich an Edward Highgrove?“, fragte sie recht beiläufig. „Ich glaube, er war ein Cousin Ihrer Tante.“

O'Harris antwortete nicht sofort, sondern dachte über die Frage nach.

„Er könnte ein Cousin gewesen sein, doch der Name sagt mir nichts. Warum fragen Sie?“

„Ich bin über den Namen gestolpert“, gab Clara zu. „Und ich hatte den Eindruck, dass sie den Mann sehr mochte und sogar darüber nachgedacht hatte, ihn zu heiraten. Doch er wählte eine andere junge Frau, und so heiratete Florence Goddard O'Harris."

„Die arme Flo." O'Harris pfiff durch die Zähne. „Was für ein Pech. Sie hat nie einen Edward erwähnt."

„Es war nur eine dieser offenen Fragen, die aufkamen." Clara bekam den Eindruck, dass Edward auch eine Sackgasse war. Es war zu viel Zeit vergangen, als dass er ein Mordmotiv hätte sein können.

„Ich kenne die Highgrove-Seite der Familie nicht besonders gut", fügte O'Harris hinzu. „Das war immer ein sehr ernster Haufen und sie wollen nichts mit der O'Harris-Seite zu tun haben. Es gefällt ihnen nicht, dass es irisches Blut in der Ahnenreihe gibt."

„Ah." Clara nickte wissend.

Sie schwiegen wieder für eine Weile, dann konnte Clara nicht länger stillsitzen. Sie brannte darauf, zur Polizeiwache zu gehen und zu schauen, ob es Neuigkeiten gab.

„Ich muss mich auf den Weg machen, Captain."

„Oh, na gut." O'Harris lächelte traurig. „Clara, darf ich Sie noch eine Sache fragen?"

„Ja, nur zu."

„Es ist ein seltsames Anliegen, ich weiß, aber ich hätte gerne eine Lösung zu diesem Rätsel, bevor ich am Samstag losfliege. Es kommt mir irgendwie wichtig vor, vorher Bescheid zu wissen."

Clara lief ein vertrauter Schauer über den Rücken.

„Ich kann nichts versprechen."

„Ich weiß, aber ... wenn Sie mir einfach bis Samstag sagen könnten, ob Sie glauben, dass meine Tante Flo meinen Onkel umgebracht hat, dann könnte ich mit einer Sorge weniger fliegen. Ihre Meinung hat Gewicht, Clara. Was immer Sie sagen, ich werde Ihnen glauben.“

Clara gefiel es nicht, dass ihr diese Verantwortung auferlegt wurde. Es kam ihr vor, als würde man von ihr verlangen, über das Schicksal eines Mannes zu entscheiden.

„Ich gebe mein Bestes“, sagte sie, da sie wirklich nichts versprechen wollte.

„Gut. Ich muss das wirklich wissen, Clara. Vor Samstag.“

Kapitel 23

Inspector Park-Coombs lächelte sie merkwürdig an.

„Sie haben die Jungs im Labor wirklich in helle Aufregung versetzt." Er lachte. „Tommy kam hier rein, mit einer halb verrotteten Zigarrenkiste, verlangte, dass sie auf der Stelle untersucht werden, und bezeichnete die Zigarren als Mordwaffen. Er sagte, sie seien mit den Komponenten für Arsenwasserstoff versetzt und könnten für Goddard O'Harris' Tod verantwortlich sein. Nun, Sie können sich vorstellen, dass er nur ungläubige Blicke erntete."

Sie waren auf dem Weg zum Labor, im hinteren Teil des Erdgeschosses der Polizeiwache, und Inspector Park-Coombs genoss es, seine Geschichte zu erzählen.

„Natürlich kann man eine solche Sache nicht wirklich ignorieren. Nicht, wenn sie von Clara Fitzgerald höchstpersönlich kommt." Der Inspector zwinkerte ihr zu. „Die Kiste wurde ergebenst zu den Jungs im Labor geschickt, und die lachten noch lauter aus wir, als man ihnen die Geschichte erzählte."

Sie erreichten eine braune Tür mit der Aufschrift „Privat". Der Inspector drückte die Klinke herunter und öffnete die Tür. Clara bot sich ein Anblick, den sie noch aus ihrer Schulzeit kannte. Nicht dass man an ihrer Schule den *Mädchen* erlaubt hätte, sich mit Chemie zu befassen, doch die Nähstunden wurden in dem Labor abgehalten, in dem die Jungen ihre Experimente durchführen durften. Der Raum in der Polizeiwache roch auf die gleiche Weise nach verschütteten Chemikalien und Putzmitteln und wies die gleichen schweren, braunen Tische, Glasflaschen, Reagenzgläser und verdutzt wirkende Jungs in weißen Laborkitteln auf.

Clara trat ein. Direkt vor sich sah sie die offene Zigarrenkiste.

„Und?", fragte sie in den Raum. Mehrere verblüffte Gesichter wandten sich ihr zu.

Inspector Park-Coombs trat hinter Clara ein.

„Das ist die Dame, die euch beinahe vergiftet hätte." Er grinste die versammelten Wissenschaftler an.

Augenblicklich erhob sich ein Protestchor:

„Man hätte uns warnen sollen!"

„Das ist verdammt tödlich!"

„Sie hätte uns alle umbringen können!"

Clara schaute die Männer ernst an.

„Sie wurden gewarnt", sagte sie unverblümt. „Sie haben sich dafür entschieden, den Worten einer Frau keinen Glauben zu schenken."

Unbehagliche Stille breitete sich im Raum aus.

„Ich nehme an, dann waren diese Zigarren vergiftet?"

Als niemand antwortete, blickte der Inspector finster in die Runde.

„Antworten Sie der Dame!", blaffte er.

Ein Mann in einem weißen Laborkittel stand am zentralen Tisch des Raumes. Er richtete sein Jackett und trat an Clara heran.

„Die Zigarren waren mit mehreren Chemikalien versetzt, die bei einer Reaktion eine kleine, aber tödliche Menge Arsenwasserstoffgas produzieren würden." Der

Wissenschaftler deutete auf die Kiste. „Soll ich es demonstrieren?"

„Das wird nicht nötig sein ..."

Clara unterbrach den Inspektor.

„Ja, ich würde es gerne mit eigenen Augen sehen."

Der Inspector verzog das Gesicht, als sie beide zu einem Glaskasten in der Nähe eines Fensters geführt wurden.

„Das ist eine gasdichte Glaskammer", erklärte der Wissenschaftler. Dann nahm er eine Zigarre aus der Kiste und legte sie hinein. „Ich werde einen kleinen Papierdocht in das Ende der Zigarre stecken und ihn entzünden, während die Kammer offen ist. Dann wird sie abgedichtet. Der Docht wird langsam herunterbrennen und schließlich die Zigarre entzünden."

Er tat genau das, was er angekündigt hatte. Sobald der Docht entzündet war, ließ er die Zigarre rasch in die Kammer fallen und verschloss sie. Es war ein Zischen zu hören, als sich die Gummidichtungen der Kammer aneinanderlegten.

„Sie erzeugt Unterdruck", fuhr der Wissenschaftler fort. „Es ist aber noch genug Luft im Inneren, um den Docht weiterbrennen zu lassen."

Der Docht brannte tatsächlich noch und hatte wenige Augenblicke später die Spitze der Zigarre erreicht, die rot aufglühte.

„Idealerweise würde jemand an der Zigarre ziehen." Der Wissenschaftler zuckte mit den Schultern. „Aus nachvollziehbaren Gründen gab es dafür keine Freiwilligen."

Die Zigarre glomm eine Weile vor sich hin, ohne offensichtliche Anzeichen einer Reaktion zu zeigen. Dann stieg eine dünne Rauchfahne auf.

„Ist das der Arsenwasserstoff?", fragte der Inspector nervös.

„Nein, das ist gewöhnlicher Rauch. Arsenwasserstoff ist farblos und geruchlos, bildet allerdings einen schwarzen Belag, wenn er mit einer polierten Glasfläche in Kontakt kommt." Der Wissenschaftler öffnete eine kleine Schachtel und holte ein ebensolches Stück Glas heraus. „Der Arsenwasserstoff ist mit diesem Rauch vermischt. Würde ich diese Kammer öffnen, könnten Sie den leichten Knoblauchgeruch wahrnehmen, kurz bevor Sie sterben. Der stammt von der Arsenreaktion, die das Gas produziert. Bei unserer ersten Durchführung dieses Experimentes waren wir ein wenig unvorsichtig, da wir glaubten, das Ganze wäre nur Unsinn. Wir haben keinen Docht benutzt und unser Evans hat einen Hauch des Knoblauchgeruchs wahrgenommen. Wir schlossen rasch die Klappe und verließen den Raum. Evan brach draußen zusammen und es dauerte mehrere Minuten, bis er wieder zu sich kam."

„Sie hatten Glück." Clara nickte.

„Bei unserem nächsten Experiment haben wir mit der Zigarre eine Maus in die Kammer gesetzt. Sie starb wenige Sekunden nachdem der Rauch von der Zigarre aufstieg. Somit waren wir uns sicher, dass wir es mit einem giftigen Gas zu tun hatten. Wir mussten noch einige weitere Experimente durchführen, bis wir es nachweislich als Arsenwasserstoff identifizieren konnten."

Clara versuchte, nicht an die arme Maus zu denken, als sie weitere Fragen stellte.

„Das Gas könnte einen Mann töten?"

„Ja, praktisch sofort."

„Und dann würde sich das Gas verteilen?"

„Ja. Im Gegensatz zu anderen, schwereren Gasen ist Arsenwasserstoff leichter und wird rasch vom Wind verteilt. Es war vermutlich binnen weniger Minuten verschwunden. Doch es hätte lange genug überdauert, um jemanden zu töten."

„Eines muss ich Ihnen lassen, Clara." Park-Coombs rieb sich am Kinn. „Sie haben dieses Mysterium aufgeschlüsselt. Vergiftete Zigarren, das ist neu."

„Die Person, die diese Zigarren präpariert hat ..." Clara beobachtete den Rauch, der sich in der Glaskammer kräuselte. „Wie bewandert hätte sie sein müssen?"

Sie richtete sich an den Wissenschaftler.

„In der Chemie? Nun, diese Reaktion ist sehr kompliziert. Das kann man nicht an einem Nachmittag zusammentüfteln. Man braucht praktische Erfahrung im Umgang mit den verwendeten Chemikalien und muss mit Arsen experimentiert haben, um Arsenwasserstoff überhaupt herstellen zu können. Und dann müsste man noch mit verschiedenen Methoden experimentieren, um die Chemikalien zu kombinieren und das Gas freizusetzen, sobald die Zigarre entzündet wird. Ich würde sagen, die Person muss sich sehr gut mit Chemie ausgekannt haben, wenn man auch kein studierter Profi sein muss."

„Haben Sie einen Verdächtigen im Sinn, Clara?", fragte Park-Coombs.

„Ja, aber ich fürchte, er ist schon lange tot."

Der Rauch stieg immer noch in der Kammer auf, bis das Glimmen der Zigarre plötzlich erlosch und sich der graue Rauch direkt unter der Klappe sammelte.

„Der Sauerstoff ist aufgebraucht", erklärte der Wissenschaftler.

„Eine sehr clevere Mordmethode." Clara grübelte vor sich hin, wollte aber auch wissen, was die anderen Männer darüber dachten.

„Wirklich sehr subtil. Und der Tod trat zu einem völlig zufälligen Zeitpunkt ein", bestätigte der Wissenschaftler. „Soweit wir das beurteilen können, waren alle Zigarren mit den Stoffen versetzt. Das bedeutet, der Mörder wollte sicherstellen, dass die erste Zigarre tödlich wäre."

„Danke, das war sehr hilfreich."

Der Wissenschaftler schenkte ihr ein Lächeln, das sich schnell zu einer Grimasse verzog.

„Wenn wir das nächste Mal auf eine Ahnung von Clara Fitzgerald hin etwas zugestellt gekommen, werden wir vorsichtiger sein."

Clara deutete das als Anerkennung ihrer Fähigkeiten und war sehr zufrieden mit sich, als sie zusammen mit dem Inspector das Labor verließ.

„Also, wer hat den Mord verübt?" fragte Park-Coombs.

„Ein Toter. Tatsächlich starb er lange vor dem Mord."

Der Inspector schaute sie ungläubig an.

„Goddard O'Harris erhielt diese Zigarren von seinem Bruder Oscar, der ein begeisterter Amateurwissenschaftler war und laut seinem Sohn recht begabt im Experimentieren mit Chemikalien. Er hat Goddard diese Zigarren in seinem Testament vermacht und wusste, dass sein Bruder davon begeistert sein würde, da sie teurer waren als alles, was er je geraucht hatte."

„Aber warum hat er sie mit Gift versetzt?"

„Das ist eine komplizierte Angelegenheit, die ich nicht öffentlich machen möchte, Inspector."

„Miss Fitzgerald, ich bin Police Inspector! Ich werde kein Wort sagen."

Clara brauchte einen Augenblick, um sich zu entscheiden.

„Nun gut. Oscar O'Harris war wütend auf seinen Bruder, weil Oscars Frau ihm auf dem Totenbett enthüllt hatte, dass nicht er der Vater von Captain John O'Harris war, sondern Goddard O'Harris. Susan O'Harris hatte eine kurze Affäre mit ihrem Schwager und wurde schwanger."

„Aber das war Jahre her!"

„Ja, doch für Oscar war es eine neue Information und sie verletzte ihn aus mehreren Gründen. Oscar konnte keine Kinder zeugen, zumindest glaubte er das, bis sein Sohn John zur Welt kam. Zu erfahren, dass John tatsächlich Goddards Sohn war, muss ein schwerer Schlag gewesen sein."

„Verletzte Männlichkeit, schätze ich." Der Inspector nickte verständnisvoll. „Das kann einen Mann verbittern lassen."

„Wir werden wohl nie erfahren, wie viel Zeit nach dem Geständnis bis zur Umsetzung seines Plans verging. Vielleicht fing er erst damit an, als er erfuhr, dass er an Krebs sterben würde. Auf jeden Fall hat er irgendwann diese Zigarren vergiftet und den Plan ersonnen, sie seinem Bruder zu vermachen."

„Sie mussten wie ein aufmerksames Geschenk gewirkt haben; die letzte Tat eines liebevollen Bruders.“

„Exakt.“ Clara blieb stehen. „Schrecklich, nicht wahr?“

„Und wie sind die Zigarren in dem Betonfundament gelandet?“

„Daran arbeite ich noch“, erklärte Clara, bevor sie die Polizeiwache verließ.

Als sie wieder zu Hause angekommen war, ließ sie sich in ihren Lieblingssessel am Kamin fallen. Sie fühlte sich körperlich und emotional ausgelaugt. Sie hatte in diesem Fall nie mit einem guten Ausgang für O'Harris gerechnet. Sie hatte von Anfang an den Eindruck gehabt, dass es sich bei dem Verbrechen um einen „Inside Job“ handelte, wie es in Tommys amerikanischen Detektivromanen heißen würde. Der Mord musste von einem Familienmitglied oder einem engen Freund der Familie verübt worden sein, sodass O'Harris auf jeden Fall unter der Aufklärung zu leiden hätte. Die Theorie um das Dienstmädchen Millie hatte sich längst zerschlagen. Sie war nur eine komplizierte Ablenkung gewesen, doch am Ende hatte sich herausgestellt, dass sie niemandem wichtig genug gewesen war, um ihren Tod zu rächen; oder zumindest hatte niemand Goddard verdächtigt, der Vater ihres Kindes zu sein. Vielleicht hatten die Bediensteten Goddard besser verstanden, als sie zunächst angenommen hatte. Dieser schüchterne, eigenartige Mann, vom Krieg geschädigt und trotzdem fasziniert von Geschichte, der seiner Frau nicht nahekommen konnte, sodass sie ungeliebt und die Ehe unvollzogen geblieben war, wie Clara vermutete. Über so etwas redeten die Bediensteten.

Dann war da die strahlende Susan O'Harris. Wäre sie nicht so sehr darauf versessen gewesen, sich das Geld ihres Ehemannes zu sichern, hätte auch sie zweifellos nie Goddards Aufmerksamkeit erregt. Doch sie wusste, wie sie ihren Körper einzusetzen hatte, oh ja. Colonel Brandt mochte sich eingeredet haben, dass sie eine „echte" Schauspielerin war, doch soweit Clara das beurteilen konnte, hatte sie einiges mit den gewöhnlichen Prostituierten gemein gehabt. Goddard war nicht der erste Mann gewesen, den sie verführt hatte, und vielleicht auch nicht der letzte. Doch in seinem Fall war sie unvorsichtig geworden – oder vielleicht hatte sie schwanger werden wollen, um auf ewig ein Druckmittel gegen Goddard zu haben; ein Messer, das sie jederzeit ihrem Ehemann in den Rücken rammen könnte. Es war wirklich entsetzlich, und mitten drin stand Captain O'Harris. Ihn traf keine Schuld an den Verfehlungen seiner Eltern, doch am Ende würde er darunter leiden.

Clara ächzte leise, als sich die unausweichlichen Kopfschmerzen ankündigten. Sie wünschte sich, sie hätte diesen Fall niemals angenommen und Captain O'Harris nie so liebgewonnen.

Tommy kam in den Salon gerollt.

„Und?"

„Arsenwasserstoff in jeder einzelnen Zigarre."

Er fuhr bis zum Tisch und runzelte grüblerisch die Stirn.

„Ich habe noch einmal über alles nachgedacht, während du unterwegs warst, und bin erneut die Tagebücher durchgegangen. Mir machte der Gedanke zu schaffen, dass Florence involviert gewesen sein könnte."

„Die Zigarren wurden von jemandem hergestellt, der über ein gutes Verständnis von Chemie verfügte. Das trifft nur auf Oscar O'Harris zu."

„Ja, aber das bedeutet nicht, dass Florence keine Komplizin gewesen sein kann. Ich bin auf der Suche nach einem Hinweis jedes einzelne Wort durchgegangen. Ich kann nicht mit Sicherheit belegen, dass Florence dabei geholfen hat, ihren Ehemann zu vergiften, aber ich kann es auch nicht ausschließen."

„Du meinst, falls sie von Goddards Untreue wusste, könnte sie sich mit Oscar verschworen haben?" Claras Augen brannten und sie kniff sie zu. „Ich weiß nicht. Sie mochte Goddard sehr."

„Aber sie muss es gewesen sein, die die Zigarren verschwinden ließ!"

Clara wusste, dass das schlüssig war.

„Ich bin trotzdem noch nicht überzeugt."

„Es gibt eine Person, die uns in dieser Sache zu einer Erkenntnis verhelfen könnte. Was ist mit Colonel Brandt?"

Clara fragte sich, ob sie an diesem Abend die Kraft aufbringen konnte, um sich am Butler von Brandts Club vorbeizukämpfen.

„Ich kann dein Argument nachvollziehen. Ich werde morgen mit dem Colonel sprechen."

„Gut. Vielleicht können wir dieses Mysterium dann endlich hinter uns lassen."

Clara öffnete die Augen und starrte ihren Bruder an; ihren älteren Bruder, den sie so innig liebte. Sie hatte schreckliche Angst, ihn zu verlieren.

„Tommy. Captain O'Harris hat mich gebeten, ihm noch vor seinem Abflug am Samstag zu sagen, wer seinen Onkel umgebracht hat. Das scheint ihm sehr wichtig zu sein. Ich habe dieses schreckliche Gefühl …" Clara zögerte. Würde Tommy glauben, dass sie ihm nur Schwierigkeiten machte? „Ich habe das Gefühl, dass er sein Leben hier hinter sich lassen und einen Schlussstrich ziehen will; als würde er nicht mit seiner Rückkehr rechnen."

„Mach dir keine Sorgen um ihn, Schwesterchen. Er hat einen zuverlässigen Copiloten an Bord." Tommy grinste sie an und Clara spürte, wie ihre Widerstandsfähigkeit schwand. Wie sollte sie ihm diese nagenden Zweifel erklären? Es war ohnehin nur eine Ahnung.

„Wie geht es Annie?", fragte sie; zum Teil, um das Thema zu wechseln.

„Sie hat mich heute nicht angeschrien, was ein Anfang ist. Hör mal, O'Harris hat mich gebeten, die Nacht von Freitag auf Samstag bei ihm zu verbringen, da wir am Samstagmorgen starten wollen."

„Natürlich." Clara nickte. Das klang wie ein naheliegendes Arrangement.

„Du wirst es nicht glauben, Schwesterchen, aber er ist selbst ziemlich besorgt. Ich glaube, er sucht bei mir moralische Unterstützung, stell dir das mal vor."

Clara lächelte ihn an. Sie merkte, dass er es genoss, mal derjenige zu sein, der gebraucht wurde; auf den man sich verließ. Das konnte sie ihm nicht nehmen.

„Leiste ihm Gesellschaft, Tommy, und richte ihm aus, dass meine besten Wünsche und meine Gebete mit ihm fliegen."

„Ich hätte nicht gedacht, dass du gläubig bist, Schwesterchen.“

Tommy neckte sie nur, doch sein Scherz ließ Clara innehalten.

„Selbst die Besten unter uns können schwach werden“, entgegnete sie mit einem Grinsen, doch tief im Inneren wusste sie, dass sich noch etwas anderes in ihr regte.

Kapitel 24

Colonel Brandt schien um zehn Jahre gealtert zu sein. Er saß im Garten des Clubs in einem Schaukelstuhl und hatte ein Glas Whisky in der Hand, obwohl es noch vor zehn Uhr morgens war. Clara hatte keine Mühe, ihn zu finden; er war der Einzige hier.

„Hallo." Brandt schaute auf. „Wer hat Sie denn hereingelassen?"

„Der Butler hatte mir den Rücken zugedreht. Ich wollte mich heute wirklich nicht mit ihm herumschlagen. Außerdem ist hier ohnehin niemand."

„Ja, nur wir alten Männer stehen so früh auf. Wie schon gestern Abend versuche ich meine Kopfschmerzen mit Alkohol zu vertreiben." Brandt schwenkte sein Glas. „Ich fürchte, ich versage."

Clara suchte sich einen Gartenstuhl und trug ihn zum Colonel. Er wirkte erschöpft und matt; seine Hand zitterte eindeutig.

„Wären Sie gewillt, mir noch einige Fragen zu beantworten?", fragte sie. „Ich glaube, ich werde Sie zum letzten Mal behelligen müssen."

„Stehen Sie so kurz vor einer Antwort?"

„Ja."

„Dann nur zu. Fragen Sie mich."

Clara sammelte sich. Sie musste taktvoll sein und durfte den Colonel nicht argwöhnisch machen. Daher musste sie auf hinterhältige Mittel zurückgreifen.

„Die Zigarren."

„Ja?"

„Sie waren sauber", log Clara. „Eine weitere Sackgasse. Warum sollte man sie überhaupt in den Beton werfen?"

Clara ließ die Frage in der Luft hängen, da sie davon ausging, dass der Colonel die Stille füllen würde.

„Florence hat Zigarren immer gehasst. Ich glaube, sie hat sie hineingeworfen. Das dachte ich gleich, als ich die Zigarren sah. Wissen Sie, dass sie Oscar dafür verachtet hat, dass er Goddard diese Kiste schenkte? Das konnte man deutlich spüren."

„Ich verstehe nicht."

„Florence war davon überzeugt, dass die Zigarren Goddards Herz schwächten. Die Ärzte meinten, sie seien harmlos, doch Florence war sich sicher. Sie fand es schrecklich, dass Goddard nach dem Rauchen husten musste, und manchmal spürte er dabei sogar Schmerzen in der Brust. Das hat sie mir anvertraut, weil sie Angst hatte. Ich habe nie verstanden, wovor sie sich so fürchtete."

„Goddards Arzt hat ihm ein schwaches Herz attestiert", warf Clara ein.

„Tatsächlich? Das hat er mir nie erzählt", beschwerte sich der Colonel. „Er war immer so verschlossen. Kein Wunder, dass Florence sich solche Sorgen gemacht hat."

„Hat sie je versucht, ihn vom Rauchen abzuhalten?"

„Oh, ja. Sie verbot ihm, Geld für teure Zigarren auszugeben, weil sie glaubte, dass er die billigen verabscheuen würde, doch so war es nicht. Sie zwang ihn, draußen zu rauchen; auch nur einer ihrer Tricks, um ihn zum Aufhören zu bewegen. Sie wusste, dass er defensiv geworden wäre und heimlich geraucht hätte, wenn sie ihn direkt konfrontiert hätte. Das wäre noch schlimmer gewesen. Unter den gegebenen Umständen konnte sie seine Gewohnheit einigermaßen kontrollieren.“

„Oscars Nachlass muss sie verärgert haben.“

„Sehr sogar. Sie war außer sich. Das hat sie mir erzählt. Sie hat mir so einiges anvertraut, weil sie sich Sorgen machte. Sie wollte die Zigarren loswerden, wusste aber nicht, wie sie es anstellen sollte. Sie bat mich sogar, sie an mich zu nehmen. Sie dachte, mir würde schon etwas einfallen, um Goddard dazu zu bringen, sie mir zu geben. Ich habe mich geweigert. Das war absurd.“

Clara schloss kurz die Augen. Es war ein beunruhigendes Gefühl, dass Colonel Brandt seinem eigenen Ende so nah gewesen war. „Colonel.“ Sie formulierte ihre nächste Frage mit Bedacht. „Was hielt Florence von Oscar O'Harris, oder wie kamen die beiden miteinander aus?“

Der Colonel dachte gründlich darüber nach.

„Ich fürchte, sie kamen gar nicht miteinander aus. Florence hasste Oscar nicht direkt, doch sie missbilligte sein Verhalten. Sie hielt ihn für einen Tunichtgut, und als er Susan heiratete, nun ja ...“

„Könnte sie von der Affäre erfahren haben?“

„Das kann ich nicht mit Gewissheit sagen, aber Goddard war kein Mensch, der irgendjemandem sein Herz ausgeschüttet hätte. Dass er mir davon erzählte, war schon erstaunlich. Sie könnte womöglich einen Verdacht gehabt haben, doch dafür sah ich nie irgendwelche Anzeichen.“

„Und Oscar? Ist er Florence ebenfalls mit Missbilligung begegnet?“

„Er kam in den letzten Jahren seines Lebens kaum zu Besuch. Wenn, dann üblicherweise nur an Weihnachten. Nach Susans Tod wurde er einige Male eingeladen, um der Familie willen, doch er ging nur selten darauf ein. Er schrieb Goddard recht häufig, aber das war ihr einziger Kontakt. Ich war dort, an einem kalten Weihnachtsmorgen. Die Stimmung zwischen Florence und Oscar im Haus war in etwa so frostig wie der Wind draußen. Wissen Sie, ich dachte mir beinahe, dass Oscar diese Zigarren schenkte, um Florence zu kränken! Das hätte ihm ähnlichgesehen. Er gab sich alle Mühe, sie zu verärgern und alles zu ruinieren, was sie für seinen Besuch geplant hatte.“

Clara dachte über die unterschiedlichen Perspektiven nach, aus denen verschiedene Personen dieselbe Angelegenheit betrachten konnten. Captain O'Harris glaubte, sein Vater hätte Goddard die Zigarren aus Güte hinterlassen, weil er seinen Bruder mochte. Der Colonel hingegen glaubte, dass er Florence hatte kränken wollen, indem er mit ihren Sorgen spielte. Und Clara wusste mittlerweile, dass er sie benutzt hatte, um seinen Bruder umzubringen.

„Ich muss Ihnen eine letzte Frage stellen, Colonel, und ich flehe Sie an, mir aufrichtig zu antworten. Das Wohlergehen des Captains hängt davon ab.“

„Sie klingen so ernst, Miss Fitzgerald.“

Clara konnte die schreckliche Sorge kaum in Worte fassen, die sich zunehmend in ihr aufstaute, je näher der Samstag rückte. Sie war sich sicher, dass die Antwort, die sie Captain O’Harris geben würde, Einfluss auf seinen Flug nehmen musste.

„Hätte Florence Ihrer Meinung nach je zu Goddards Schaden mit Oscar zusammenarbeiten können?“

Der Colonel wirkte kurz überrumpelt, dann lachte er so laut, dass er ein wenig von seinem Whisky verschüttete.

„Vielen Dank, so einen guten Witz habe ich seit Tagen nicht gehört.“ Der Colonel tupfte sich mit einem Taschentuch die Tränen aus den Augen. „Florence schrieb Oscar nicht, und sie sprach nicht mit ihm, es sei denn, es war unausweichlich. Ehrlich gesagt, die Frau verachtete ihn. Als er starb, hätte sie sich beinahe geweigert, zur Beerdigung zu gehen. Doch Goddard rief ihr ins Gedächtnis, wie schlimm das wirken würde, und Sie wissen ja, wie Florence mit solchen Dingen umging. Ich glaube, sie wünschte sich manchmal, die Dinge könnten anders stehen, doch das taten sie nicht. Eine Zusammenarbeit zwischen den beiden wäre so wahrscheinlich gewesen wie zwischen dem deutschen Kaiser und Lloyd George!“

Der Colonel lächelte und trank seinen Whisky aus.

„Oh, Miss Fitzgerald. Die vergangenen Tage waren einfach die Hölle.“

„Dann ist es höchste Zeit, Ihnen zu verkünden, dass Florence O'Harris ihren Ehemann nicht umgebracht hat."

Brandt musterte sie eindringlich.

„Tatsächlich?"

„Tatsächlich. Sie hätte durchaus ein Motiv gehabt. Die nicht vollzogene Ehe, die Gefühlskälte ihres Ehemannes, die Verzweiflung, nachdem sie von dem ersten Mann, den sie je geliebt hatte, betrogen wurde, und dann Goddard heiratete. Die Affäre zwischen Susan und Goddard, falls sie davon gewusst hätte. Doch trotz alledem glaube ich, dass sie ihren Ehemann gernhatte und seinen Tod betrauerte."

„Ja, das glaube ich auch. Aber wissen Sie auch, wer ihn umgebracht hat?"

Clara wandte den Blick ab und blickte über die Wiese hinweg zu den gerade erblühten Stiefmütterchen.

„Oscar O'Harris hat seinen Bruder umgebracht. Die Zigarren, sie waren vergiftet."

Colonel Brandt sank auf seinem Stuhl zusammen. Eine Last schien von ihm abzufallen, und trotzdem traten Tränen in seine Augen.

„Wegen John O'Harris?"

„Ja. Er konnte seinem Bruder die Affäre mit seiner Frau nicht verzeihen, und die Tatsache, dass er den Sohn hervorgebracht hatte, den er nie zeugen konnte."

Es folgte langes Schweigen.

„Sie sagten, die Zigarren seien harmlos gewesen."

„Ich weiß. Ich wollte verhindern, dass diese Information beeinflusst, was Sie mir über Florences Meinung zu Goddards Faible für Zigarren sagen."

„Sie dachten, ich könnte lügen?“ Brandt wirkte verletzt.

„Nein. Aber wir können unterbewusst die Wahrheit verzerren, wenn wir es für nötig halten. Womöglich hätten Sie den Wunsch verspürt, Florence zu beschützen.“

Brandt seufzte schwer.

„Dann ist alles vorbei, abgesehen von der Suche nach Goddards Grab. Da hatten Sie noch keinen Erfolg?“

„Ich arbeite noch daran, aber immerhin habe ich jetzt eine Antwort für Captain O’Harris.“

Der Colonel nickte.

„Es tut mir leid, dass selbst die Wahrheit die beiden nicht zurückbringen kann.“ Clara griff nach seiner Hand und drückte sie. Sie fühlte sich unter ihren Fingern kalt an.

„Machen Sie sich darum keine Sorgen.“ Der Colonel lächelte stoisch. „Wir Jungs von der Army sind aus stabilem Holz geschnitzt.“

„Das hoffe ich, Colonel Brandt, da ich von Ihnen erwarte, am Samstagabend zum Essen vorbeizukommen.“

Der Colonel stammelte, da er nicht wusste, was er sagen sollte, doch ehe er ablehnen konnte, war Clara auf den Beinen und wandte sich zum Gehen.

„Ich werde am Samstag ganz allein sein und könnte einen Freund gebrauchen. Ich betrachte Sie als Freund und daher erwarte ich Sie zum Abendessen. Um sechs.“

Der Colonel stotterte immer noch vor sich hin, als sie ging.

***

Tommy saß am Wohnzimmertisch, als sie nach Hause zurückkehrte. Er warf ihr einen Brief entgegen.

„Der kam vor wenigen Augenblicken."

Clara nahm den Umschlag entgegen und betrachtete die krakelige Handschrift auf der Rückseite. „Miss Fitzgerald", stand da in großen Lettern.

„Eine weitere Drohung." Clara seufzte und legte ihre Handschuhe ab, ehe sie den Brief öffnete. Im Inneren fand sie ein dickes, beschmiertes Stück Papier mit einer vertrauten Botschaft.

Lassen Sie die Toten ruhen!

Sie zeigte Tommy die Botschaft.

„Das wird immer bizarrer. Der Mörder ist tot, wer in aller Welt könnte diese Drohungen verfassen?"

„Du übersiehst die Tatsache, dass Oscar einen Komplizen gehabt haben muss. Tote können keine Leichen verschwinden lassen."

„Und dieser Komplize lebt noch."

„So scheint es."

„Nun, das Verbrechen ist aufgeklärt. Die Person hat keinen Grund mehr, dich noch länger zu belästigen, da du nicht mehr ermitteln wirst."

„Ganz im Gegenteil." Clara steckte den Brief behutsam in ihre Handtasche. „Ich habe noch eine Leiche zu finden." Tommy funkelte sie an.

„Warum? Du hast den Fall aufgeklärt. Warum weiteren Ärger mit der Person heraufbeschwören, die diese Nachrichten schreibt."

„Weil Goddard O'Harris irgendwo in einem anonymen Grab liegt. Er hat eine christliche Beerdigung verdient und kein Querulant wird mich davon abhalten, das möglich zu machen."

Kapitel 25

Am Freitagnachmittag begleitete Clara Tommy zum Hause O'Harris. Sie wurden herzlich willkommen geheißen und in den Salon geführt, wo O'Harris an diesem ungewöhnlich kalten Tag ein Feuer im Kamin entzündet hatte.

„Danke für Ihr Kommen, Tommy. Hören Sie, Clara, wegen morgen ...“

Clara unterbrach ihn, bevor er mehr sagen konnte.

„Es ist Tommys Entscheidung, nicht meine“, erklärte sie einigermaßen ruhig, obwohl sich ihr in Wahrheit der Magen umdrehte.

O'Harris musterte sie argwöhnisch, ließ das Thema aber auf sich beruhen.

„Ich bin froh, dass Sie hier sind. Ich dachte, Sie würden mir vielleicht aus dem Weg gehen, weil ich Sie gedrängt habe, mir eine Erklärung zu Goddards Tod zu liefern.“

„Ich würde Ihnen niemals aus dem Weg gehen“, protestierte Clara beleidigt. „So feige bin ich nicht. Wenn ich Ihnen keine Antwort liefern könnte, würde ich Ihnen das persönlich sagen.“

„Gut!“ O'Harris grinste sie an. „Sie sind eine vortreffliche Frau, Miss Fitzgerald. Ich wünschte, ich könnte Sie zum Fliegen überreden.“

„Mein Schwesterchen wollte eigentlich nicht einmal in Ihr Automobil steigen“, ergänzte Tommy.

O'Harris lachte, obwohl Clara die Lippen schürzte und ihren Bruder entrüstet anstarrte.

„Egal, dann nenne ich mein nächstes Flugzeug eben Clara, was halten Sie davon?“

„Ich wünsche ihr nur das Beste“, sagte Clara höflich.

„Sie wird rechthaberisch sein, störrisch und höllisch schwer zu kontrollieren.“ Tommy genoss es, seine Schwester zu necken. Dieses Mal unterdrückte O'Harris sein Lachen, da er merkte, wie verärgert Clara war.

„Genug davon. Haben Sie eine Antwort gefunden?“ Er lehnte sich neugierig in seinem Sessel nach vorn.

„Immer mit der Ruhe. Sie haben uns noch keine Drinks serviert.“ Tommy gab vor, beleidigt zu sein. „Ich verdurste.“

O'Harris gluckste erneut, als er aufsprang, um Getränke zu besorgen. Clara warf ihrem Bruder einen Blick zu, da sie gerade zum ersten Mal begriff, wie sehr er die Freundschaft mit Captain O'Harris genoss. Nun, dann mochte sie lange halten. Er hatte ein wenig Glück in seinem Leben verdient.

„Bitte sehr.“ O'Harris hatte für sie alle Whisky mit Tonic Water gemixt. Clara nippte an ihrem Drink und stellte ihn dann zur Seite, in der Hoffnung, Tommy würde ihn sich wie üblich schnappen, wenn er glaubte, dass sie nicht hinsah.

„Eine Antwort, Miss Fitzgerald, eine Antwort. Bitte sagen Sie mir, dass Sie eine haben.“ O'Harris wirkte nicht länger aufgeregt oder heiter, sondern war todernst geworden.

„Ich habe eine Antwort für Sie“, hob Clara an. „Und ich kann Ihnen mit Erleichterung versichern, dass Ihre Tante Florence nichts mit dem Tod Ihres Onkels zu tun hatte.“

O'Harris ließ sich geradezu in den Sessel fallen.

„Das sind bessere Nachrichten, als ich sie mir erhoffen konnte."

„Das freut mich, allerdings habe ich auch schlechte Nachrichten. Ich weiß, wer Ihren Onkel umgebracht hat, und das wird Ihnen nicht gefallen."

„Wenn es nicht Flo war, wie soll mir die Antwort dann missfallen? Heraus mit der Sprache, ich muss es wissen."

Clara hatte sich vor diesem Moment gefürchtet. O'Harris' Tante war keine Mörderin, dafür aber sein Vater. Das war wohl kaum ein guter Tausch; ganz im Gegenteil. Sie wollte ihm diese Nachricht nicht überbringen, doch sie hatte keine Wahl. Sie könnte lügen, aber Clara hasste solche Tricks. Gerade wenn es darum ging, einzuschätzen, ob man jemandem eine Nachricht überbringen sollte, schien sie nie die richtige Entscheidung zu treffen.

„Bitte, Clara. Was immer es ist, wie schlecht die Nachricht auch sein mag, ich muss es wissen." O'Harris sah sie mit flehendem Blick an. Clara wusste endlich, dass sie es aussprechen musste.

„Ich habe die ganze Geschichte zusammengesetzt, auch wenn noch ein paar Teile fehlen. Goddard O'Harris verließ das Esszimmer, um eine Zigarre zu rauchen, und kehrte nie zurück. Er wurde ermordet, und es war die Zigarre, die ihn umbrachte. Sie war mit Chemikalien versetzt, die beim Anzünden der Zigarre Arsenwasserstoff produzierten."

„Aber die Zigarren ..."

„Sie kamen von Ihrem Vater, ja. Ich fürchte, die Beweise führen recht deutlich zu dem Schluss, dass er sie vergiftet hat, um sich noch aus dem Jenseits an Ihrem Onkel zu rächen."

O'Harris sprang auf, lief im Raum auf und ab und drehte sich dann abrupt zu ihr.

„Warum?"

„Es gab viele Gründe. Er stritt sich mit seinem Bruder über Geld und über seine Ehefrau. Er verabscheute Florence und hat die Tat vielleicht auch begangen, um ihr zu schaden. Doch wir dürfen auch nicht vergessen, dass er sehr krank war und gerade Krebs kann den Verstand eines Menschen beeinträchtigen, bis er nicht mehr logisch denken kann."

„Sie wissen, was Sie da sagen?"

„Voll und ganz."

O'Harris setzte sich wieder.

„Die Zigarren, er ... aber Flo hat sie entsorgt?"

Clara bemerkte seine Verzweiflung. Plötzlich wäre es gar nicht mehr so schlimm, wäre seine Tante die Mörderin gewesen.

„Ich glaube, sie wusste nichts von den vergifteten Zigarren. Sie hat sie entsorgt, weil sie glaubte, der Tabak hätte Goddards Tod verursacht. Sie hatte große Angst davor, dass sich ihr Ehemann zu Tode rauchen könnte; indem er seinem schwachen Herzen mit den Zigarren den Rest gibt. Als er starb, schien diese Befürchtung wahr geworden zu sein, und aus Wut warf sie die Zigarren weg. Ich denke, es war nur ein Zufall."

„Und Sie haben Tests durchgeführt?"

„Ja."

„Und Sie ... sind sich sicher?"

„Die Zigarren gehörten Ihrem Vater. Er hat sie Ihrem Onkel vermacht. Der Mörder muss praktische

Erfahrung mit Chemie gehabt haben. Sie haben mir selbst erzählt, dass das auf Ihren Vater zutraf."

„Sie haben mich hereingelegt, als wir über meinen Vater sprachen. Sie ließen mich über seine Hobbys sprechen, damit Sie ihm diese Sache anhängen können?" O'Harris' Schock war von Wut abgelöst worden und er wirkte streitlustig.

Tommy beobachtete den Mann, während er wiederholt die Hände zu Fäusten ballte und wieder öffnete.

„Es tut mir leid, dass ich Sie hereingelegt habe", sagte Clara sanft. „Ich konnte es selbst kaum glauben, doch Sie wollten die Wahrheit hören."

O'Harris erstarrte plötzlich. Er war völlig erschlagen. Jetzt kannte er die Wahrheit und sie schmerzte schlimmer als die schreckliche Befürchtung, dass seine Tante die Mörderin sein könnte.

„Sie sollten doch nicht so etwas herausfinden", sagte er kläglich. „Nicht so etwas, nein."

„Es tut mir leid." Mehr fiel Clara dazu nicht ein. Sie suchte bei Tommy nach Unterstützung, doch er hatte auch keine klugen Worte anzubieten.

„Vielleicht war es ein Fehler beim Zigarrenhersteller. Vielleicht wurde der Tabak irgendwie verunreinigt?", fragte O'Harris verzweifelt.

Clara ging nicht darauf ein. Es war mehr als offensichtlich, dass dies nicht die Ursache war.

„Mein Vater war ein guter Mann", sagte O'Harris.

„Das war der Krebs, alter Junge." Tommy bot ihm einen Hauch von Trost an. „Der hat seinen Verstand getrübt."

„Ich sagte Ihnen doch, dass die schlechte Gesundheit
in der Familie liegt", sagte er beinahe anklagend zu
Clara. „Vielleicht gehört auch Wahnsinn dazu."

„Vielleicht." Clara wurde schlecht. Dies war der
Mann, der am folgenden Tag ein Flugzeug besteigen
und mit ihrem Bruder quer über den Ozean fliegen
wollte. Wie sollte sie ihm in diesem Zustand Tommys
Leben anvertrauen? Sie wünschte, sie hätte behauptet,
keine Antwort zu haben. Warum hatte sie ihm unbedingt die Wahrheit sagen müssen?

O'Harris war aufgestanden und lief auf und ab.

„Und wer hat dann die Leiche verschwinden lassen?
Hm?"

„Das weiß ich noch nicht, aber dieselbe Person hat
mir vermutlich auch diese Drohbriefe geschickt."

O'Harris lief immer noch auf und ab, wurde aber
langsamer.

„Sie haben noch weitere bekommen?"

„Einen noch." Clara hielt sich davon ab, ihn aus der
Handtasche zu holen.

„Das gefällt mir nicht, Clara." O'Harris' Tonfall wurde
sanfter. „Irgendein Schuft schickt Ihnen widerwärtige
Nachrichten und Sie werden heute Nacht allein sein!"

„Ich bin nicht allein, ich habe Annie." Clara zuckte mit
den Schultern. „Außerdem schüchtert mich das nicht
ein."

O'Harris stützte sich auf die Rückenlehne seines Ses-
sels und fuhr sich mit den Fingern durchs Haar.

„Das gefällt mir nicht, Clara", wiederholte er. „Sie
könnten hierbleiben."

„Das wäre nicht anständig. Außerdem würde ich Annie nicht alleinlassen, wenn ich davon ausgehen müsste, dass mein Zuhause angegriffen wird."

„Sparen Sie sich die Mühe, alter Junge", warf Tommy ein. „Wir haben diese Unterhaltung schon geführt."

O'Harris schaute Clara mit einem eigenartig kummervollen Blick an. Sie bekam eine Gänsehaut.

„Nun gut. Ich verstehe, dass Sie nicht bleiben wollen, aber Sie werden mir doch gestatten, Sie nach Hause zu geleiten, oder?"

Clara wollte ablehnen. Sie verachtete Menschen, die glaubten, dass sie als Frau ständig in Gefahr schwebte, doch die Traurigkeit in O'Harris' Augen ließ sie nachgiebig werden.

„Ja, Sie dürfen mich begleiten."

„Gut. Ich werde Tommy sein Zimmer zeigen, dann sorge ich dafür, dass Sie sicher nach Hause kommen."

Clara nickte knapp. Sie wollte Tommy nicht ansehen, als er den Raum verließ, doch ihr Bruder würde sie nicht so leicht vom Haken lassen. Er schlug ihr fest gegen den Oberarm, wie sie es als Kinder oft getan hatten, und sie warf ihm aus Reflex einen finsteren Blick zu.

„Bis bald, Schwesterchen. Hab keine Angst." Er zwinkerte ihr zu, doch er konnte ihr keinen Trost spenden, der die nagende Sorge übertüncht hätte, dass O'Harris und Tommy morgen dieses Flugzeug besteigen und nie mehr zurückkehren würden.

Eine halbe Stunde später lief sie über die Landstraßen nach Brighton zurück.

„Sie nehmen es mir übel, dass ich Tommy gebeten habe, mein Copilot zu werden." O'Harris pflückte weiße Blüten von den Bäumen, die die Straße säumten.

„Das kann ich Ihnen doch nicht übelnehmen. Es war Tommys Entscheidung."

„Und doch tun Sie es."

Clara antwortete nicht.

„Die *White Buzzard* ist eine wunderschöne Kreatur. Ich bin noch nie in einem vergleichbaren Flugzeug geflogen. Sie findet selbst ihren Weg durch die Luft. Sie ist ein Naturtalent. Wenn ich im Cockpit sitze, habe ich das Gefühl, sie würde reagieren, noch ehe ich einen Finger rühre."

„Verzeihen Sie mir, dass ich weniger enthusiastisch bin."

„Ich bin vier Jahre lang in Frankreich und Belgien über die Schützengräben hinweggeflogen, Clara. Vier lange Jahre, und ich bin nie abgestürzt. Ich war der ganze Stolz des Royal Flying Corps. Warum sollte ein einfacher Flug über das Meer anders sein?"

„Sie sehen darin keine Gefahr, O'Harris." Clara schüttelte den Kopf. „Und das ist es, was mir Angst macht."

„Sie sind selbst nicht allzu gut darin, die Gefahr zu erkennen. Was ist mit diesen Briefen?"

„Die sind bedeutungslos, und ich werde den Verfasser bald ausfindig machen."

„Sehen Sie, was ich meine? Andere Menschen würden sich Sorgen machen, aber für Sie ... gehört das zum Alltag. Vielleicht sind wir uns in diesem Punkt sehr ähnlich. Ich habe keine Angst vorm Fliegen."

„Und vorm Sterben?"

„Ich bin noch nicht bereit, den Löffel abzugeben. Die *White Buzzard* wird mich nach Amerika und wieder zurück bringen. Keine Sorge. Und Tommy ist in

Sicherheit. Ich würde es für nichts in der Welt riskieren, den Zorn seiner Schwester auf mich zu ziehen.“

Er präsentierte ihr ein kleinen Strauß aus Blüten.

„Eine schlechte Ausbeute, aber sie sind hübsch“, sagte er.

Clara nahm sie an und musste unwillkürlich lächeln.

„Eines Tages werde ich Sie dazu bringen, mit mir zu fliegen, Clara.“

Sie lachte.

„Oh, ja, und Schweine gewiss auch! O'Harris, der Himmel ist nicht für Menschen wie mich bestimmt!“

„Warum nicht? Glauben Sie, Sie würden etwas zu bemängeln haben, wenn Sie da oben sind?“

„Ich glaube, ich würde an mir etwas finden, was ich zu bemängeln habe, und mich zurück auf die Erde stürzen!“

„Das sind die Worte einer Person, die noch nie geflogen ist. Wenn ich zurückkehre, in einer Woche, nehme ich Sie mit hinauf.“

„Sicher nicht!“

„Oh, doch. Denn ich gebe Ihnen jetzt ein Versprechen, wenn Sie mir auch eines machen. Wenn Sie mir von ganzem Herzen versprechen, dass Sie mit mir fliegen werden, sobald ich zurück bin, dann verspreche ich Ihnen, dass mich keine Macht dieser Welt davon abhalten wird, zurückzukehren.“ Er lächelte, doch es lag auch ein Funkeln in seinen Augen.

Clara stockte der Atem. Es war nur ein Versprechen, doch sie ging darauf ein. Vielleicht würden das Schicksal, Gott, das Glück oder der Zufall sie erhören und dafür sorgen, dass O'Harris und ihr Bruder wohlbehalten zurückkehrten. Im Vergleich zu ihrer sicheren Rückkehr war ein Flug nur ein kleines Opfer.

„Na gut, ich verspreche es.“

„Von ganzem Herzen?“

„Ja, von ganzem Herzen.“

„Dann verspreche ich Ihnen, zurückzukehren. Und keine Kraft auf dieser Erde wird mich davon abhalten. Das verspreche ich Ihnen von ganzem Herzen.“ O'Harris schlug sich mit der flachen Hand auf die Brust und grinste breit.

Und Clara glaubte ihm.

Kapitel 26

Der Samstag war kalt, mit ein wenig Nieselregen in der Luft. Clara stand allein auf dem Pier und blickte auf das weiße Flugzeug, das unten auf dem Strand stand. Eine Handvoll Menschen tummelte sich dort, doch die Piloten waren nicht unter ihnen, noch nicht. Sie warf einen Blick auf ihre Uhr und stellte fest, dass noch etliche Minuten vergehen mussten, ehe sich das Flugzeug in die Lüfte erheben würde. Sie konnte das Warten kaum ertragen. Sie hatte die halbe Nacht wachgelegen und über diesen Augenblick nachgedacht. Sie lief den ganzen Pier entlang und dann wieder zurück. Stetig sammelten sich mehr Menschen an den Geländern. Schließlich ging sie auf die gegenüberliegende Seite und starrte aufs Meer hinaus.

„Sind Sie auch hier, um die Magie zu sehen?"

Sie hob den Blick, schaute Oliver Bankes an und lächelte.

„Hallo Oliver."

„Hallo Clara."

„Dann sind Sie also nicht an Ihren Chemikalien erstickt."

„Noch nicht." Bankes grinste breit. „Aber ich komme der perfekten Mischung immer näher. Ich habe die Aufnahme von einer Häuserreihe entwickelt und die

Schatten waren so nah an der Perfektion, dass ich beinahe geweint hätte. Ich ..."

Oliver errötete, ob seiner Worte.

„Ich verstehe Sie", versicherte Clara ihm. „Wir haben alle unsere Leidenschaften, und Männer scheinen sich mehr in die ihren vertiefen zu können."

„Ah, Sie meinen O'Harris." Oliver nickte zur anderen Seite des Piers. „Wollen Sie nicht zusehen?"

„Ich weiß nicht, ob ich das kann."

„Ich habe eine Kamera aufgestellt; nun ja, eigentlich zwei." Oliver deutete auf zwei Kameras, die nebeneinander standen. „Der Plan ist, die eine Kamera auszulösen, kurz bevor ich das Flugzeug im Sucher habe, und dann die zweite. Ich hoffe, dass mir so eine annehmbare Aufnahme gelingt. Ich habe in einer Fotografiezeitschrift von dieser Idee gelesen."

„Das ist auf jeden Fall innovativ", sagte Clara. Sie drehte sich um und hockte sich auf das Geländer, statt sich dagegen zu lehnen.

„Diese Aufnahmen könnten ein Vermögen wert sein, wenn er den Rekord bricht, wissen Sie?" Oliver war plötzlich sehr ernst geworden. „Ich will nicht anstößig klingen, aber dieser Tage ist jeder Zusatzverdienst ein Bonus. Die Menschen scheinen im Moment nicht oft über Portraitbilder nachzudenken."

Oliver wirkte verloren.

„Haben Sie je darüber nachgedacht, Ihre Arbeit zu erweitern?", fragte Clara.

„Wie? Ich arbeite bereits freiberuflich für die Polizei."

„Was ist mit der Brighton Gazette?"

Oliver grübelte.

„Die benutzen nur selten Fotografien."

„Ich weiß", gab Clara zu. „Aber liegt das daran, dass sie keine Aufnahmen wollen, oder dass sie keine haben, die sie abdrucken könnten? Sprechen Sie mit dem Chefredakteur und überzeugen Sie ihn davon, dass er mehr Ausgaben verkaufen würde, wenn er Fotografien von den Ereignissen in der Stadt abdrucken würde."

„Die Menschen schauen sich diese Dinge gern persönlich an."

„Sie würden die Zeitung allein deshalb kaufen, um zu sehen, ob sie sich wiederfinden können."

„Und dann könnte er Abzüge der Aufnahmen an interessierte Personen verkaufen. Ich könnte einen Prozentsatz für die Produktion der Fotografien kassieren."

„Das klingt wie eine ausgezeichnete Idee."

Oliver strahlte sie erneut an.

„Sie sind eine tolle Frau, Clara. Darf ich Sie nach dem Start auf einen Tee einladen?"

„Vielleicht", sagte Clara halbherzig. „Tommy wird in diesem Flugzeug sitzen."

„Es wird ihm gutgehen."

Clara wirkte plötzlich so düster, dass Oliver sich wünschte, er könnte sie in den Arm nehmen, um sie zu trösten.

„Es fühlt sich an wie damals, als er in den Krieg zog." Claras Stimme bebte leicht. „Doch damals waren unsere Eltern noch am Leben."

„Ich bin mir sicher, dass er es gut überstehen wird." Oliver ergriff sanft ihre Hand.

Clara wäre beinahe in Tränen ausgebrochen. Seine Freundlichkeit ließ ihre Gefühle fast überschwappen.

„Sie sollten sich wohl lieber auf Ihre Fotografien konzentrieren", sagte sie und schob ihn weg, bevor die Tränen über ihre Wangen rinnen konnten.

Oliver wirkte verlassen und entfernte sich zögerlich,
um nach seinen Kameras zu sehen. Clara saß allein auf
dem Geländer, tupfte sich verstohlen die Augen ab und
lauschte auf das erste Brüllen des Flugzeugmotors. Die
Menschen unterhielten sich aufgeregt. Dann ging ein
Raunen durch die Menge und Clara entnahm einzelnen
Satzfetzen, dass die Piloten aufgetaucht waren. Sie
hielt den Atem an. Unten am Strand erwachte surrend
ein Motor. Sand wurde aufgewirbelt und in die Menge
getragen, und Oliver fluchte, während er seine Kameralinsen entstaubte. Im nächsten Augenblick bewegte
sich das Flugzeug bereits. Die Geräusche veränderten
sich kaum merklich, doch die Menge jubelte und Clara
wusste, dass die Startprozedur begonnen hatte.

Einige Augenblicke verstrichen. Wieder wurde Sand
aufgewirbelt. Das Geräusch des Motors wurde ein konstantes Brummen, dann war ein seltsames Zischen zu
hören und das Geräusch wurde ein wenig leiser. Clara
hob instinktiv den Blick und im selben Moment löste
Oliver seine Kameras aus. Ein strahlend weißes Flugzeug erhob sich in die Lüfte. Das Sonnenlicht funkelte
auf der Außenhaut. Vom Pilotensitz aus, gerade noch
zu sehen, winkte ein Mann. Clara winkte schweigend
zurück, dann wurde das Flugzeug immer kleiner. Ein
weißer Vogel vor dem graublauen Himmel. Nach wenigen Augenblicken war es verschwunden. Clara zitterte.

Sie spürte Olivers Hand an ihrer.

„Soll ich Sie nach Hause bringen?"

Sie schaute in sein besorgtes Gesicht und rang um Beherrschung. Sie würde hier in der Öffentlichkeit keine Tränen vergießen und all die Angst überspielen, die sie erfüllte. Doch irgendwie vermochte sie es nicht, seine Hand loszulassen.

„Ja", sagte sie leise. „Bringen Sie mich nach Hause."

Clara erwartete, ein stilles Haus zu betreten, doch als sie die Tür öffnete, während Oliver hinter ihr stand, hörte sie Stimmen aus der Küche und sogar das Lachen einer Frau. Annie schien Gesellschaft zu haben und Clara spürte einen Anflug von Wut, weil sie so heiter sein konnte, obwohl der Mann, den sie vermutlich liebte, gerade davongeflogen war. Sie marschierte den Flur entlang und vergaß Oliver völlig, der in der Tür stehenblieb und sich fragte, ob er eingeladen war oder nicht.

Sie stürmte in die Küche und blieb abrupt stehen.

„Du liebe Güte, Schwesterchen, dein Gesichtsausdruck ist so finster wie eine Gewitterwolke!"

Tommy grinste sie vom anderen Ende des Küchentisches her an.

„Thomas Eugene Fitzgerald!", knurrte Clara.

„Oh je, ich bin geliefert." Tommy warf einen Blick zu Colonel Brandt, der mit ihm am Tisch saß und gerade versuchte, möglichst klein zu wirken.

„Erkläre dich!", befahl Clara.

Rechts von sich bemerkte sie Annie, die versuchte, ernst auszusehen und ihre Euphorie zu überspielen, weil Tommy wohlbehalten hier in der Küche saß und nicht in einem Flugzeug hoch über Brighton.

„Beruhige dich, liebe Schwester. Das ist nun wirklich nicht die Reaktion, die ich erwartet hätte. Freust du dich nicht, mich zu sehen?“

„Ich saß auf diesem Pier ...“ Clara war so wütend, dass ihr das Sprechen wehtat. „Ich dachte ... ich hätte beinahe in der Öffentlichkeit geweint!“

„Das ist schlimm.“ Tommy nickte ernst. „Ich verstehe, warum du verärgert bist. Clara Fitzgerald zeigt in der Öffentlichkeit keine Gefühle.“ Dann konnte er sich sein Lachen nicht länger verkneifen. „Ist das nicht grässlich von mir? Willst du die ganze Geschichte hören?“

„Ja, natürlich.“ Clara spürte, wie ihre Wut nachließ.

„Ähm, davor sollten wir vielleicht noch den netten, jungen Mann an der Haustür bitten, sich zu uns zu gesellen“, warf Annie ein.

Clara blickte zur Küchentür hinaus und sah in der Ferne Oliver, der immer noch in der Tür herumstand. Sie war ein wenig genervt, weil er nicht dynamisch genug war, um die Initiative zu ergreifen und einfach hereinzukommen. Captain O'Harris hätte sich darum keine Sorgen gemacht. Sie bekam ein schlechtes Gewissen, während ihr dieser Gedanke durch den Kopf ging. Gerade weil Captain O'Harris sich keine Sorgen machte, war er nur zu gerne bereit, alles aufs Spiel zu setzen und seine Freunde zurückzulassen, um ein Flugzeug zu fliegen.

„Oliver, kommen Sie herein“, rief sie. „Wie es scheint, wurde ich das Opfer eines recht unangenehmen Scherzes.“

„Sei nicht gemein, Clara“, lachte Tommy. „So unangenehm war er nicht.“

Oliver gesellte sich in der Küche zu ihnen, mitsamt seiner Kameras.

„Was haben Sie denn getrieben?" Brandt blickte neugierig auf die Kameras.

„Ich habe Aufnahmen von Captain O'Harris in der *White Buzzard* gemacht. Einen Moment, wenn Tommy hier ist, wer war dann der andere Mann im Flugzeug?"

„Genau das würde ich auch gern wissen", pflichtete Clara ihm bei. „Nein, zuerst möchte ich genau wissen, warum du an diesem Tisch sitzt, Thomas."

Tommy zuckte mit den Schultern.

„Ich habe es mir anders überlegt." Er wirkte plötzlich verlegen. „Ich schätze, deine Worte haben mich zum Nachdenken angeregt. Dass das, was ich zurückließe, wertvoller sein könnte, als der Rausch des Abenteuers."

Sein Blick wanderte zu Annie.

„Vielleicht habe ich auch die Nerven verloren."

„Gewiss nicht, Tommy", sagte Annie.

„Nun, ich habe mich umentschieden, und das ist alles, was zählt."

„Wann?", wollte Clara wissen.

Tommy warf Brandt einen besorgten Blick zu.

„Es war nicht so, als wäre es eine eindeutige Entscheidung gewesen ..."

„Wann?"

„Am Tag nach der Unterhaltung mit dir." Tommy konnte Claras loderndem Blick nicht länger standhalten. „Ich habe O'Harris gesagt, dass ich der Sache nicht gewachsen sei, weil ich in meinem Zustand nicht die Zuversicht finde ... oder so. Er hat mir nicht ganz geglaubt, aber er akzeptierte meine Entscheidung und sagte, er hätte jemanden, der eventuell meinen Platz einnehmen könnte. Als ich das nächste Mal davon hörte, war bereits alles geregelt. Ein Kerl namens Digby würde mit ihm fliegen.“

„Und du hast beschlossen, mir nichts davon zu erzählen?“, fragte Clara.

„Nun ja ...“ Tommy schaute sich hilfesuchend um, doch alle wichen seinem Blick aus. „Weißt du, ich habe mich irgendwie über alle ein wenig geärgert. Ich weiß nicht. Ich dachte, nach all dem Wirbel wäre es, als hättest du gewonnen, wenn ich verkünde, dass ich mich umentschieden habe.“

Er starrte seine Schwester an.

„Wohl kaum“, entgegnete Clara. Ihre Wut war abgeklungen, aber sie war noch immer genervt.

„Aber es hätte sich so angefühlt. Ich konnte O’Harris davon überzeugen, das Geheimnis zu wahren. Er schwor, dass er niemandem von meinem Rückzieher erzählen würde.“

„Und das hat er auch nicht getan. Selbst gestern tat er noch so, als würdest du mit ihm fliegen.“ Clara fröstelte ein wenig, als ihr aufging, wie mühelos O’Harris sie angelogen hatte. Und sie hatte es nicht einmal bemerkt. Eine unerfreuliche Erkenntnis für eine Detektivin.

„Colonel Brandt war eingeweiht. Er brachte mich heute nach Hause zurück und ich habe Annie gestern davon erzählt. Sie hat ganz ähnlich reagiert wie du.“

„Aber jetzt bin ich erleichtert“, fügte Annie rasch hinzu.

„Und das war schon die ganze Geschichte. Hier bin ich, gesund und munter.“ Tommy lächelte seine Schwester an. „Das ist doch etwas Gutes, oder?“

„Du hättest es mir sagen können", sagte Clara und dachte an die schlaflosen Nächte.

„Warum setzen wir uns nicht alle und genießen ein spätes Frühstück?", warf Annie die Friedensstifterin ein. „Das Wichtigste ist, dass Tommy nicht da oben in diesem furchteinflößenden Flugzeug sitzt."

„Lief der Start denn gut?", fragte Brandt, jetzt da die Unterhaltung einen anderen Ton angenommen hatte.

„Sie ist aufgestiegen wie ein Vogel", versicherte Oliver ihm. „Ich kann es kaum erwarten, später diese Fotoplatten zu entwickeln und zu sehen, welche Aufnahmen ich gemacht habe. Wenn sie gut sind, werde ich sie an die Zeitungen verkaufen."

Die anderen unterhielten sich gesellig, doch Clara war sprachlos. Sie setzte sich ans Ende des Tisches und begegnete Tommys Blick. Er zeigte ihr ein schiefes Lächeln. Sie wusste, dass er verstanden hatte. Doch jetzt gab es erst einmal Frühstück mit Räucherhering und Ei und einer warmen Kanne Tee. Brandt gestand Oliver seine Begeisterung für die Fotografie und wurde prompt zu einem Besuch im Studio eingeladen, damit er dabei sein konnte, wenn Oliver die Aufnahmen entwickelte. Alles wirkte so harmonisch. Bis auf das Flattern in Claras Eingeweiden.

Kapitel 27

Eine Woche verstrich. Alles blieb ruhig. Clara stattete ihrem Büro einen Besuch ab, doch es warteten keine neuen Klienten auf sie. Stattdessen fand sie auf dem Schreibtisch einen Umschlag. Die Handschrift darauf kam ihr vage bekannt vor. Sie öffnete ihn und ein Scheck fiel heraus. Sie blickte auf die Summe und schüttelte alarmiert den Kopf.

„Das ist viel zu viel, du verrückter Mann." Jetzt erkannte sie auch die Handschrift des Captains.

Dem Scheck lag auch noch ein Brief bei. Sie faltete ihn auseinander.

Liebste Clara,

Sie werden fluchen, wenn Sie den Scheck sehen, ja, davon bin ich überzeugt, aber das Geld steht Ihnen zu, für Ihre gute Arbeit, selbst wenn die Antwort nicht leicht zu verschmerzen war. Ich kann meine Dankbarkeit für die Aufklärung dieses Mysteriums gar nicht in Worte fassen. Das mögen Sie mir vielleicht nicht glauben, doch ich meine es ernst. Die Wahrheit, so schrecklich sie auch zunächst sein mag, ist besser als eine Lüge nach der anderen. Ich bedauere sehr, was mein Vater getan hat. Ich werde nie begreifen, wie er etwas so Niederträchtiges in die Wege leiten konnte. Ich kann nur sagen, dass dies nicht die Taten des Mannes waren, an den ich mich erinnere. Vielleicht haben Sie recht. Vielleicht war es der Krebs.

Wenn Sie das hier lesen, wissen Sie gewiss schon, dass Tommy nicht mit mir geflogen ist. Bitte verzeihen Sie mir, dass ich Sie angelogen habe. Das geschah nicht aus böser Absicht, sondern weil ich einem Freund gegenüber loyal sein wollte. Ja, ich betrachte Tommy als Freund und Sie als Freundin, Clara. Ich bin überglücklich, Sie beide kennengelernt zu haben. Tommy hat mich zum Lachen gebracht und mir wieder ins Gedächtnis gerufen, was es bedeutet, lebendig zu sein. Und Sie, Clara, haben mir etwas gegeben, für das ich leben will. Einen Hoffnungsschimmer, wenn Sie so wollen. Wenn ich mich morgen mit der Buzzard in den Himmel erhebe, erwarte ich, Ihr Winken zu sehen, und ich werde während des Fluges an Sie denken. Wenn ich lande, werde ich verkünden, dass ich diese Herausforderung dank einer wundervollen Frau namens Clara Fitzgerald gemeistert habe, und Sie werden gewiss außer sich sein, wenn Ihr Name in der New York Times abgedruckt wird!
Bitte, verzeihen Sie mir auch das.
Eine letzte Sache, bevor ich diesen Brief beende und versuche, vor meinem morgigen Flug noch einige Stunden Schlaf zu finden. All das Gerede über Florence in den vergangenen Wochen machte mich nachdenklich, und ich habe das Haus von oben bis unten abgesucht, für den Fall, dass ich irgendetwas übersehen hätte. Ich dachte, ich könnte Ihnen vielleicht behilflich sein. Nun, ich habe diesen Brief gefunden. Er muss von Florences Nachttisch gerutscht sein, denn er steckte zwischen der Wand und dem Möbelstück. Ich fürchte, ich war feige, Clara, und konnte Ihnen den Brief nicht gleich aushändigen, aber ich bezweifle irgendwie, dass diese Information an Ihnen vorbeigegangen ist. Ich

*habe den Brief beigefügt, damit Sie ihn nach eigenem Gut-
dünken lesen können. Wenn ich zurückkehre, lassen Sie
uns bitte nicht mehr darüber sprechen. Manche Dinge bleiben lieber unausgesprochen.*

*Passen Sie auf sich auf, Clara. Wir sehen uns in ein oder
zwei Wochen.*
Herzlichste Grüße
Captain John O'Harris

Clara empfand den Brief als beunruhigend, konnte
sich aber nicht erklären, warum. Er klang so fröhlich
und heiter; geradezu ein Versprechen seiner Rückkehr.
Und doch hatte sie wieder dieses Grauen erfasst. Sie
legte den Brief zur Seite und schüttelte den Gedanken
ab.

Ihr Blick fiel auf den zweiten Brief, den O'Harris da-
zugelegt hatte. Der Umschlag war an Florence adres-
siert, und ehe sie den Inhalt las, suchte sie rasch nach
dem Namen des Absenders. Unterzeichnet hatte Oscar
O'Harris, mit zitternder Hand, ob der Krankheit, die
ihn bald dahinraffen würde. Claras Mund wurde trocken, als sie den Brief las.

Liebe Florence,
*dies ist eine bittersüße Nachricht. Du hast keine Zeit für
mich, dessen bin ich mir schmerzlich bewusst. Und ich ver-
sichere Dir, werte Dame, dass ich Dir mit ähnlich viel Res-
pekt begegne. Daher quält es mich, zu schreiben, was ich
schreiben muss, um Dich über die Taten deines Ehemannes
zu informieren.*

Ich habe meinen Anwalt angewiesen, Dir diesen Brief nach meinem Tod auszuhändigen. Betrachte ihn als Abschiedsgeschenk. Um den Schein zu wahren, habe ich Dir auch eine Kleinigkeit hinterlassen. Wir dürfen immerhin den Ruf der Familie nicht beschmutzen. Ich fragte mich, ob Du an meiner Beerdigung teilnehmen wirst, Florence. Doch das wirst Du zweifellos, denn sonst würdest Du Schande über den Namen O'Harris bringen.

Nicht dass mein geliebter Bruder Goddard das nicht längst getan hätte. Ich hoffe, Du zeigst ihm diesen Brief, und ich hoffe, er hat den Mumm, meine Worte abzustreiten. Egal, was er tut, die Wahrheit ist simpel. Ich war ein Narr, ein dummer, gehörnter Ehemann.

Mein einziger Sohn und Erbe, ein Junge, den ich aus ganzem Herzen geliebt und als Gottesgeschenk verehrt habe, ist ein verachtenswerter Scherz. Dass ich glauben konnte (ja, ich habe es geglaubt), dass ich tatsächlich einen Erben gezeugt haben könnte, obwohl mir die Ärzte das Gegenteil versicherten, macht mich krank. Aber nicht so sehr, wie es Dich krankmachen wird. Ich will, dass Du mein Leid teilst, Florence. Ich will Dich meine Bosheit spüren lassen, so wie ich die Deine gespürt habe – das Schweigen, die unausgesprochenen Kommentare, die Blicke. Nichts davon ist mir entgangen und Du kannst es nicht abstreiten!

Jetzt bin ich an der Reihe. Auf ihrem Totenbett, gestand mir mein Liebling, meine geliebte Frau, die ich mehr als alles schätzte, vielleicht sogar mehr als ihr angemessen gewesen wäre, die schrecklichste aller Sünden. Unser Sohn, den ich jeden Tag als Wunder verehrte, war niemals unser Sohn. Er ist das Kind von Susan O'Harris und Goddard O'Harris. Dreht Dir diese Nachricht den Magen um, so wie es mir erging? Lässt sie Dich innehalten und über den „vernarrten

Onkel" nachdenken, den er all die Jahre gegeben hat? Er wusste es, natürlich wusste er es! Er hat John wie einen Sohn behandelt, weil er sein Sohn war!

Und dies ist meine Rache. Ich hoffe, es gibt ein Leben nach dem Tod, damit ich zusehen kann, während Du diese Zeilen liest. Doch das wird mir wenig Freude bringen, da ich ein ebenso großer Narr war wie Du. Wir sind jetzt quitt, Florence, und ich weiß um die Schlacht, die in mir tobt.

Gib John nicht die Schuld, das ist alles, was ich von Dir verlange. Er hat niemanden mehr, sobald ich tot bin, und ich verlasse mich darauf, dass Du und Goddard für ihn sorgen werdet. Ist es nicht ironisch, dass ich Dich beleidige und dann um Deine Hilfe bitte? Doch sie ist nicht für mich, sondern für Goddards Sohn.

Auf Nimmerwiedersehen, liebe Schwägerin. Ich habe keine Worte mehr für dich.

Oscar O'Harris

Claras Herz pochte wild, als sie sich setzte. Der Brief glitt ihr aus den Fingern.

„Er weiß es." Und was für eine Art, diese Nachricht zu erhalten; aus einem boshaften, grausamen Brief von dem Mann, den er sein Leben lang Vater nannte.

Der Arme. Sie schloss die Augen und versuchte, das Unmögliche zu schaffen: wie es sich anfühlen musste, herauszufinden, dass der eigene Vater nicht der Mann war, für den man ihn all die Jahre gehalten hatte.

Sie erhob sich schweigend, sammelte ihre Sachen zusammen und machte sich auf den Heimweg. Sie konnte diese seltsame Mischung aus Kummer und Schock nicht in sich brodeln lassen, während sie in ihrem Büro festsaß. Sie würde nach Hause zurückkehren, Tommy den Brief zeigen und ihn fragen, ob er Anzeichen dafür gesehen hatte, dass O'Harris Bescheid wusste. Sie versuchte das Unbehagen zu ignorieren, das in ihrem Bauch rumorte, während sie nach Hause eilte.

„Tommy?" Sie suchte erst im Salon, dann im vorderen Wohnzimmer. „Tommy?"

„Küche!"

Sie folgte seiner Stimme.

„Ich habe auf meinem Schreibtisch einen Brief von O'Harris gefunden. Tommy, es ist schrecklich, aber er weiß …" Sie hielt inne, als sie in der Küche ankam.

Tommy saß am Tisch und Colonel Brandt war bei ihm. Annie brühte gerade einen starken Tee auf und warf Clara beim Eintreten einen angespannten Blick zu. Auf dem Tisch lag eine Zeitung.

„Erste Nachrichten aus Amerika", sagte Tommy. „Über O'Harris."

Er wirkte enttäuscht auf Clara.

„Er hat den Rekord nicht gebrochen?"

„Nein, Miss Fitzgerald, nein, hat er nicht." Brandt schüttelte traurig den Kopf.

Es entstand eine lange Pause.

„Clara, die *White Buzzard* ist in den Atlantik gestürzt", erklärte Tommy sanft. „Als sie nicht wie erwartet in Amerika eintraf, sandte die Küstenwache einen Suchtrupp aus. Sie fanden Vauxhall Digby, den Copiloten. Er trieb in seiner Rettungsweste an der Wasseroberfläche, war halb ertrunken, aber lebendig."

„Aber O'Harris …" Clara musste die Antwort nicht hören. Sie hatte die ganze Zeit gewusst, dass es so kommen würde.

„Sie haben ihn nicht gefunden. Man nimmt an, dass er ertrunken ist." Tommy faltete vorsichtig die Zeitung auseinander. „Digby sagte, sie seien in unerwartet schlechtes Wetter geraten, das sie vom Kurs abgebracht hätte, und dann sei Rauch aus dem Motor aufgestiegen. O'Harris hat alles versucht, doch irgendetwas hat den Motor abgewürgt und die *Buzzard* fiel wie ein Stein vom Himmel."

„Das sind die Gefahren des Fliegens", sagte Clara steif. Sie fühlte sich angesichts dieser Nachricht zu ruhig, zu gleichgültig. Das machte ihr Angst.

„Clara, ich bin so froh, dass du mich dazu überredet hast, hierzubleiben." Tommy kaute nervös auf seiner Lippe herum. „Hätte ich in diesem Flugzeug gesessen, ich ... ich wäre ertrunken ... bei meinen Beinen ..."

„Aber Sie haben nicht in dem Flugzeug gesessen." Annie tauchte an seiner Seite auf und tröstete ihn stoisch. „Das war nicht Ihre Bestimmung."

„Wird Digby überleben?" Clara kam es vor, als würde jemand anderes mit ihrer Stimme sprechen. Sie fühlte sich distanziert und leer.

„Er wird es überstehen. Die Ärzte sagen, er habe eine leichte Unterkühlung, weil er so lange im Meer trieb, aber das sei nichts, was sich mit Erholung nicht kurieren ließe."

„Ein trauriger Tag", sagte Brandt in den Raum hinein.

„Digby hat Frau und Kinder. Zum Glück hat er überlebt", sagte Tommy. „Clara, ich ..."

„Bitte sag nichts." Clara erhob sich und verließ den Raum. Sie zog sich in ihr Schlafzimmer zurück, legte sich aufs Bett und starrte die Decke an.

„Ich war nicht in ihn verliebt", redete sie vor sich hin. „Nein. Aber ich habe seine Freundschaft genossen."

Sie drehte sich um und betrachtete das gerahmte Bild auf ihrem Nachttisch. Ihre Eltern blickten ihr lächelnd von ihrem Hochzeitsbild entgegen. Und in einem zweiten Rahmen stand Tommy stolz in seiner Armeeuniform. Warum tat es so weh? Er war nicht mehr als eine Bekanntschaft gewesen.

Sie fühlte sich eine ganze Weile taub und verunsichert. Dann nagte eine seltsame Sorge an ihrem Unterbewusstsein. Sie hatte es gewusst, nicht wahr? Sie hatte gespürt, dass ihn dieses Schicksal erwartete. Das Grauen breitete sich mit einem Kribbeln in ihr aus und sagte ihr, dass da etwas nicht stimmte. Das war natürlich Unsinn; nichts als die Angst vor dem Unbekannten, aber was, wenn … Was, wenn sie ihn hätte retten können?

Sie schloss die Augen und versuchte, in die Dunkelheit zu entkommen. Doch dort schien O'Harris' Präsenz nur noch stärker zu werden und seine Stimme hallte laut durch ihren Kopf. *Na, Sie Detektivin? Das haben Sie wohl nicht gut genug entschlüsselt, was?*

„Verschwinde", zischte sie leise, doch O'Harris' Geist verweilte und starrte sie an, bis sie die Augen aufschlug und bemerkte, dass sie schon so lange im Bett gelegen hatte, dass der Nachmittag in den Abend überging.

Clara zwang sich, aufzustehen. Sie würde sich nicht von Schuldgefühlen wegen O'Harris ausbremsen lassen. Immerhin war es seine eigene törichte Entscheidung gewesen, in ein Flugzeug zu steigen und loszufliegen. Sie hätte ihn ohnehin nicht davon abbringen können. Sie hatte keine Macht über ihn gehabt.

Clara ging nach unten ins Esszimmer, wo sie einen schwachen Duft von Rinderbraten wahrnahm. Annie richtete gerade alles auf dem Tisch an, bevor sie zum Essen rief. Sie hob den Blick und schaute Clara an.

„Ich dachte, ich würde Sie vielleicht holen müssen. Geht es Ihnen besser?"

„Ich weiß es nicht." Clara nahm ihren üblichen Platz am Tisch ein und bemerkte ein zusätzliches Gedeck.

„Ich habe Colonel Brandt eingeladen, noch zum Abendessen zu bleiben", erklärte Annie. „Der arme Mann hat zu Hause niemanden als seine Haushälterin, und dieser Club ist kein guter Ort zum Trauern."

Annie sah aus, als würde sie diesen Club für einen schändlichen Ort halten, den sie nicht einmal betreten würde, wenn sie die Erlaubnis hätte.

„Keine Einwände", versicherte Clara ihr.

„Gut, denn ich dachte, Sie hätten das Gleiche getan, wenn Sie hier gewesen wären." Annie richtete den Tisch fertig her und nestelte dann verlegen am Tischtuch herum. „Mochten Sie ihn?"

Clara hob die Schultern und ließ sie wieder sinken, doch ein Schulterzucken war das nicht.

„Dieser Oliver Bankes ist ein netter Kerl", fuhr Annie fort.

Das entlockte Clara tatsächlich den Anflug eines Lächelns.

„Ich weiß, Annie."

„Ich kann nicht so tun, als wäre O'Harris nicht auch ein netter Kerl gewesen", fügte Annie edelmütig hinzu. „Doch ich werde ihm nie verzeihen, dass er meinen Tommy gebeten hat, mit ihm zu fliegen."

Mein Tommy, das war Clara nicht entgangen.

„Er war nur ein Freund“, sagte Clara ruhig. „Ich habe
nur irgendwie das Gefühl, ich hätte ihn retten können.“

„Und wie kommen Sie auf diesen Unsinn?“, fragte Annie beinahe streng.

„Mich überkam dieses schreckliche Grauen, wann
immer es um den Flug ging.“

„Mich auch, aber deshalb behaupte ich nicht, eine
Hellseherin zu sein. Außerdem hatte ich das gleiche Gefühl, als meine Mutter mit einer Lungenentzündung
ins Krankenhaus kam. Ich habe mir eingeredet, dass sie
nicht zurückkommen würde, doch sie wurde gesund.
Und ich habe rein gar nichts gespürt, bevor diese
Bombe in unser Haus krachte. Da hätte ich ein Gefühl
des Grauens gut gebrauchen können. Haben Sie nie solche Dinge erlebt?“

Doch, hatte sie.

„Jetzt da Sie es erwähnen, ich hatte das gleiche Gefühl,
als Tommy mit seinen Freunden zu einem Bootsaus-
flug in die Norfolk Broads fuhr. Er war damals sech-
zehn oder siebzehn, glaube ich. Ein paar der anderen
Jungs waren älter. Ich war mir sicher, dass es einen Unfall geben würde, doch er kam wohlauf nach Hause.“

„Da haben Sie’s. Verwechseln Sie normale Gefühle
nicht mit Vorahnungen. Sie hätten nichts ändern können. Der Captain wäre mit oder ohne Ihre Zustimmung
geflogen, und wenn Sie etwas anderes glauben, dann
treiben Sie sich damit nur in den Wahnsinn.“

„Sie sind sehr weise, Annie.“

Annie schnaubte.

„Das liegt nur daran, dass ich mich den ganzen Tag
mit Ihnen beiden herumschlagen muss. Irgendjemand
in diesem Haus muss doch rational bleiben.“

„Höre ich da, dass mein Name in den Dreck gezogen wird?“ Tommy kam in den Raum gerollt.

„Ich sage nur, wie es ist“, erklärte Annie unerschütterlich. „Jetzt setzen Sie sich, dann serviere ich. Colonel Brandt, hier bitte. Sonst sitzen Sie im Luftzug der Tür, wann immer ich ein und aus gehe.“

Der Colonel wirkte besonders niedergeschlagen, als er den Raum betrat. Doch von Annie so umsorgt zu werden, schien seine Stimmung ein wenig aufzuhellen.

„Ich habe eine schöne, dicke Soße gemacht“, erklärte Annie ihm. „Und dazu gibt es Yorkshire Pudding und Klöße.“

„Sie sind ein kleines Wunder.“ Der Colonel bekam ein Lächeln zustande. „Ich bin froh, dass Sie wieder auf den Beinen sind, Clara.“

„Mir war nicht gut.“

„Das verstehe ich.“

Clara hatte den Eindruck, dass der Colonel etwas zu viel verstehen wollte. Er lächelte sie wissend an und sie fühlte sich unbehaglich.

„Clara, ich habe dem Colonel gerade von diesen Nachrichten an dich erzählt“, warf Tommy ein, während Annie alle mit Braten und Klößen versorgte. „Wir haben darüber nachgedacht.“

„Ja. Ich muss schon sagen, dass ich diese Botschaften als sehr verstörend empfinde.“ Der Colonel blickte ernst drein. „Allein die Vorstellung, dass jemand einer Dame solche Dinge schreibt.“

Clara war gerührt, insbesondere, da sie gelegentlich als Dame bezeichnet wurde, seit sie Privatdetektivin war.

„Wir haben ein Profil des Verdächtigen erstellt", fügte Tommy hinzu.

„Bitte was?" Clara schaute ihn ratlos an.

„Das ist eine amerikanische Sache. Basierend auf den Hinweisen entwickelt man eine Beschreibung des Täters. Das nennen sie ein Profil."

„Ich finde, das klingt wie etwas, das Sherlock Holmes getan hätte." Der Colonel nickte und ein wenig Farbe kehrte in seine Wangen zurück.

„Und dieses Profil führt einen zum Verdächtigen?"

„Es grenzt die Sache ein", erklärte Tommy. „Es macht dir doch nichts aus, dass ich in deiner Handtasche nach dieser jüngsten Nachricht gesucht habe, oder? Ich sah, wie du sie eingesteckt hast, und es handelt sich immerhin um ein Beweisstück, aber ich wollte dich nicht stören."

Tommy wirkte tatsächlich verlegen. Er hatte gewiss die Handtasche durchsucht und erst hinterher darüber nachgedacht, was er da getan hatte. Doch Clara war nicht nach Streiten zumute.

„Ich sollte mich wohl nicht an Dingen stören, die schon geschehen sind, und da es zu meinem Vorteil war, kann ich mich nicht beschweren. Hat es denn geholfen?"

„Tatsächlich, ja." Tommy nickte dem Colonel zu. „Vielleicht sollten Sie das erklären, Colonel."

Der Colonel zögerte spürbar, dann leuchten seine Augen auf.

„Ich wage zu behaupten, dass Sie das schon alles durchschaut haben, Miss Fitzgerald. Ich bin der Zeit hinterher."

Clara lächelte ihn freundlich an.

„Nur zu“, sagte sie.

„Nun, ich habe mir die Zettel angesehen, die Sie erhalten haben, und mir fiel als Erstes auf, wie schmuddelig sie waren. Sind Ihnen die Fingerabdrücke aufgefallen?“

„Ja, sehr schwarz, aber verschmiert.“

„Aber wir sind uns einig, dass die Person, die diese Nachrichten verfasst hat, schmutzige Hände hatte und sich nicht die Mühe machte, sie vorher zu waschen, oder?“

„Ja, dem stimme ich zu.“

„Ich denke, das würde auf eine Person hindeuten, die regelmäßig schmutzige Hände hat und der es deshalb nicht so sehr auffällt, wie einer Person, die üblicherweise saubere Hände hat.“

„Dem kann ich nicht widersprechen.“ Clara nickte. „Sie wollen also andeuten, dass die Person in einem Gewerbe arbeitet, bei dem man regelmäßig schmutzige Hände bekommt?“

„Ja. Möglicherweise hilft Ihnen das schon, aber ich habe die Nachrichten noch genauer untersucht. Ich muss sagen, dass mich die Handschrift der Person nicht beeindruckt hat, aber gleichzeitig fiel mir auf, dass die Person zumindest einen gewissen Grad von Bildung erfahren haben musste. Die Worte waren unsauber geschrieben, aber fehlerfrei.“

„Eine Person, die lesen und schreiben kann“, stimmte Clara abermals zu.

„Dann habe ich mir das Papier selbst angesehen und mir fiel auf, dass es von großer Bedeutung ist. Tommy wies darauf hin, dass die meisten Menschen benutzen, was sie zur Hand haben, wenn sie eine Nachricht oder Notiz verfassen wollen. Man geht nicht erst besonderes

Papier einkaufen. Das Papier war sehr dick und hatte eine wachsartige, schmierige Oberfläche. Es kam mir nicht wie gutes Schreibpapier vor, und da der Verfasser den Stift stark aufgedrückt hat, war er sich der Nachteile wohl bewusst."

„Haben Sie eine Ahnung, wo solches Papier verwendet wird?", fragte Clara.

„Da komme ich wieder ins Spiel." Tommy übernahm den Bericht. „Ich habe zusammen mit dem Colonel eine ganze Weile über dieses Papier nachgedacht, aber dann ging mir auf, dass ich es schon einmal gesehen hatte. Während ich mich im Krankenhaus erholte, haben uns die Krankenschwestern gerne kleine Aufgaben übertragen, damit wir beschäftigt waren. Eine dieser Aufgaben beinhaltete es, Blumen aus Samen heranzuziehen. Die Samen kam in braunen Papierverpackungen, doch die empfindlicheren Samen waren im Inneren noch einmal mit Wachspapier eingeschlagen. Man konnte dieses Papier benutzen, um die Stelle zu beschriften, an der man den Samen gepflanzt hatte. Selbst im Regen hielt die Aufschrift lange genug, dass man die Pflanze identifizieren konnte, wenn sie endlich austrieb."

Clara schaute ihren Bruder an, dann stockte ihr der Atem.

„Mr. Riggs." Sie ließ sich auf ihrem Stuhl nach hinten sinken. „Ich habe ihn verdächtigt, konnte ihn aber nie mit den Nachrichten in Verbindung bringen. Dann wäre da noch die Frage nach dem Warum. Und wie ist er an der Köchin vorbeigekommen, um die tote Maus zur Pastete zu legen?"

„Aber er muss es sein, oder nicht?"

„Ich muss das mit dem Inspector besprechen.“ Clara ordnete ihre Gedanken. „Das ist eine ernste Angelegenheit, und die Polizei sollte sich darum kümmern.“

„Clara, was denkst du gerade?“

„Florence O'Harris hat die Leiche ihres Ehemannes nicht bewegt, und Colonel Brandt ebenfalls nicht. Nur eine weitere Person hat zugegeben, zu dem Zeitpunkt am Tatort gewesen zu sein, und dieselbe Person verlangt in ihren Nachrichten, dass ich die Sache ruhen lassen soll. Mr. Riggs ist irgendwie involviert. Nicht in den Mord selbst, es sei denn, er stand irgendwie mit Oscar O'Harris in Kontakt, doch er hatte mit dem Verstecken der Leiche zu tun.“ Clara legte Messer und Gabel ab. „Ja, das ist eine ernste Sache. Vielleicht bin ich doch noch in der Lage, die Leiche des armen Goddard O'Harris aufzuspüren.“

Kapitel 28

Mr. Riggs besprühte seine Rosen vorsorglich mit einem Fungizid, um schwarze Flecken zu verhindern, als er Clara Fitzgerald erblickte. Sie betrat den Garten durch die Seitentür, zusammen mit einem großen, offiziell aussehenden Mann. Er ignorierte die beiden. Die Gerüchte um den Tod des Captains hatten ihn noch nicht erreicht und er nahm an, dass sie in einer Angelegenheit hier waren, die mit O'Harris zu tun hatte. Dennoch wurde er ein wenig nervös, als sie geradewegs zu ihm kamen.

„Guten Morgen, Mr. Riggs. Ihre Rosen sehen gut aus", sagte Clara fröhlich. „Das hier ist Inspector Park-Coombs."

Der Inspector tippte sich an den Hut.

„Wir sind hier, um mit Ihnen zu sprechen, Mr. Riggs", sagte Clara, während sie sich bückte, um etwas vom Boden aufzuheben. Es war ein Stück Papier, auf dem Mr. Riggs sich Notizen gemacht hatte. „Ein Rezept?"

„Das ist mein Spritzmittel gegen schwarze Flecken", antwortete Mr. Riggs. „Meine eigene Mischung."

Er beobachtete mit Unbehagen, wie Clara den Zettel an den Inspector weiterreichte. Der Polizist zog weitere Zettel aus der Tasche und verglich sie gründlich miteinander.

„Haben Sie diese Notiz verfasst?“, fragte der Inspector, während er den Zettel mit dem Rezept des Fungizids hochhielt.

„Ja“, gab Mr. Riggs zu. „Geht es um die Chemikalien, die ich benutze? Die sind alle legal und kommen aus der Apotheke.“

„Nein, darum geht es nicht, Mr. Riggs.“ Der Inspector wirkte grimmig. „Sie wissen genau, worum es geht.“

Er hielt dem Gärtner die drei Drohbriefe hin.

„Erkennen Sie sie?“

„Kann ich nicht behaupten.“

„Das ist Ihre Handschrift, Mr. Riggs. Ich habe sie gerade mit dem Rezept verglichen, das Sie nach eigener Aussage selbst niedergeschrieben haben.“

„Das mag sein ...“

„Es befinden sich außerdem Fingerabdrücke auf den Zetteln. Und würde ich sie mit Ihren Fingerabdrücken vergleichen, was ich auf der Wache mühelos tun kann, würde ich gewiss eine Übereinstimmung finden.“

Mr. Riggs schien schlecht zu werden. Er schaute Clara an und stellte überrascht fest, dass sie traurig wirkte.

„Warum haben Sie diese Botschaften geschickt, Mr. Riggs?“, fragte sie. „Sie haben mir geschworen, dass Sie keine Verbindung zu dem Dienstmädchen Millie oder dem Mord an Goddard hatten; also warum?“

„Millie?“ Mr. Riggs war verblüfft. „Mord? Ich hatte nichts mit diesem Dienstmädchen zu tun und habe nie Hand an meinen Herren gelegt. Ich mochte ihn. Er war gut zu mir.“

„Aber Sie haben etwas mit der Sache zu tun, nicht wahr?“, hakte Clara nach. „Sie haben die Leiche verschwinden lassen.“

„Ich habe nie …“

„Jemand hat Goddard O’Harris an diesem Abend bewegt. Es waren nur drei Personen zugegen und zwei davon können wir ausschließen. Damit bleiben nur noch Sie übrig, Mr. Riggs. Und wenn Sie nichts mit dem Verbrechen zu tun hatten, warum versuchten Sie dann, mich von dem Fall abzubringen?“

Mr. Riggs hatte sein Gesicht zu einer leidvollen Grimasse verzogen. Er blickte auf die Nachrichten, die der Inspector ihm immer noch hinhielt, und wusste, dass er geliefert war.

„Wird man mich hängen?“, fragte er mit bebender Stimme.

„Nicht für die Botschaften“, versicherte der Inspector ihm. „Aber ich brauche die ganze Geschichte, sonst werde ich Ihnen das Leben zur Hölle machen.“

„Es ist nicht, wie Sie denken.“ Mr. Riggs nestelte an seinen Gartenhandschuhen herum. „Ich habe nie jemandem etwas zuleide getan.“

„Also warum?“, wollte Clara wissen.

„Weil Sie unbedingt die Leiche finden wollten.“ Mrs. Riggs schüttelte den Kopf. „Und wenn Sie das geschafft hätten, wäre es einfach schrecklich gewesen.“

„Dann haben Sie die Leiche bewegt?“

„Ja“, keuchte Mr. Riggs. „Ich habe Goddard genau hier gefunden.“

Er deutete auf den Weg zwischen seinen Rosenbüschen.

„Er war tot, das wusste ich, sobald ich ihn sah, und wie ich Ihnen bereits gesagt habe, stand Florence in der Tür und sagte mir, sie habe bereits einen Arzt gerufen. Dann ging sie ins Haus. Ich sagte Ihnen, ich sei weggegangen, doch das ist nicht wahr. Denn als ich mir Goddard anschaute, bemerkte ich, dass er mit dem Arm in meine Rosen gestürzt war. Ich wollte nur sehen, ob er etwas beschädigt hatte, doch als ich ihn bewegte, war es einfach furchtbar."

Mr. Riggs wirkte völlig entsetzt. Ein Schauer rann Clara über den Rücken. Hatte sie irgendetwas übersehen?

„Was war denn so furchtbar, Mr. Riggs?", hakte der Inspector nach.

„Dort, wo er gestürzt war, waren all meine Rosen verwelkt und tot! Drei ganze Sträucher, schöne, große Sträucher. Einer war eine spätblühende Art und die Blüten waren alle am Strauch in sich zusammengefallen, es war einfach schrecklich." Mr. Riggs verschloss die Augen vor dieser schockierenden Erinnerung.

„Arsenwasserstoff", formte Clara mit dem Mund. Park-Coombs nickte.

„Was war dann, Mr. Riggs?"

„Nun, Mr. O'Harris war im Weg. Ich konnte meine Rosen nicht erreichen, um zu sehen, ob noch etwas zu retten war. Dieser Weg ist sehr schmal. Also habe ich ihn einfach weggezogen. Doch als ich aufhörte, wurde mir bewusst, was ich getan hatte, und er sah so ... tot aus. Ich konnte es nicht ertragen, von ihm angestarrt zu werden, während ich versuche, die Rosen zu retten. Er machte mir Angst. Ich habe ihn weiter weggezogen und ihn in den Ha-Ha gerollt, in den Graben am Rand des Gartens. Ich wollte Mr. O'Harris davon erzählen, sobald ich den Stickstoffdünger für meine Rosen aus meiner Hütte geholt hätte. Doch ich war eine Weile fort, um den Dünger zusammenzumischen, und als ich zurückkam, war die Polizei da und ich hörte, dass sie von Mord und der verschwundenen Leiche sprachen. Ich dachte, dass ich großen Ärger bekommen würde. Aber niemand hatte mich bemerkt, also eilte ich zu meiner Hütte zurück."

„Die Leiche blieb aber nicht im Ha-Ha, oder?"

„Nein. Sobald alle fort waren und es im Haus still geworden war, fragte ich mich, was ich tun sollte. Ich dachte, zu gestehen, dass ich die Leiche bewegt hatte, würde mich sehr schlecht dastehen lassen, insbesondere, da Colonel Brandt von Mord gesprochen hatte. Ich saß eine Weile herum und dachte nach. Dann ging mir auf, dass die Sache bald vorbei sein würde, wenn sie die Leiche nicht finden konnten. Dann würde niemand erfahren müssen, dass ich dort war." Mr. Riggs seufzte schwer. „Ich musste ohnehin die toten Rosensträucher ausgraben, und es waren nur Schlafzimmer an der Vorderseite des Hauses in Benutzung, also konnte mich niemand sehen. Ich grub die bemitleidenswerten, toten Rosen aus, warf sie in meine Schubkarre, hob dann einen tiefen Graben aus und holte die Leiche aus dem Ha-Ha. Er war ganz steif und schwer zu bewegen, aber ich schaffte es, ihn in den Graben zu kippen; natürlich habe ich mich bei ihm entschuldigt. Ich bin kein unchristlicher Mann, wissen Sie? Und ich habe ein Gebet für ihn gesprochen.

Ich füllte den Graben auf und merkte dann, dass die fehlenden Rosen seltsam aussehen könnten. Jemand könnte im Boden herumstochern. Ich hatte keine Ersatzrosen, also tat ich etwas, das mir beinahe noch einmal das Herz gebrochen hätte. Ich grub die Rosensträucher auf beiden Seiten des Weges aus, verteilte sie neu und pflanzte sie so ein, dass der Graben bedeckt war und es keine offensichtlichen Lücken gab. Als das alles erledigt war, ging die Sonne beinahe schon wieder auf. Ich kehrte in mein Cottage zurück und schlief ein.“

Clara und der Inspector blickten gleichzeitig nach unten.

„Goddard O'Harris liegt hier begraben?“ Clara deutete auf eine hübsche Teerose.

„Ja, und ich wusste, dass Sie ihn ausgegraben hätten, wenn Sie davon erfahren hätten. Dann wären meine Rosen wieder ruiniert gewesen. Wissen Sie, wie schwer es ist, eine gut gewachsene Rose umzupflanzen? Ich hatte sie beim letzten Mal schon beinahe alle verloren, und Polizisten graben sehr rücksichtslos.“ Mr. Riggs war den Tränen nahe. „Ich habe Mr. O'Harris nichts zuleide getan und habe ihm nie Schaden gewünscht. Ich wollte nur, dass meine Rosen in Sicherheit sind.“

„Es tut mir leid, Mr. Riggs, aber wir werden ihn ausgraben müssen.“

„Nein!“ Mr. Riggs schluchzte.

„Sie haben großes Glück, dass ich Sie nicht als Komplize in einem Mordfall verhafte!“, warnte der Inspector. „Clara hat mich davon überzeugt, dass es sich nicht lohnt, Sie zu verhaften, und sie wird wegen der Botschaften keine Anzeige erstatten. Ich habe vorne ein paar Männer; die werden ihn im Handumdrehen aus der Erde geholt haben.“

Mr. Riggs warf Clara einen kläglichen Blick zu.

„Es tut mir leid“, sagte er.

„Ich weiß. Nur eine Sache noch: die Maus.“

„Ich habe mich in die Küche geschlichen, als die Köchin im Kräutergarten beschäftigt war. Ich zog die Stiefel aus, damit sie den Dreck nicht bemerkt.“

Clara nickte.

„Das habe ich schon vermutet. Mr. Riggs, darf ich Sie bitten, einige große Behälter zu suchen, die wir mit Wasser füllen können? Ich werde mein Möglichstes tun, um die Polizisten zu vorsichtigem Graben anzuhalten, und wenn wir die Rosenbüsche in provisorische Töpfe stecken, können wir sie vielleicht retten, meinen Sie nicht auch?“

Mr. Riggs’ Laune besserte sich ein wenig.

„Könnte sein“, er wandte sich zum Gehen, um ihre Anweisung auszuführen, dann hielt er inne. „Sie sind verständnisvoller als ich erwartet hätte. Das hätte ich erkennen sollen, als ich mit Ihnen sprach. Ich erkenne eine Gärtnerin, wenn ich sie sehe, aber diese Güte ist mehr als ich mir je erhoffen konnte.“

„Gehen Sie die Behälter holen, Mr. Riggs.“ Clara lächelte und der Gärtner eilte davon.

Das Graben dauerte eine Stunde, da Clara die Polizisten anwies, behutsam mit den Wurzeln der Rosensträucher umzugehen. Dafür erntete sie reichlich Murren und Ächzen. Als die Rosen ausgegraben waren, wurden sie auf verschiedene Behälter verteilt, die Mr. Riggs aufgetrieben hatte: Eine landete in einem alten Waschzuber, eine andere in einer rostigen Zinnwanne. Die Erde wurde langsam ausgehoben, dann gruben die Männer tiefer.

Es war Mittag und der Inspector genoss gerade ein Sandwich mit Ei und Schinken, von einem Teller, den die Köchin für die Arbeiter hergerichtet hatte, als einer der Polizisten ihn zu sich rief. Clara hatte in Gedanken versunken auf den Stufen zum Speisezimmer gesessen, kam aber auch herbeigeeilt, als sie den Ruf hörte. Jemand hatte sich einen Pinsel geschnappt und bürstete die letzten Erdreste von einem weißen Schädel. Clara starrte auf die Überreste von Goddard O'Harris. Sie hatte ihn gefunden.

„Zu schade, dass der Captain das nicht mehr miterleben kann", sagte der Inspector sanft.

Clara spürte ein Engegefühl in der Brust, als sie an Captain O'Harris' Leiche dachte, die irgendwo im Meer verschollen war. Die würde sie niemals finden.

„Sie haben das Rätsel gelöst", sagte der Inspector, als er ihre düstere Stimmung bemerkte. „Sind Sie nicht zufrieden?"

„Goddard kann endlich neben Florence zur Ruhe gebettet werden und wir wissen jetzt, wie er starb. Ja, das ist gut und ich bin zufrieden damit."

„Aber?"

Clara hielt inne.

„Ich schätze, ich habe mir immer ausgemalt, dass Captain O'Harris in diesem Augenblick zugegen sein würde. Ohne ihn fühlt es sich ... falsch an."

„Mein Beileid."

Clara wollte nicht näher auf die Sache eingehen.

„Es ist endlich vorbei. Florence O'Harris kann ruhen, ohne dass ihr Name von Gerüchten in den Schmutz gezogen wird, und auch wenn niemand dafür zur Verantwortung gezogen werden kann, wissen wir endlich, was aus Goddard O'Harris wurde."

„Nun, ich schätze, ich sollte eine Beerdigung organisieren."

„Denken Sie daran, mich und Colonel Brandt einzuladen.“

„Das werde ich tun. Wie geht es dem Colonel?“ Sie liefen nebeneinander durch den Garten, fort von dem Skelett.

„Er ist wohlauf. Ich glaube, er ist ein weiteres von Annies heimatlosen Kindern geworden, und sie wird sich dafür einsetzen, dass er gut versorgt wird.“

„Ein weiteres?“

„Inspector, Sie müssen doch mittlerweile begriffen haben, dass Annie zuerst meinen Bruder und mich gerettet hat.“

Der Inspector lachte beherzt.

„Nie zuvor ist mir ein so spezieller Haushalt untergekommen!“

„Das ist schwer zu glauben.“ Clara gab vor, beleidigt zu sein.

„Nun, Sie überraschen mich immer wieder, Clara Fitzgerald. Ich warte gespannt auf Ihren nächsten Fall.“

„Wann immer der kommen mag.“ Clara zuckte mit den Schultern. „Vielleicht nehme ich mir über den Sommer frei.“

„Unsinn, Clara, Sie sind wie ein Polizist. Der Ärger findet Sie, nicht umgekehrt.“

Sie drehten sich beide um und betrachteten das große Haus.

„Es wird wohl verkauft werden.“

„Das ist vermutlich auch besser so.“ Clara blickte zu den großen Fenstern hinauf. „Captain O'Harris sagte mir, dieses Haus sei für ihn voller Geister der Vergangenheit.“

Ihr fiel das Sonnenlicht auf, das von einer der Glasscheiben reflektiert wurde, und für einen Augenblick sah es so aus, als würde ein Gesicht im Fenster auftauchen.

„Ich denke, damit lag er näher an der Wahrheit als er dachte.“